剣風の結衣

天野純希

集英社文庫

目次

剣風の結衣

序章　姉　妹

空一面を、鉛色の重い雲が覆っていた。もう午《うま》の刻《こく》（正午）に近いはずだが、陽《ひ》の光はまるで見えない。

ひどい寒さだった。風が吹きつけるたび、鋭い針で肌を刺すような痛みが走る。やはり国境を越えただけでは、寒さにそれほどの違いはないらしい。

源吾《げんご》は馬を曳《ひ》き、ゆっくりと歩を進めていた。狭い山道で、勾配もきつい。今、馬を潰すわけにはいかなかった。

正確な位置はわからないが、すでに越前《えちぜん》に入っているはずだ。ここまで来れば、追っ手もさすがに諦めるだろう。

屋敷が急襲されたのは、昨夜のことだった。

身に覚えのない謀反の罪。一族郎党が矢玉を受け、斬り死にしていくのを横目で見ながら必死で切り抜け、馬を奪って逃げた。包囲を突破した時には四人いた郎党も、追っ手との戦いの中で全員が命を落とした。

裏切り者。仏敵め、地獄に落ちよ。敵の罵声が、今も耳に残っている。

この正月で、源吾は不惑を迎えた。戦場ではそれなりに手柄を立てたものの、大きな出世には恵まれなかった。一介の地侍《じざむらい》として一族郎党を養い、領民を守る。そんなありきたりの人生にようやく折り合いをつけ、受け入れた矢先に、全てを失った。

行き先に当てなどない。あの時、死んでいれば……。その思いに幾度も襲われたが、腹を切る気にはならなかった。せめて、死んでいった者たちの仇《かたき》を討つ。死ぬのはそれからでも遅くはない。

峠を越えたあたりで、ちらちらと雪が舞いはじめた。見る間に風が強まり、叩《たた》きつけるような吹雪になった。

このまま風雪をしのぐ場所が見つからなければ、確実に凍え死ぬだろう。謀反人として追われた挙句、見ず知らずの土地で雪に屍《しかばね》を埋める。まったくひどい最期だと、源吾は自嘲の笑みを漏らした。

吹雪は、まるで止《や》む気配がない。手綱を握る手も、もうほとんど感覚がない。

しばらく進んだところで、前方に小屋が見えてきた。間口三間（約五・四メートル）ほどの粗末な小屋だが、風と雪をしのぐことさえできればそれでいい。

自分にもまだ、運が残っていたらしい。馬を杉の木に繋《つな》ぎ、板戸を開けたその時だった。

異様な気配が肌を打った。自分のものではない血の臭いが漂っている。

かすかに、荒い息遣いが聞こえた。小屋の奥の暗がりに目を凝らす。人影が見えた。女。まだ若い。小太刀を手に、低い体勢で身構えている。手負いの獣に睨《にら》まれたように、うなじのあたりがひりついた。

女はどこにでもいる百姓娘のような身なりだが、小袖の脇腹のあたりには黒い染みが広がっていた。

「傷を負っておるのか」

答えはない。鋭い視線を向けたまま、こちらの一挙手一投足を注視している。放つ気からは、相当な遣い手であることが知れた。

どう見ても、ただの百姓の娘ではない。あるいは、乱波《らっぱ》、忍びの類か。会ったことはないが、伊賀《いが》や江南《こうなん》の甲賀《こうが》には、忍び働きを生業《なりわい》とする者たちが多く住むという。越後《えちご》の上杉《うえすぎ》も、軒猿《のきざる》と呼ばれる忍びの一党を飼っているらしい。

かの者たちは、幼い頃から徹底して技を叩き込まれる。その中に若い女子《おなご》がいたとしても、おかしくはない。

「安心いたせ。害意はない。旅の途中だが、この雪に難儀してな」

ようやく目が慣れてきた。女は十六、七歳といったところか。まだあどけなさを残してはいるが、目鼻立ちはよく整っている。その美しい顔を、頬の切り傷から流れる血が汚していた。

よく見ると、女の背後にもう一人いた。女の二つ、三つ下くらいで、顔立ちがよく似ている。おそらくは姉妹だろう。怪我《けが》でもしたのか、頭に晒《さら》しを巻いている。眠っているのか、それとももう死んでいるのか、筵《むしろ》の上に横になったまま動かない。

ふと、娘の顔が浮かんだ。光《みつ》も、あの少女と同じくらいの歳《とし》だった。父親らしいことをなに一つしてやれないまま、光は昨夜、討手《うって》の放った矢に喉元を射貫《いぬ》かれて死んだ。

女の息遣いが、さらに激しくなった。かなりの深手なのだろう。わずかだが、逆手に握った小太刀が震えている。

「傷を見せてみよ。血を止めるくらいのことはしてやれる」

「………」

返事を待たず歩み寄り、源吾は息を呑《の》んだ。そして、ほんの数瞬前に放った自分の言葉を後悔する。槍《やり》で突かれたか、それとも鉄砲で撃たれたのか。いずれにしろ、脇腹の傷は手の施しようがないほど深い。

なにかを確かめるように、女はこちらを見据える。命に関わる深手を負っているとは信じられないような、澄んだ黒い瞳だった。かけるべき言葉が見つからず、源吾は無言でその視線を受け止める。

やがて、女の双眸《そうぼう》が小さく揺れた。ふっと息をつき、身にまとった殺気を解く。

「おわかりでしょうが、わたしはもう、長くは保《も》ちません」

場ちがいとも思えるほど落ち着き払った声で言うと、鞘《さや》に納めた小太刀をそっと地面へ置いた。欲しかった髪飾りを諦めるようななにげない仕草だったが、諦めたのは自身の命だった。

構えを崩した女が、土間に両手をつく。

「はじめてお会いしたお方にこのようなことをお願いするのは、いかにも筋違いにございましょう。ですが、なにとぞ……なにとぞ、妹をお救いください」

頭を下げる女の声には、懸命な響きがあった。声を出すだけでも、想像もつかないほどの激痛が走るはずだ。だが、それをおくびにも出さず、女は頭を下げ続ける。

「見ず知らずの、たまたま行き合っただけの男に、大切な妹を任せるのか」

「あなたさまは、悪いお人ではありません。ご無礼ながら、目を見て確かめさせていただきました」

「ほう」

断言するような口ぶりに軽い反発を覚え、思わず皮肉で応じた。

「忍びの技をもってすれば、目を見ただけで人となりがわかるか」

だが、女は気にするふうもなく続ける。

「あなたさまの目には、深い疑念や後悔の色が浮かんでおりました。ゆえに、あなたさまは信用できます」

「申しておる意味がわからんな」

「己の生になんの疑いも抱かない人間は、恐ろしいものです。己の信ずるもののためなら平気で他人を傷つけ、裏切り、命を奪うことさえ厭《いと》わない」

確かに、その通りだった。昨夜、源吾の屋敷を襲った者たちは、己の信ずる教えを欠片《かけら》も疑ってはいない。そしてその連中に、自分は大切なものをすべて奪われた。

だが、信じると言われたところで簡単に頷《うなず》ける話ではない。ただでさえ追われる身なのだ。これ以上、面倒を抱えたくはなかった。

女から目を逸《そ》らすと、視界に横たわる少女の姿が入った。自分は生きていると主張するように、小さな胸がかすかに上下している。

また、死んだ光の顔が脳裏をよぎった。細い首を醜い鏃《やじり》に貫かれながら、訴えるような目で父の顔を見つめている。

真新しい傷口を抉《えぐ》られたような心地に、源吾は強く唇を嚙《か》んだ。

下人《げにん》や貧しい百姓にも気軽に声をかける、明るい娘だった。人を思いやる気持ちが強く、誰からも好かれていた。あの少女を見捨てれば、光はきっと怒るに違いない。今となっては、坊主どもの説く極楽浄土などまやかしにすぎないとわかる。それでも、あの世で光に合わせる顔がなくなるような真似《まね》だけはしたくなかった。

源吾は「わかった」と声を絞り出した。

「まずは、なにがあったかを話してくれ」

「承知、いたしました」

安堵《あんど》の吐息を漏らし、女は力なく笑った。顔からは、生気がほとんど消えかけている。

「まだ、名も聞いておらんな。わしは、有坂《ありさか》源吾と申す」

「真矢《まや》に、ございます」

「そうか。よい名だ」

真矢と名乗った女は、妹とともに歩んだ来し方を静かに語りはじめた。

吹雪は、さらに強くなっていた。吹きつける風が、板戸をがたがたと揺らしている。

すべてを語り終えると、真矢は眠るように息を引き取った。

この乱世では、不幸な女の話など掃いて捨てるほどある。それでも、この年端もいかない姉妹が辿《たど》った道は、源吾の境遇など取るに足りないほど過酷なものだった。

妹をお救いください。真矢は最期まで、何度も繰り返していた。話を聞き終えた今、妹を思う真矢の気持ちは察して余りある。

亡骸《なきがら》に筵をかけてやり、無言で手を合わせる。念仏を唱えかけ、やめた。南無阿弥陀《なむあみだ》仏《ぶつ》と念じたところで、真矢が本当に救われるなどとは思えない。

傍らに眠る少女は、一向に目を覚ます気配がない。目覚めた時には、姉の死を知ることになる。いっそ、このまま眠り続けた方が幸せというものかもしれない。

少女の寝顔を眺めながら、源吾は小屋の周りに気を配った。

人の気配。それほど数は多くない。せいぜい、五人か六人。刀を摑《つか》み、腰を上げた。

自分への追っ手ではないだろう。肌を打つ気配は、源吾の知る武士のそれではない。もっと異質な、陰湿で執拗《しつよう》なものだ。

いきなり、板戸が蹴破られた。なにか棒のような物が、立て続けに飛んできた。身を屈《かが》めてかわし、最初に飛び込んできた黒装束の男に抜き打ちを放つ。

斬ったと思ったが、男はすんでのところで横へ跳んでかわした。後に続いた別の男が得物《えもの》を突き出してくる。やや短い、反りのない刀。首を捻《ひね》って避け、喉元に切っ先を突き入れる。

刀を引き抜いた時、背中に鋭い痛みが走った。振り向きざまに刀を振り、後ろから斬りつけた男の首筋を斬り裂く。

次の刹那、左の肩に棒が突き刺さった。手裏剣というやつだろう。引き抜き、投げ返す。相手が避けた隙を衝《つ》き、後ろに跳んで間合いを取った。

残りは三人。腰を低く落とした構えは、真矢と同じものだった。源吾は正眼《せいがん》の構えをとった。背中と肩の傷は思ったよりも深く、出血も多い。

「何者か知らんが、命が惜しければ女どもを渡せ」

真ん中の男が低く言う。覆面で口と鼻を隠しているが、声は明瞭に響いた。

「真矢ならば、すでに死んだぞ」

言ったが、答えはない。妹の方まで殺すよう命じられているのだろう。

「あんな年端もいかない娘が、それほど恐ろしいか。世に聞こえた甲賀の忍びとやらも、たいしたものではないな」

挑発しても、乗ってはこない。

向き合ったまま、膠着《こうちゃく》した。左腕は柄《つか》を握っているだけでやっとだ。袖は赤く染まり、血が滴っている。こうしていても、こちらが消耗していくだけだった。敵からは、余裕さえ感じられる。

血を流しすぎたのか、視界が霞《かす》みかけている。ここで死ぬのも定めか。妻子や郎党の仇は討てず、真矢との約束も果たせない。だが元々は、昨夜尽きていたはずの命だ。それほど惜しいとも思わなかった。

せめて、三人を道連れに。それだけを考えて一歩踏み込んだ瞬間、視界の中をなにかが掠《かす》めた。二人が同時に飛び退《の》き、残った一人が膝をつく。そのこめかみには、敵が最初に放った手裏剣が突き立っていた。

首をわずかに動かし、後ろを見る。

眠っていたはずの少女が、幽鬼のような無表情でそこに立っていた。左手には、真矢の小太刀を鞘ごと握っている。

少女は、姉に似た形のいい唇の端をかすかに吊《つ》り上げた。笑っている。そう悟った瞬間、全身に粟《あわ》が生じた。この少女は、これまで戦場で出会ったどんな敵よりも危険だと、本能が告げている。

二人の忍びから、先ほどの余裕の色は消えていた。気圧《けお》されているのか、その場で構えをとったまま、一歩も踏み込めずにいる。

少女は薄い笑みを貼りつけたまま柄を握り、ゆっくりと小太刀の鞘を払った。

第一章　鄙《ひな》の少女

一

空一面を覆う夜の闇が、ようやく動きはじめた。村を囲むようにそびえる山々の輪郭がはっきりと現れ、今は東の山の向こうにあるはずの陽が、ゆっくりと夜空を押しやっていく。やがて、谷には星の光に代わり、眩《まばゆ》い朝の光が降り注いできた。

結衣《ゆい》はいつもと同じように鶏の声で目を覚ますと、寝癖でぼさぼさの頭を撫《な》でながら庭へ出た。

髪を後ろでまとめ、手水鉢《ちょうずばち》に溜《た》めた少し冷たすぎる水で顔をばしゃばしゃと乱暴に洗う。

鶏の声に混じって、小鳥たちのさえずりが聞こえる。早朝の澄んだ空気を吸い込み、大きく伸びをした。

「う〜ん、今日もいい天気や」

　山に縁取られた空には、鰯雲《いわしぐも》がぽつりぽつりと浮かんでいる。

　どこかから、長閑《のどか》な牛の鳴き声。あれはたぶん、喜助《きすけ》さんのところの太郎《たろう》だ。黒々とした大きな体に似合わない愛らしい目を思い起こし、結衣は頰を緩める。

　向かいの家に目をやると、ちょうど中から人が出てきた。いかつい体格の中年と、結衣と同じ年頃の少年。二人とも小袖に山袴《やまばかま》、毛皮の袖無し羽織という出《い》で立《た》ちだ。狩りに出かけるところなのだろう、腰には山刀をぶちこみ、弓と矢筒を背負っている。

「与七《よしち》さん、兵太《へいた》さん、おはよう！」

　手を振り、大声で叫ぶ。与七は腕のいい猟師で、村の方針を決める乙名衆《おとなしゅう》に名を連ねている。兵太はその一人息子だ。

「おう、行ってくるわ。今日こそはでかい熊を仕留めてみんなをあっと言わしてやるさけ、愉《たの》しみにしとけやー」

　手を振り返す兵太の頭を、与七がすかさずはたいた。

「ど阿呆《あほ》。ほんな料簡《りようけん》やさけ、おまえは十六にもなって兎《うさぎ》の一羽も獲《と》れんのじゃ」

　兵太は愛嬌《あいきよう》のある丸顔をしかめながら、身振り手振りを交えて言い訳する。

「いや、ほれはあれや、あの兎があんまり可愛《かわい》らしい目で俺を見つめるもんやさけ……」

「やかましい、ほんなことで狩りなんかできるか！」

再び与七の平手が唸《うな》り、小気味いい音が鳴った。

二人のやり取りにけらけら笑う結衣を、兵太は恨めしそうに見ている。

「ほれ、さっさと行くぞ。しゃきっとせえ」

はたかれた頭をさすりながら、兵太はすごすごと父親の後についていった。

二人を見送ると、結衣は家の中に引き返し、朝餉《あさげ》の仕度をはじめた。

結衣の暮らす家は、全部で三十軒ほどの中津村《なかつむら》の中では大きな方だ。土間と座敷の他に板敷きの小さな部屋が二つ、庭の半分は蕎麦《そば》や大豆を植えた小さな畑。元々の住人が跡継ぎもないまま病で亡くなって空き家になっていたものを、父が村長《むらおさ》からもらい受けたのだという。

座敷の中央に切った炉に火を入れ、鍋をかける。中身は、稗《ひえ》と粟に山菜が少し混ざった粥《かゆ》だ。

鍋が煮立っても、父が起きる気配はなかった。

「おっ父《とう》、朝餉ができたよ。いつまで寝てるの！」

大声で叫ぶと、しばらくして奥の部屋からのそのそと父が出てきた。

「頼むさかい、でかい声を出さんといてくれ」

父の源吾はかつて武士だったというが、結衣はいまだに本当なのかと疑ってしまう。

剣術や学問は、村の子供たちを集めて教えられる程度には身につけているが、武士らしい物言いや立ち居振る舞いをしているところなど、一度も見たことがない。

不惑を過ぎて白髪が交じるようになった総髪を撫でながら、源吾は寝ぼけた顔で炉の側《そば》に腰を下ろした。小さく呻《うめ》きながら、こめかみのあたりを指で押さえている。

「また呑みすぎたの？」

「ああ、村長に誘われたら、断るわけにいかんじゃろう」

「なに言うてるの。昨夜《よんべ》はあんなに機嫌良う帰ってきたくせに」

「大人にはいろいろあるんじゃ。ほれより、今朝も粥だけか」

「贅沢《ぜいたく》言わんと。また物の値が上がって、どこの家も大変なんやさかい」

「おまえもずいぶんと大人びた口を利くようになったなあ」

冷やかすように言いながら、木椀《もくわん》に粥をよそう。

この越前を治めるお館《やかた》さまが数年前から戦ばかりしているせいで、米も魚も年々値上がりし、ほとんど米の穫れない中津村の村人はみんな、やりくりに苦労していた。

とはいえ、麓の他の村に較《くら》べれば、中津村はずいぶんとましな方らしい。猟師の多いこの村では、鎧《よろい》に使う革を納める代わりに軍役も免除されているので、村人が兵や人足に取られることもない。戦も政《まつりごと》も、山深いこの村に暮らす結衣にとってはどこか遠い世界の話だった。

ふと見ると、粥をひと口啜《すす》った源吾が顔をしかめている。

「おい、ものすごくしょっぱいぞ。塩も安うはないんじゃさかい、少しは倹約したらどうじゃ？」

「文句言うぐらいなら、おっ父が作ったらいいやろ」

「俺が作ってたら、いつまで経《た》ってもおまえの料理の腕が上がらんじゃろうが」

口ではそう言っているが、本当は面倒なだけなのだろう。それでも結衣は、言い返すことができない。

炊事や縫い物といった女の仕事とされるものは、全て苦手だった。自分では努力しているつもりでも、どうも上手《うま》くいかない。香の物は何度やっても上手く漬けることができないし、針仕事をすれば指が傷だらけになってしまう。

「ほうや、今日はお鍋とお椀、おっ父が洗《あろ》といてな。あと、畑もお願い」

「なんじゃ、出かけるんか」

「もう、昨夜から言うとったやろ。今日は南の山に、みんなで山菜採りに行くって」

「ほうじゃったかな。まあ、行くのはええが、またおかしな茸《きのこ》を拾てくるなよ。笑い死にしかけるのは、もうごめんじゃでな」

「大丈夫やって。なんでかわからんけど、今日は六郎《ろくろう》さんも来てくれるさかい」

山菜採りも、女の仕事だった。これまで、男がついてきたことなどない。

「ほんなら安心じゃな。あいつは、茸の見分け方だけは一流じゃ」

「ほんなことないって。六郎さんは学問がようできるって、おっ父も言うとったが」

六郎は、結衣よりひとつ上で、兵太と同じ十六歳。幼い頃から蒲柳《ほりゅう》の質《たち》で、狩りどころか弓も満足に引けない。だが、源吾が読み書きを教えている村の若者たちの中ではもっとも学問ができる。結衣にはなにが書いてあるのかさえわからない難しい漢文も、すらすらと読めてしまうのだ。

朝餉を終えると、後片付けを父に押しつけて部屋で着替えをすませた。麻の小袖に、膝の少し上までの短袴《たんこ》。頭に手拭いを巻き、腰には護身用の小太刀も差した。土間で草鞋《わらじ》を履いていると、座敷から父の声。

「熊や猪《いのしし》に気ぃつけや。なんかあったら、おまえがみんなを守るんじゃぞ」

「わかってるって」

応じながら、弓を手に取った。張りを確かめ、矢筒を背に括《くく》りつける。

女らしい仕事がまるでできない代わりといってはなんだが、弓の腕には自信があった。父に遊び半分で教わっているうち、愉しくて仕方がなくなってしまったのだ。父いわく、「なぜか筋がいい」らしい。狩りに出て獲物を射るようなことはないが、的の真ん中を射貫く気持ちよさは、他ではなかなか味わえない。

「ほんなら、行ってきまーす」

家を飛び出し、集合場所になっている村長の屋敷へ走る。源吾がなかなか起きないせいで、約束の刻限に遅れそうだった。

村長の川瀬久蔵《かわせきゅうぞう》の屋敷は、東西に長い村の東端にある。村の西の端に近い結衣の家からは、二町（約二百十八メートル）以上離れていた。

小さな丘の上に構えた屋敷には、久蔵とその家族の他に十人近い下男《げなん》や下女《げじょ》がいて、耕作や下働きに精を出している。今朝も、立派な冠木門《かぶきもん》の前で結衣と変わらない年頃の若者が掃き掃除をしていた。

「おはよう、長吉《ちょうきち》！」

すれ違いざまに声をかけ、門をくぐる。

「おはようございます、結衣さん。今日も元気ですね」

手を振って応えながら広い庭に入ると、すでに村の娘たちが何人か集まってお喋《しゃべ》りに花を咲かせている。

「結衣、遅いんでないの」

輪の中心にいた萌黄《もえぎ》色の小袖をまとった娘が、声をかけてきた。同い年の糸《いと》という娘で、村の娘衆の中でもいちばん仲がいい。

「ごめん、お糸ちゃん。おっ父がなかなか起きてくれんさかい」

「大変やねぇ、だらしない父親を持つと」

「うん、ほやね」

苦笑を返すと、結衣は庭の隅の大きな石に腰掛けた六郎の背中を見つけた。痩せているが、ひょろりと背が高いのですぐにわかる。なにかの本を、熱心に読みふけっていた。

「六郎さん、おはよう」

「やあ、結衣」

こちらに気づいた六郎が、いかにも人の好《よ》さそうな少し垂れた目を細め、朗らかに答えた。娘たちの中に交じっても、あまり居心地の悪さは感じないらしい。

「これ見てくれ、すごいぞ！」

六郎は結衣に歩み寄ると、手にした書物を開いて見せた。いつも笑みを絶やさない六郎だが、今朝はいつになく興奮気味だ。

見せられたのは古ぼけた本で、紙面はなにかの草木の絵と細かい文字でびっしりと埋まっている。漢字だらけで、結衣にはさっぱり読めない。

「これは平安の頃の偉い医師が書いた『湯液本草《とうえきほんぞう》』っちゅう書物で、ありとあらゆる薬草と、その作り方が載ってるんや。了庵《りょうあん》先生が貸してくれた」

ぱらぱらとめくりながらすごい、すごいと連呼しているが、なにがすごいのか結衣にはさっぱりわからない。

「これを見ながら、薬草になる草を採ってこい。先生にそう言われたんや」

「ああ、ほれで」

なんとか、村のみんなの役に立てるようになれんもんかなあ。そう口癖のように言っていた六郎は、半年ほど前から村でただ一人の医者、了庵のもとに弟子入りしていた。了庵は老齢でだいぶ足腰も弱っているため、薬草を採りに山に入るのも難しいのだ。狩りに出られないというだけで「あいつは駄目や」とか「親父《おやじ》は立派な猟師やったのになあ」とか言う人もいるのに、みんなのために医者になろうと励む六郎さんはやっぱりえらいなあ、と結衣は思う。

「ねえ、聞いた？　今日は幸《さち》さんも来るらしいよ」

糸が近くに来て、こっそり耳打ちした。

「へえ、珍しいね」

幸は久蔵の愛娘《まなむすめ》で、六郎や兵太と同じ十六歳。色白で鼻筋の通った、村いちばんの器量好しだ。

聞いたところでは、あちこちから縁談が来ているが、全て断っているらしい。なんでも、相手の家柄が気に入らないからと幸自身が言っているのだそうだが、あまり喋ったことのない結衣には実際のところはよくわからない。ただ、その気位の高さは父親の久蔵も持て余し気味のようだった。

しばらくすると、屋敷の中から幸が下女を従えて出てきた。父親に言われて渋々出かけるのだと一目でわかる、いかにも不機嫌そうな顔。普段は高価な木綿の小袖を好んで着ているが、今日は汚れてもいいように地味な麻の着物だった。それでも、女子にしては長身で、すらりと伸びた手足は人目を惹《ひ》く。

きれいだなあと、改めて思う。黒く真っ直《ます》ぐな髪は艶があって、顔は小ぶりで、切れ長の目も形のいい鼻や唇も、これ以上ないというくらい絶妙な位置に配されている。引く手数多《あまた》なのも頷けた。

ぼんやり見惚《みと》れていると、視線が合った。気の強そうな吊り目に気圧されながら軽く会釈したが、幸は唇を尖《とが》らせ、すぐに横を向いてしまった。

「幸さん、結衣のこと、まだよそ者《もん》やって思てるんやね」

「う〜ん、ほうなんかなあ」

声を潜めて言う糸に、結衣は首を傾《かし》げた。

確かに、幸が自分に向ける目はやけに冷たい気がする。こんな山奥の小さな村でも、女同士ではいろいろとあるものだ。

そんな娘たちに構わず、六郎が上機嫌な声で言う。

「よし、みんな揃《そろ》たな。ほんなら、行こうか」

南の山を少し登ると、ひんやりとした空気が体を包んだ。

結衣はのんびりと飛び交う蜻蛉《とんぼ》を眺めながら、上機嫌で細い山道を進む。これだけの人数で山へ出かけることはめったにないので、どことなく気分が弾んでいた。

振り返れば、木々の合間から村が一望できる。

山に囲まれ、東西に細長い狭い平地に、大小の家が点々と並んでいる。その中を人影が行き来していた。鋤《すき》や鍬《くわ》を担いで東の山にある焼畑へ向かう者もあれば、桶《おけ》を手に井戸へ水汲《みずく》みに行く子供たちもいる。村外れの炭焼き小屋からは、細い煙が上がっていた。

結衣は、この景色を眺めるのが好きだった。あの営みの中に、自分も父も加わっているのだと実感できる。

「六郎さん、どこまで行くの。もういいやろう」

すぐ後ろを歩く糸が、何度目かの弱音を吐いた。

男一人、女六人の一行は熊よけの鈴を鳴らしながら、もう半刻《はんとき》（約一時間）近く歩き続けていた。

「もうちょっとじゃ。もうちょっとだけ登ろう」

なんでも、六郎が欲しい薬草は麓の方にはあまり生えていないらしい。まったく、こんな時だけ張り切って。ぶつぶつ言いながらも、糸はしっかりとついて来ている。

そのさらに後ろを進む幸は、出発以来一言も口を利かず、黙々と足を動かしている。山歩きなどほとんどしたことがないのだろう、額には玉の汗が浮かんでいた。

「なんや？」

じろりと一瞥《いちべつ》されて、結衣は慌てて視線を前に戻す。

「さて、このあたりにしょうか」

少し平坦な場所に出ると、ようやく六郎が言った。さっそく書物を開き、屈み込んで草花を眺め回している。

「勝手なもんや。もう、うちらのことなんか目に入っとらんよ」

呆《あき》れながら、糸が言う。

「薬草探しはいいけど、うちらまで巻きこまんといてほしいわ。山菜なんか麓の方でもぎょうさん採れるのに、わざわざこんな上の方まで……」

元々おしゃべりな質だが、今日はいつにも増して口数が多い。

たぶん六郎がいるせいだ。糸が六郎のことを気にかけているのは、鈍いとよく言われる結衣にもわかる。普段はなにかと文句ばかり言っているが、六郎が熱を出して寝込んだ時など、どこかから鶏の卵や泥鰌《どじょう》といった滋養のあるものを手に入れては、六郎の家に届けているのだ。

「まあ、ええやないの。あんなに愉しそうな六郎さん、めったに見られんよ」

「うん、まあ」

「あっ、松茸《まつたけ》！」

叫ぶと、結衣は正面の木に駆け寄り、根本に生えた茸をもいだ。鼻を近づけて匂いを嗅いでみるが、なぜかまったく匂いがない。怪訝《けげん》な思いで鼻をひくつかせていると、六郎に肩を叩かれた。

「それを食うのは、やめといた方がいい。三日は下痢に苦しむことになるぞ」

「だいたい、松茸にはまだ早いやろ。いい加減覚えな、あんたのおっ父の身がもたんよ」

仕方なく捨てた茸を、六郎が拾い上げて籠に入れた。

「まあ、こんな食べられれん茸でも、薬になったりはするもんや」

そう言うと、再び草むらに顔を突っ込んで薬草探しに没頭する。

結衣は糸に言われるがまま、里芋掘りに励んだ。田畑の少ない村では貴重な食糧だ。

ふと見ると、幸は山菜採りを下女に任せて木陰で休んでいる。関わるのはやめにして、結衣は芋掘りに専念した。

どこかで叫び声のようなものが聞こえたのは、籠の半分ほどが芋でいっぱいになった頃のことだ。

「ねえ、なんか聞こえんかった？」

手を止めて訊《たず》ねても、みんな首を振る。気のせいかと思い直した時、再び声がした。

目を閉じ、耳を澄ます。

助けて。若い男の声で、確かにそう言っていた。声は徐々に、こちらに近づいている。

「やっぱり聞こえた。ちょっと行ってくる」

「ちょっと結衣、なに言うてるの。なぁも聞こえんよ」

構わず、弓矢を手に声のした方へ走った。あたりを見回しても、誰もいない。それでも、声だけははっきりと聞こえるようになった。

「やめよって、悪かったたって言うてるやろ〜……！」

あっ、と結衣は声を上げる。今朝方狩りに出かけた、兵太の声だ。

弓を肩にかけ、近くにあった大きな楠《くすのき》を登りはじめる。四丈（約十二メートル）ほど登ったところで太い枝の上に立ち、眼下を見下ろす。ここから先は、切り立った崖になっていた。

目を凝らすと、細い山道を猛然と走る兵太の姿が見えた。そのさらに向こうには、黒い影。

「あっ、結衣、こんなところにいた！」

樹《き》の下から、糸の声がした。六郎たちも後から駆けつけてくる。

「なんや、どうなってるんや？」

「大変。兵太さんが猪に追っかけられてる。助けんと！」

「助けるって……」

結衣はするすると樹を下り、弓に矢をつがえた。崖の手前まで進み、弓を構える。

兵太の走る山道は、真っ直ぐ崖の下まで続いている。距離は一町半。まだ遠い。小ぶりで張りも弱くしてあるこの弓では、矢はあそこまで飛ばせない。

片目を閉じ、前方を見据える。猪も全力で駆けているので、狙いがつけづらい。いったいなにがあったのか、相当に気が立っているようだ。

生き物を狙うのははじめてだった。猪には気の毒だが、放っておけば兵太がひどい目に遭ってしまう。

不意に、体が強張《こわば》るような感覚に捉われた。猪とはいえ、自分の矢が生き物の命を奪うのだ。

両目を瞑《つむ》り、小さく唱えた。

「南無阿弥陀仏」

何度か繰り返し、目を開く。

距離が詰まっていた。三十間（約五十四メートル）。兵太が足をもつれさせて転んだ。かすかに吹いていた風が、ぴたりと止む。

「ごめんな」

声に出し、矢を放つ。

弦《つる》を離れた矢は、わずかな弧を描きながら飛んで行く。鏃が突き立つと同時に、猪が甲高い声で鳴いた。それから数瞬の間を置いて、朽ち木のように横に倒れる。矢は狙い通り、猪の眉間を射貫いていた。

「お見事！」

六郎が叫ぶと、糸たちからも喝采が上がった。

二

「いやぁ～、今日という日は、ほんとに死ぬかと思た」

猪鍋に舌鼓を打ちながら、まるで自分の武勇伝を誇るように兵太が言った。

「いっそ痛い目に遭《お》うたら、そのやかましい口も少しは静かになったかもしらんのにねえ」

「うるさいぞ、糸。誰のおかげで猪肉にありつけたと思てるんや」

「少なくとも、あんたのおかげではないけどね」

糸がそっけなく言うと、車座を作る村人たちが笑い声を上げた。

結衣が仕留めた猪はすぐに村に持ち帰り、供養をすませると与七によって手早く解体された。そして、村でいちばん大きい久蔵の屋敷に村人たちを招いて猪鍋という運びになったのだ。

夕陽が射《さ》し込む屋敷の広い庭では盛大に火が焚《た》かれ、大鍋がかけられている。このところ不猟続きだったので、結衣は久しぶりの獣肉に大喜びの村人たちから口々に感謝された。

せっかくなのでと幸も誘ったのだが、「うち、獣の肉は好きやない」という一言が返ってきただけだった。それきり幸は、奥の部屋に行ったまま出てこない。

自分の手で殺生をしたのははじめてだった。今でも猪の悲鳴が耳に残っているが、みんなが喜んでくれるのがせめてもの救いだ。残さず食べてやらなければ、あの猪もきっと浮かばれない。

供養は別にしても、猪肉と里芋、山菜のたっぷり入った味噌《みそ》仕立ての鍋は絶品だった。このところ粥ばかりだった結衣と源吾は、もう何杯もおかわりをしている。

身振り手振りを交えた兵太の武勇伝は、まだ続いている。

猪に追いかけられた原因は、やはり兵太自身にあった。兎を仕留めようと投げた礫《つぶて》が、運悪く近くにいた猪に当たってしまったのだ。与七に助けを求めようにも、猪は真っ直ぐ、文字通り猪突猛進《ちょとつもうしん》してくる。その場から逃げ出すことで、兵太は精一杯だった。

「しかし俺は、ほの程度では慌てたりせん。崖の上から結衣が猪を狙ってると察した俺は、そっちに向こて走った。ほんで、矢が放たれるのと同時に地面に伏せたんや。ほして、俺の頭の上を掠めた矢が、見事猪に命中したっちゅうわけや」

「いや、普通に転んだだけにしか見えんかったけど」

「阿呆か結衣、どこに目ぇつけとるんや。あれは全部……」

「もう、そのへんにしとけや」

喋り続ける兵太の頭に、とうとう与七の拳骨《げんこつ》が飛んだ。ぎゃっ、と叫んだ兵太が箸を取り落とす。

「おまえが阿呆面下げて猪鍋なんか食ってられるのは、結衣と御仏《みほとけ》のご加護のおかげや。なにを自分の手柄みたいに語っとるんじゃ」

「ほうやぞ、兵太。結衣にちゃんと礼は言うたんやろな」

汁を啜りながら、久蔵が言う。小柄で、両の目は一本の皺《しわ》のように細い。源吾よりも二つか三つ年上だが、気苦労が多いのかそれよりも老けて見える。髪も顔の下半分に蓄えた髭《ひげ》も半分以上が白くなっていた。それでも、若い頃はずいぶんな暴れ者だったらしい。一乗谷《いちじょうだに》のお館さまの下で戦に出て、手柄を立てたこともあるのだそうだ。

「あ、ああ。ええと、ありがとうな、結衣」

「いいよ、ほんな改まらんで。兵太さんの逃げ足も立派やったよ」

あまり嬉《うれ》しくなさそうな顔で、兵太は頭を掻《か》いている。

「帰ったらしっかりと念仏も唱えるんやぞ」

「わかってるって。そうやいやい言うなや」

殺生を生業にする者が多いせいか、村人たちはみな信心深い。

昔は加賀《かが》の白山《はくさん》をご神体として崇《あが》めていたが、百年ほど前に蓮如《れんにょ》という人が布教にやって来てからは、このあたりにも一向宗《いっこうしゅう》が広まった。

越前の他の村々と同じく、中津村にも一向宗の道場がある。道場では毎日朝夕、〝お勤め〟と称する勤行《ごんぎょう》を行っていた。熱心な門徒などは毎日欠かさず、朝夕のお勤めに通っている。

結衣も源吾も格別に信心深いわけではないが、この村で生きていく上では宗門との関わりは避けて通れない。それに、難しい教えの話はわからなくとも、年に一度の報恩講《ほうおんこう》は結衣も愉しみにしていた。

毎年十一月に行われる報恩講は、宗祖親鸞《しんらん》の祥月《しょうつき》命日を結願《けちがん》として営まれる法要だ。〝講〟というのは集会のことで、親鸞の恩に報いる集まりという意味で報恩講と呼ばれている。

法要といっても、堅苦しいものではない。村人は道場に集まり、招いた僧から説教を聞く。それが終われば、それぞれにごちそうを持ち寄り、盛大な宴《うたげ》となる。結衣にとっては、ありがたい説教よりも、めったに食べられない海の魚や甘い菓子にありつけることの方が愉しみだった。

「ところで六郎、薬草採りはどうだったんだ？」

源吾に話を振られ、六郎は慌てて口の中の物を飲み込んだ。

「はい。ぎょうさんいいのが採れました。結衣のおかげで腹下しの茸も手に入ったし」

「まさか、食べるつもりで採ったんじゃないだろうな？」

源吾がじろりと睨んでくる。聞こえないふりをしていると、屋敷の門のあたりが俄《にわか》に騒がしくなった。見ると、何人かが庭に入ってくるところだった。

首を伸ばし、兵太が言う。

「おっ、新八《しんぱち》さんやな。もう帰ったんか」

新八は、幸の兄で久蔵の跡取り息子だ。二十三歳で、村の若衆を束ねる立場にある。昨日から、村で獲った革を納めに一乗谷へ行っていたはずだ。

「一乗谷の様子はどうでした？」

訊ねた六郎に「ほれどころやない」と厳しい顔で応じる。村人を掻き分け、新八は久蔵の前に進み出た。

「親父どの。えらいことんなったぞ」

「なんじゃ、騒々しいのう」

「お館さまが、一乗谷を捨てられた。明日には、織田《おだ》勢が越前に攻め入ってくるらしい」

途端に、みんながざわめきはじめた。

「ほれは、どういうことじゃ」

「お館さまは、近江《おうみ》で織田の軍勢と睨み合《お》うとったんでないんか」

口々に問いかける村人たちを落ち着かせるように、新八は周囲を見回す。

「一昨日《おとつい》の十四日、越前と近江の国境にある刀根坂《とねざか》で大きな合戦があった。朝倉《あさくら》勢はこっぴどく打ち破られ、主立った将のほとんども討ち取られたそうや。お館さまは昨日の夕刻一乗谷に戻られたが、夜のうちに奥方様やお子たちを連れてどっかへ落ち延びられたそうや」

「どっかって、どこや?」

「ほんなもん、俺らみたいな下々の者に教えてくれるはずがないやろ。とにかく、織田勢はもう府中《ふちゅう》まで達してる。もうじき、一乗谷も焼き払われてしまうやろな。町に住んでる者らはみな、荷をまとめて逃げ仕度に追われてた」

新八の言葉に、村人たちが静まり返る。久蔵も、じっと腕を組んで何事か考え込んでいるようだ。

結衣は、必死に頭の中を整理した。

織田というのは、一乗谷のお館さまが戦っていた相手だ。美濃《みの》や尾張《おわり》、京を支配する大名で、確か当主の名は信長《のぶなが》とかいった。比叡山《ひえいざん》を丸ごと焼き討ちした、怖い大将らしい。

結衣はこれまで、一乗谷という町に行ったことが一度もない。中津村と同じく山に囲まれているが、村とは比べ物にならないくらい広く、一万人もの人が住んでいるのだぞうだ。市《いち》は物で溢《あふ》れ、華やかな小袖をまとった男女がたくさんいるという話だった。

ここからは、山を下りて足羽川《あすわがわ》をずっと遡ったところにある。全部で五里（約二十キロメートル）ほどの道のりだが、結衣の中では京の都と変わらないほど遠い場所に思える。

「家が焼かれてしもたら、住んでた人はどうなるの？」

「さあな。戦が終わった時分に戻ってきてまた家を建てるか、どっか別の場所で暮らすか。ほんなとこや」

素っ気ない新八の言葉に、結衣は俯《うつむ》いた。

「ほれよりどうする、親父どの。まさか、こんな山奥まで織田の軍兵《ぐんぴょう》が攻めてくるとは思われんけど」

「まずは、戦がどうなるか見極めることじゃ。越前がこのまま織田の手中に落ちるんか、ほれとも戦が長引くんか」

「ほれで？」

「朝倉の落ち武者らが村を襲ってこんとも限らん。新八、おまえは明日から、若い者《もん》らを集めて山の城を使えるようにしとけ」

「わかった」

「他の者らは、身の回りの物をまとめとけ。いつ山の城に移ることになるかわからんさけな」

　久蔵が言うと、集まった村人たちは家路についた。兵太や六郎のような若い男は、新八のところに集まって何事か話し合っている。

　結衣はこの状況でも黙々と猪鍋を食べ続けている源吾の隣に腰を下ろした。

「おっ父。山の城って？」

「ほりゃ、あれじゃ。なんかあった時に村の連中が逃げ込めるように築いた、ちょっとした砦《とりで》じゃや。ここだけでなく、山の中にある村は、だいたいほんな場所を用意してある」

　はじめて知った。村はこの何十年も戦に巻き込まれたことがないと聞いていただけに意外だった。かつては、村が戦場になるようなこともあったのだろうか。

「ほれ、今のうちに食える物は食っておけ。おまえが仕留めた猪だ、しっかりと供養してやれ」

「う、うん」

　のんきに鍋など食べていていいのだろうか。思いながらも、結衣は箸を取った。

　翌朝から、村は慌ただしく動きはじめた。

　新八に率いられた男たちは鋤や鍬を手に山へ入り、古くなった山の城を造り直している。源吾もそこに加わっているが、あの父がどれだけ役に立つのかと結衣は心配だった。

村に残った年寄りや女子供は、家財道具をまとめるのに追われていた。いざという時は、村人全員が山の城へ逃げ込むことになっている。村の空気は、ほんの一夜で一変していた。

越前を治める朝倉家と織田家の戦は、三年前から続いていた。

元亀《げんき》元年（一五七〇）四月、濃尾《のうび》両国に加えて京の都も制した信長は、自分が擁立した将軍足利義昭《あしかがよしあき》の名で、周囲の諸大名に京へ上るよう命じた。だが、成り上がり者の信長に屈するのをよしとしない朝倉義景《よしかげ》は、その命《めい》を黙殺した。信長は幕命に背いた義景を討つという名目で、三万の大軍を率いて越前に攻め寄せた。

だがそこで、北近江を領する信長の盟友浅井長政《あざいながまさ》が同盟を反古《ほご》にし、織田軍の背後から襲いかかる。命からがら逃れた信長は、姉川《あねがわ》の合戦で朝倉・浅井の連合軍を打ち破った。

そのわずか三月後、一向宗の総本山である摂津《せっつ》の大坂本願寺《おおさかほんがんじ》が起《た》ち、全国の門徒に信長打倒を呼びかけた。伊勢長島《いせながしま》の願証寺《がんしょうじ》では多くの門徒が蜂起し、今も戦が続いている。

本願寺と結んだ朝倉・浅井は、足掛け四年にわたって信長を苦しめ続けた。

だが、反信長勢力が頼みとしていた甲斐《かい》の武田信玄《たけだしんげん》が突如上洛《じょうらく》を取りやめて帰国すると、形勢は一変する。朝倉家中では離反が相次ぎ、義景自ら臨んだ最後の決戦も大敗に終わった。そして今、義景はどことも知れない場所に落ち延び、それを追う織田軍は一乗谷に迫っている。

そういったいきさつを、結衣は源吾から聞かされた。自分には関わりがないと思っていた戦が、いきなり目の前に現れたような気がする。本当は、今まで見えていなかっただけで、最初からすぐそこにあったのかもしれない。

この村も、比叡山のように焼かれてしまうのだろうか。小さく、取り立てて豊かなわけでもないが、この村以外に結衣が故郷と呼べるような場所はない。

源吾とともに中津村で暮らすようになったのは、今から一年半ほど前のことだ。

結衣が生まれたのは南近江、琵琶湖《びわこ》の畔《ほとり》にある小さな村だった。琵琶湖の漁師と農家が半々の何の変哲もない村だが、平穏で暮らしやすい村だった。結衣の家はそれなりに裕福で、二町（約二ヘクタール）を超える広さの自前の田畑を持ち、大きな屋敷には数人の下男、下女まで抱えていた。

父と母が流行《はや》り病《やまい》で没したのは、結衣が十四歳を迎えた正月のことだ。父母が死んだ時の記憶はない。結衣も同じ病に冒され、生死の境にあったのだという。

病が癒えるとすぐに、姉の真矢に連れられ、越前にいるという親類を頼って村を出た。

だが、その旅の途中で姉は死んだ。野盗に襲われ、命を落としたのだ。

姉がどんなふうに死んだのかも、結衣は覚えていない。全ては源吾から聞かされたことだった。

源吾が言うには、野盗から逃げる途中で結衣は崖から落ち、気を失っていたらしい。その間に姉は斬られ、そこへたまたま通りかかった源吾が野盗を討った。姉は最期まで、結衣のことを頼むと源吾に懇願し続けたという。

気づいた時、結衣は源吾とともに馬の背に揺られていた。頭を打ったせいか、父と母、姉が死んだ前後の記憶はあやふやで、無理に思い出そうとすると決まってひどい頭痛に襲われる。

それ以来、源吾が結衣の二人目の父になった。

源吾もまた、生国《しょうごく》の加賀を出奔したばかりだった。行く当てもない父と子はそれからさらに十日ほど旅を続け、この中津村に辿り着いた。

源吾のどこを気に入ったのかはわからないが、久蔵は父子が村に住みつくことを許し、家まで与えてくれた。結衣も村の暮らしに馴染《なじ》み、源吾を本当の父と思えるようにもなった。

戦ばかりの世の中で、事情を抱えた親子などさして珍しくもなかった。父と子の過去を詮索する者は、この村にはいない。やりくりは大変でも、村の暮らしは気に入っている。源吾が本当の父になったように、今ではこの村が自分の故郷になっていた。

義景が一乗谷から逃げ出した二日後の早朝、結衣は外の騒がしさに目を覚ました。

「結衣、大変や。早《はよ》う起きて！」

勝手に土間に上がりこんだ糸が、大声で喚《わめ》いている。

ぐずぐずと寝床を這《は》い出して土間へ下りると、いきなり外へ連れ出された。

「ちょっとなに、まだ暗いんでない」

「いいから、早う！」

結衣の手を引き、糸は丘の上の道場へと向かう。

夜はまだ明けきっていないにもかかわらず、人の姿が多い。どういうわけか、全員がまだ薄暗い空を見上げている。皆が見ている方角へ首を捻り、結衣ははっと息を呑んだ。

「……あれ、なに？」

「あっちは、一乗谷のある方角や。きっと、織田の軍勢が攻めこんで火をつけたんでないか」

糸の声は、かすかな震えを帯びている。結衣も、徐々に体が強張っていくのを感じていた。

いくつかの山を隔てた北西の空に、無数の煙が立ち上っていた。日が昇るにつれて、禍々《まがまが》しい黒煙ははっきりとその姿を露《あら》わにしていく。呆然《ぼうぜん》と見上げる間にも新たな煙が上がり、空を覆いつくすかのような勢いで広がり続けている。

あの煙の下に、いったいどれだけの人がいるのだろう。考えただけで恐ろしくなった。

「きっと、みんなさっさと逃げ出してるはずやって」

糸はそう言うが、きっと逃げたくても逃げられない病人や、足の弱い子供も年寄りもいるだろう。

「なんで、関係ない人の家にまで火なんかつけるんやろ」

「戦だからな」

いつの間にか近くにいた源吾が、押し殺した声で言った。

「戦やったら、なにをしてもいいの？」

「そうだ。戦になれば、火つけも略奪も人殺しも、その全てが許される。戦場に立てば、誰でも箍《たが》が外れる。明日には自分が殺されるかもしれないからな」

父も、戦で人を殺したり家に火をつけたりしたのだろうか。思ったが、怖くて訊《き》けなかった。

ふと見ると、幸の姿もあった。寝巻きのまま、惚《ほう》けたような表情で空を眺めている。

「……嫌や」

小さな呟《つぶや》きを、結衣の耳は聞き取った。

「あかん。一乗谷が、燃えてまう……」

幸は何度か、父親にせがんで一乗谷へ出かけたことがあるらしい。村とはまるで違う華やかな町の空気に触れ、憧れのようなものを抱いていたのかもしれない。なんだかいたたまれない気持ちになって、幸から目を逸らした。

それから三日後、山の城へ移った村人たちのもとに、織田軍から使いがやって来た。使者は久蔵としばらく話し込むと、馬蹄《ばてい》の響きを残して駆け去っていった。

八月二十日、一乗谷を捨てて大野《おおの》に逃れた義景は、一族の裏切りにあって自刃して果てた。ほとんどの朝倉家臣は、刀根坂での敗戦の直後から続々と織田家に降《くだ》り、今では織田勢に歯向かう者は一人としていないのだという。中津村は今後、前波吉継《まえばよしつぐ》という侍に年貢を納めることになる。前波は元朝倉家臣で、早くから義景を見限って織田家に寝返っていた。その功で、信長から越前一国を任されることになったらしい。

そうした事情を、久蔵は村人を集めて語った。

「ほんで、わしらはどうなるんや？」

村人の一人が訊ねる。

「織田に年貢を差し出すことを誓えば、村に戻れるっちゅうこっちゃ。わしは、織田家に年貢を納めても構わんと思う。皆の衆はどうじゃ？」

久蔵が一同を見回すと、与七が口を開いた。

「今までと同じ暮らしを続けられるんか？」

久蔵は大きく頷きを返す。

「ほうや。革を納める代わりに軍役も免除される。年貢の額も、朝倉に納めていたのと変わりはせん。みんな、これまでと同じじゃ」

「ほやけど、信長ちゅう大将は平気で約束を反古にするっちゅう話や。ほんとに信用していいんか？」

「信長が欺くのは、敵対した相手だけや。美濃や尾張では、むやみに民から搾り取るようなことはしとらん」

「ほんなら、わしはほれでいい。むしろ、願ってもないことや。わしらは朝倉のお館になんの義理もない。お館が朝倉から織田になるだけや」

他の村人たちも、口々に賛意を唱える。

「わかった。では、近いうちにわしが前波さまのところに行き、話をつける。皆で、村に帰ろう」

久蔵が言うと、一斉に歓声が上がった。

一つの大名家が滅びたにしては、実にあっさりしたものだった。

越前は、百年にわたって朝倉家が支配してきた。だが、普通の民百姓にとっては、日々の暮らしが安泰であれば、年貢を納める相手が誰であろうと構わないのだ。

「よかったな、結衣。なぁも変わらんって」

はしゃいだ声で言う糸に「うん」と相槌《あいづち》を打ちながらも、こんなに手放しで喜んでいていいのだろうかと思う。

一乗谷のあの煙の下にいた人たちは、どうなってしまったのだろう。戦を避けて町を出ていた人は、どうやって暮らしを立て直すのだろう。歓声の中、結衣はそんなことを考えていた。

三

中津村は、冬になると一面の雪に閉ざされる。

とはいえ、畑仕事ができなくても、農具や山菜採りに使う籠を修繕したり、毎日やって来る子供たちの面倒を見たりと、やるべきことはたくさんある。毎日のように屋根や家の表の雪掻きに追われ、麓の市まで米や魚を買いに出ることもままならない。

それでも結衣は、別の世界に迷い込んだような静寂を湛《たた》える冬の朝が好きだった。

八月に朝倉家が滅んでも、久蔵の言うように日々の暮らしには何の変化もない。事件といえば、秋祭りの後で兵太が懲りずに幸に言い寄り、周囲の予想通り一顧だにされなかったことくらいだ。

兵太は幸に、これまで何度も「嫁になってくれ」と言い寄っていた。一度も相手にされたことはないが、まだ諦めていないらしい。一部の村人たちの間では、何度袖にされれば兵太が諦めるか、賭けの対象になっているという。

今回はよほどひどいことを言われたらしく何日も抜け殻のようになっていたが、しばらくすると立ち直り、今では次の機会を狙っている。

「当たって砕けろの気構えは見上げたもんやけど、何回同じ相手に砕かれたら目が覚めるんやろ」

糸はひとしきり笑った後に呆れ顔で言っていたが、それでも諦めない兵太は立派だと、結衣は思った。

十一月になると、新しい国主の前波吉継が信長の名から「長」の字を頂き、桂田長俊《かつらだながとし》と名を改めた。焼け野原と化した一乗谷では復興が進み、以前の姿をだいぶ取り戻しつつあるらしい。

報恩講も、例年と変わらず執り行われた。

どの村の道場も、どこかの寺に属している。村の中津道場も例外ではなく、池田村《いけだそん》の浄光寺《じょうこうじ》という寺の配下にあった。池田は中津村から北へ一里ほどのところにある大きな村だ。毎年そこから偉い僧侶がやって来て、道場で正信偈和讃《しょうしんげわさん》を唱えた後に、村人たちに法話を語って聞かせることになっている。

今年やって来たのは、賢俊《けんしゆん》という僧侶だった。毎年来ていた浄光寺の住職が病に臥《ふ》せっているため、三月ほど前に大坂本願寺から派遣され、住職を継いだのだそうだ。

黒衣の上に白い袈裟《けさ》をまとった賢俊は、穏和だった浄光寺の住職とはまるで違った雰囲気を放っている。六尺（約百八十センチ）近い体躯《たいく》に加え、僧侶には似つかわしくない鋭い双眸。歳の頃は、四十になるかならないかだろう。和讃を唱える声も力強く、源吾などよりよほど侍らしい。

「ええか、皆の衆」

一段高い座についた賢俊は、一人一人に訴えるように道場に詰めかけた村人たちを見渡した。

「この村には、殺生を生業とする者が多いと聞く。猪も熊も兎も、畜生とはいえ、我らと同じ命を持っておる。己が生きるためにその命を奪い、糧といたす。まこと、罪深き行いとは思わへんか」

あまり聞き馴染みのない上方訛《かみがたなま》りで問いかける。

「ほやったら、俺らは極楽に行けんちゅうことですか？」

たまらず声を上げた兵太に、賢俊が目を向けた。一瞬、兵太は体をびくりと震わせたが、賢俊はすぐに頬を緩め、ゆっくりと首を振った。

「善人なおもて往生を遂ぐ、いわんや悪人をや。親鸞聖人のお言葉や。弥陀がまことに救わんと願っておるのは、善人やない。悪行から離れられず、迷いを捨て去ることのできぬ凡夫である悪人を極楽浄土へ導くことこそ、弥陀のご意志なのや」

「本当に、俺らみたいな者でも極楽へ？」

「そうや。だが、己の力のみを頼ってはあかん。人は弱い生き物や。一人一人の力、すなわち自力など、たかだか知れておる。弥陀のお力、他力を頼り、念仏を唱えればええ。弥陀は、いかなる者も見捨てることはあれへんのや」

賢俊は低い声で、一言一言、聞く者の胸に染み入るようにゆっくりと語る。和讃を唱えた時の力強さは影を潜め、母が幼子に道理を説くかのような声音だった。

「弥陀を信じお縋《すが》りする者は、すでに極楽往生が決定しておる。せやから、毎日唱える念仏は、弥陀の恩に対する感謝の証《あかし》や。これは『御文章《ごもんじよう》』という、親鸞聖人のお書きになった手紙にもはっきりと記されておる。なにも案ずることはあれへん。ここにおる皆は、とうに弥陀の光明に包まれ、そのご加護を受けておるのや」

結衣は、壇上から語りかける賢俊の顔をじっと見つめた。

強い光を放つその目は確信に満ちていて、迷いや躊躇《ためら》いの色は一切見えない。この人は、自分の語る教えに何の疑問も抱いていないのだと、結衣は思った。

気づくと、嗚咽《おえつ》の声がいくつか聞こえていた。普段は猪や熊を相手にしている屈強な猟師が、ぽろぽろと涙をこぼしている。

みんな、そんなに極楽というところに行きたいんやろうか。賢俊の話を聞きながら、結衣は思う。こっそり訊ねようと隣の父を見て、自分の目を疑った。涙ぐんでいる。

と思ったら、見えないように顔を俯かせて大きく口を開けた。あくびを堪《こら》えていただけらしい。

「この秋、我ら本願寺と契りを結んだ朝倉家が滅び、越前は織田の版図となった。我ら門徒にとっては生きづらきことも多々あるやろう。いや、それどころか信長は、いずれ浄土真宗そのものを禁じるやもしれん」

憂いに眉を顰《ひそ》めながら賢俊が言うと、道場は騒然となった。

「まさか」

「ほんなことになったら、わしらはどうやって極楽に行ったらいいんや」

「そのようなことにならぬよう、ご門主《もんしゅ》さま以下、門徒衆が一丸となって信長と戦っておるのや。皆の衆、いざという時は、我ら本願寺を助けてくれようか？」

ご門主さまというのは、大坂本願寺門跡《もんぜき》にして、全国に数十万いると言われる門徒の頂点に立つ、本願寺顕如《けんにょ》という人のことだ。

村人たちは、都にいるという天子さま以上にご門主さまを尊崇している。一生に一度でいいから大坂に上り、そのお姿を拝んでみたい。そう願う声を、結衣もこれまで何度か耳にした。

ご門主さまの名が出た途端、道場の熱気がさらに高まった。

「当然や！」

兵太がこれまでに見たことのない勇ましさで言うと、男たちは口々に声を上げた。わしは、弥陀の教えを守るぞ。仏の加護があるんや、怖いもんなんかない。熱に浮かされたような叫び声が、方々から聞こえてくる。

「あのう」

恐る恐る、結衣は手を挙げた。周囲の視線が集まり、それまでの熱狂が嘘《うそ》のように静かになった。

「遠慮せんでええ。訊きたいことがあったら、なんでも言うてみ」

賢俊に促され、疑問を口にする。

「極楽っていうのは、ほんとにあるんでしょうか？」

束の間《つかま》、賢俊は口をぽかんと開け、目を丸くしていた。なにかまずいことを訊いてしまったのだろうかとやきもきしていると、賢俊がやれやれといった感じで首を振った。

「どうやら、拙僧もまだまだ修行が足らんらしいわ。教えを説くっちゅうのは難しいもんやで」

苦笑しながら言うと、村人たちもどっと笑った。

「まあ、そう笑うもんやあれへん。教えがさっぱり頭に入っとらん娘っこでも、南無阿弥陀仏を唱えれば極楽往生は必定や。ほな、今日はこのへんにしとこか」

そこで法話は切り上げられ、村人たちは食事の仕度に移った。

結局、問いには答えてくれんかったな。そんなことを思いながらふと横を見ると、道場を後にする賢俊を源吾がじっと見据えていた。その目は、普段のだらしない父のものと思えない。戦場で敵と向かい合っているかのような、険しく鋭い視線だった。

「おっ父」

「ん、なんだ?」

こちらを見た父の目から、鋭さは消えている。

「どうしたの、怖い顔して」

「ほれはまあ、あれじゃ」

声を潜め、周りに聞こえないようひそひそと言う。

「こっちは腹が減っとるっちゅうのに、あんまり長々と話すもんじゃさかい、つい腹が立ってな」

「ああ、ほれで」

「さて、今日は食うぞ。久しぶりの、まともな食事じゃ」

「失礼やな。いつも、まともなもん出してるつもりやけど」

不機嫌さをはっきり声に出すと、源吾はごまかすように大きな声で笑った。

報恩講から数日が経ったある日のことだった。

いつものように道場で世間話に興じていた結衣は、表が騒がしいことに気づき、何事かと外に出た。

門のあたりに、村の乙名衆が数人集まってひざまずいている。

相手は、足軽を五人ほど連れた、立派な鎧《よろい》兜《かぶと》を身につけた侍だった。足軽はいずれも、槍や弓鉄砲を携えている。

結衣と居合わせた娘たちは息を潜め、道場の陰から遠巻きに見守った。

「お侍が、いったい何の用やろ」

隣の糸が、不安そうな顔をしている。

馬上から、侍が居丈高に声を張り上げた。

「よいか。銭十五貫文か、それに代わる物を三日以内に一乗谷まで届けるのじゃ。しかと申しつけたぞ」

「お待ちくだされ」

久蔵が声を上げた。

「ここは、ご覧の通りの貧しい村にございます。ろくに米も実らず、山で獲った得物を売り、ようやく口を糊《のり》しております。到底、十五貫文などという大金は……」

「黙れ！」

侍は、久蔵の言葉を遮り大喝した。

「なればこそ、銭に代わる物でもよいと申しておるのじゃ。獣の革は高《たこ》う売れる。十五貫文など容易《たやす》く集まろう」

「狩りと申すは、そのように都合よくいくものではございませぬ。時には、命を落とす者もございますれば」

「それを申すならば、我らこそ命がけよ。浅井、朝倉が滅びたとはいえ、織田家に敵対する者はいまだ多くおる。矢銭《やせん》がなくば、その者らと戦うことはできぬ。戦に負ければ、この村は敵に踏み荒らされることになるのじゃ。そのような道理、童《わらべ》でもわかろう」

矢銭というのは、軍資金のことだった。十五貫文がどれほどの大金かは結衣にもよくわかる。村の猟師が一年働きづめに働いても、一貫文稼げるかどうかなのだ。

「せめて、せめて半分、いえ、十貫文にでもしていただけませんでしょうか。十五貫文も出せば、村人の中にはこの冬を越せぬ者も出てまいります」

久蔵が、額を地面にこすりつけている。村長のそんな姿を見るのははじめてだった。見てはいけないものを見ているような気がして、胸が苦しい。

「ならん。そなたらが安穏と暮らしておられるのはいったい誰のおかげぞ。織田家に逆らうとあらばそれでもよい。叡山を焼き討ちした我らにかかれば、このような村、半刻もかからず焼き尽くしてみせようぞ」

そこまで言うと、侍はこちらに目を向け、にやりと笑った。糸たちが、びくりと体を震わせて頭を引っ込める。

「そうじゃ。あの道場にも本尊があろう。それを売り飛ばせば、そこそこの値になるのではないか?」

「ふざけるな!」

立ち上がったのは新八だった。父の制止を振り切って、憤怒《ふんぬ》の形相で侍の前に進み出る。

「この村のご本尊は、ありがたくも、蓮如さまご親筆の六字名号《ろくじみようごう》やぞ。ほれを売れなどと、よくもそのような……」

侍が顎をしゃくると、足軽の一人が進み出て新八を槍の柄で殴りつけた。なおも立ち上がろうとする新八を、数人でさらに蹴りつける。

「もうよい。本来なら斬り捨ててもよいところだが、そなたらにはこれからも狩りに励んでもらわねばならん。此度《こたび》ばかりは見なかったことにしてやろう」

酷薄な笑みを浮かべ、這いつくばった新八を見下ろす。

「よいな。三日以内に十五貫文じゃ」

言い捨てて、侍は馬首を巡らせた。

「ちくしょう、ちくしょう……」

押し黙ったままの乙名衆をよそに、新八は固い地面に拳を打ちつけている。

「ひどい。あんまりや……」

目に涙を浮かべる糸にどう声をかければいいのか、結衣にはわからなかった。


年が明けた天正二年（一五七四）正月、結衣は十六歳になった。

だが、今年の正月祝いはどこか沈んでいる。道場に集まる村人たちの顔にも不満や不安が入り混じり、新年特有の浮かれた雰囲気はどこにもなかった。

矢銭の徴収は、中津村に限ったことではなかった。国主桂田長俊の意向で、越前全土に重い税が課されている。

桂田長俊が言うには、大坂本願寺や甲斐の武田など、織田家に敵対する者たちが力を失っていない以上やむを得ないとのことだったが、実際のところは自分が私腹を肥やすためではないかと噂《うわさ》されている。

その証拠に、昨年の十一月に上洛した信長に挨拶するため京へ上った桂田は、莫大《ばくだい》な財物を献上していた。桂田が新たに築いた一乗谷の館も、朝倉館をはるかに上回る規模で、調度も贅を凝らしたものらしい。その一方で、朝倉滅亡の折に家を焼かれた民にはいまだ自分の家も建て直せない者が多くいるという。

結局、村人全員が分限《ぶげん》に応じて銭や革を出すことで、なんとか十五貫文を納めることができた。だが、ただでさえ裕福とはいえない村人たちに、負担は重くのしかかった。

中には一日二回の食事を一回に減らさざるを得ない家まであるという。

正月飾りを片付ける頃になると、時折村を訪れる行商人や旅の僧、山伏たちから、近いうちに戦になるかもしれないという噂がしきりに伝わってきた。

「誰と誰が、戦になるの？」

いつも以上に薄い粥の夕餉を食べながら結衣が訊ねると、源吾はどうでもよさそうに答えた。

「ほれは、桂田長俊と朝倉の旧臣連中じゃろうな」

「なんで？　同じ織田家の家来同士なのに」

「まあ、織田の家来とゆうても、一枚岩ではないさかいな」

桂田と同じように織田家に鞍替《くらが》えした朝倉旧臣の間にも、桂田に対する不満は高まっていた。信長から国主に任じられたことで思い上がっているのか、桂田はかつての同僚や目上の者に対しても横柄な態度で接することが多いらしい。

中でも、府中城主富田長繁《とだながしげ》とは犬猿の仲だった。富田は昨年の十月に行われた伊勢長島攻めで戦功を立てたが、褒美を与えないよう、桂田が信長に言上《ごんじょう》したのだという。

「それを知った富田は、当然怒った。褒美に新しい領地がもらえるとばかり思ていたじゃろうさかいな」

「ふうん」

侍という人たちは、なぜそんなに領地を欲しがるのだろうか。田畑を広げたいのなら、自分たちで山や荒地を開墾すればいい。土地にこだわって殺し合いまでする侍たちが、結衣には到底理解できない。

富田長繁が府中で兵を挙げたのは、村に降り積もった雪がようやく解けはじめた一月十九日のことだ。その日のうちに一乗谷を攻め落とし、桂田長俊とその一族の首を刎《は》ねた。一乗谷は再び戦火に見舞われ、結衣たちはまたしても山の向こうに上がる夥《おびただ》しい黒煙を見上げることとなった。

それから十日と経たないうちに、富田が信長に使いを送り、自分を越前国主に任じるよう求めているという話が聞こえてきた。桂田を討ったのはあくまでその専横を誅《ちゅう》するためで、信長に対する謀反にはあらず。それが富田の言い分だった。

再び池田村から賢俊がやって来たのは、二月に入《く》ったある日のことだった。

「我ら越前門徒は一揆《いっき》を結び、仏敵信長に与する富田長繁を討つ。戦に耐え得る若者はことごとく参陣せよ。これは、ご本山の決定である」

集められた村人たちを前に、賢俊は毅然《きぜん》と言い放った。

「従えぬとあらば、その者は破門といたす」

その言葉に、村人は騒然とした。破門となれば、どれほど念仏を唱えても極楽には行けない。青褪《あおざ》めた若衆たちは次々と立ち上がり、我先に参陣を志願する。

その中には、兵太の姿もあった。

四

出陣を三日後に控えても、兵太の家の夕餉はいつもとなんら変わらなかった。薄い粥に大根の葉の塩漬け。狭い部屋の隅では、与七が無言で濁り酒を舐《な》めている。

「それにしても、あんたに戦なんてできるんかねえ」

粥を啜りながら、母の松《まつ》が不安そうに言った。

「どうってことねえ。手柄を立てて、褒美をどっさりもろてきてやる」

ほうび、ほうび、と弟の太一《たいち》がはしゃいだ声を出した。「ほら、おとなしゅう食べな」と妹の小夜《さよ》が窘《たしな》めている。

今回の戦では、村に二十三人いる若衆のうち、十五人が出陣する。無論、兵太も自ら志願した。

指揮は、若衆頭の新八が執る。他に、久蔵の家の下人が二人。残りは全員、独り者の十代後半から二十代前半の若者だ。戦に異議を唱えれば破門されるという事実は、誰の心にも重くのしかかったのだろう。体力に劣る六郎や妻子のある者、家の跡取りなどを除いてもなお、十五人が残った。

破門。つまりは、死んだ後も極楽へは行けず、未来永劫《えいごう》にわたって無間《むげん》地獄で苦しみ続けねばならない。地獄がどれほど恐ろしい場所かは、物心ついた頃から何度も聞かされてきた。

「手柄なんていいさけ、みんなの足手まといにならんように気ぃつけな。あ、こら太一、なにしてるんじゃ。もったいないが」

粥をこぼした太一がごまかすように頭を掻き、小夜はそれみたことかとすまし顔で粥を啜る。この狭い家に、与七と松、兵太と九歳になる小夜、五歳の太一の五人が暮らしていた。

「俺が戦に出たら、太一を頼むぞ」

箸を置くと、隣の小夜に向かって言った。

「大丈夫。結衣姉ちゃんもいるし、なぁも心配いらんて」

「ほうか。ほんなら二人とも、結衣の言うことをよう聞けや」

小夜も太一も、毎日読み書きを習いに源吾の家に通っている。結衣に任せるというのもそれはそれで心配だったが、小夜たちだけでなく、村の子供たちは結衣によく懐いていた。

「うちらの心配より、兄ちゃんはみんなの迷惑にならんようにしっかりと務めな」

「ほうじゃ。あんたはただでさえ役に立たんのやさけ」

「ほうびって美味《うま》いんか？」

それにしてもこの家の連中は、と兵太は思う。長男が戦に出るというのに、他にかける言葉はないのか。

まあいいわ。戦に出るのが決まった以上、ただで帰るわけにはいかない。大手柄を立てて、みんなをあっと言わせてやる。そうすれば幸も、自分のことを見損なっていたのだとわかるはずや。

莫大な褒美をもらって村に凱旋《がいせん》するところを想像した。沿道では、自分の雄姿を一目見ようと集まった村の娘たちが騒いでいる。だが、娘たちの姿など、兵太の眼中にはない。

兵太の視線の先には、潤んだ目で自分を見つめる幸の姿。駆け出した兵太は幸の体をひしと抱き寄せ、耳元で囁《ささや》く。俺の嫁に……。

「なにをにやにやしてるんや。気持ち悪い」

気づくと、小夜が肥溜めでも見るような目でこちらを見ていた。

翌日、兵太は早朝から起き出し、家の前で三尺ほどの木の棒を振った。

元々、膂力《りょりょく》は強い方だった。毎日のように山へ入っているので、体力にも自信はある。猪や熊といった大物を仕留められずにいるのは、たまたまずる賢い相手にばかり出会ってしまうからだ。そのあたりを、父も村の連中も理解していない。

剣の振り方は、結衣の父から一通り学んでいた。読み書きはまったくといっていいほど身につかなかったが、猟師の息子にそんなものは必要ない。

びゅん、と棒が鋭く空を斬る。

うん、いけるやないか。一人で納得し、二度、三度と振ってみる。源吾に教わったのは身を護《まも》るのに必要な程度の武芸で、それ以上のことは期待してもいなかった。元は侍だったらしいが、今ではだらしないただの中年にすぎない。

戦い方は、自分で工夫する必要がある。目の前に敵がいると想像し、立ち回りを演じてみた。

悪くない。もしかすると俺は、猟師などより侍の方が向いているのかもしれない。そんな気さえしてきた。

「兵太さん、おはよう」

見ると、向かいの家から結衣が出てきたところだった。いかにも寝起きといったぼんやりした顔で、髪はあちこちに跳ねている。

やや丸みを帯びた顔は実際の歳よりも幼く見えるが、もともとの顔のつくりは悪くない。幸を見習ってもっと身だしなみに気を遣えばいいのにと、毎朝結衣を見るたびに思う。これで弓の腕は大人の猟師顔負けなのだから、まったくもってよくわからない。

「なにしてるの？」

「きまってるやろ。戦に備えて稽古に励んでるんや」

「ああ、ほうなんや。てっきり、また新しい踊りでも考えたんかと思た」

なんと失礼な小娘だ。一瞬腹が立ったが、この舞うような太刀捌《さば》きが華麗な踊りに見えたとしても無理はないと思い直す。

「いいか、俺はこの戦で必ず大きな手柄を立てて、幸さんにいいところを見せる。そして今度こそ、幸さんを嫁にするんや」

手拭いで汗を拭きながら決意を述べ、稽古に戻った。見えない敵の攻撃を軽やかにかわし、踏み込んで鋭い突きを放つ。

「なあ、兵太さん」

「なんや」

「手柄なんていいさかい、ちゃんと生きて帰ってこなあかんよ」

「阿呆。俺を誰やと思とる」

棒を振りながら答えると、結衣は「ほうやね、ごめん」と言って笑った。

早咲きの桜がちらほらと咲きはじめた二月十日、十五人の若衆が久蔵の屋敷の庭に集まった。浄光寺配下の門徒は、今日中に池田に集結することになっている。

「だいぶ古うなってしもたが、当家の物や。これを身につけて、村のためにしかと働いてくれ」

久蔵が筵の上に並べた武具を指すと、若衆たちからどよめきが上がった。陣笠《じんがさ》に胴丸《どうまる》、籠手《こて》に脛当《すねあ》て。得物は打刀《うちがたな》に弓矢の他、手槍まである。古びてはいるがどれもしっかりと修繕され、使えるようになっていた。

「すまんが、具足は数が足らん。腕に覚えのある者は敵から奪《うば》てくれ」

兵太は、真っ先に飛び出して具足を手にした。腕はともかく、身を護る物がないのはいかにも不安だった。

散々苦労して、生まれてはじめて具足を身につけた。想像以上の重さに顔をしかめながら、槍を手にする。正直なところ、弓には自信がない。結衣から教わろうかとも思ったが、それは年上の意地もあってやめておいた。

立っているだけで、具足がずっしりと肩に食い込む。槍も一間足らずと短いが、これを思いのままに振れるのかどうか、甚だ心もとない。

「己の命がかかってる。自分の得物は、しっかりと確かめておけ」

兵太は、腰に差した打刀の鞘を払った。反りは少なく、刃渡りも二尺少々。数打ちの安物だろうが、陽の光を照り返す鋭い刃《やいば》は、これがまぎれもなく人を斬る道具であることを物語っている。

本当に、俺に人が殺せるのか。不意に、そんな思いが湧き上がってきた。違う。この疑問は、絶えず心のどこかにあった。今まで見て見ぬふりをしていただけだ。

一度正視してしまえば、目を逸らすことはできなかった。この槍で名も知らない相手を突き殺し、首を獲らなければならない。そんな真似が、果たして自分にできるのか。いや、それ以前に、突き殺されるのは自分かもしれないのだ。これまで自分や与七が仕留めた獣たちの死に様が、脳裏に次々と浮かんでは消える。

死ねば極楽と言われても、斬られれば痛いし、血も出る。怖いものは怖いのだ。

「どうしたんです、兵太さん。顔色が悪いですよ」

心配そうに言ったのは、長吉だった。兵太より二つ下の十五歳で、戦に出る村人の中では最も若い。久蔵の家の小作人だが、元は孤児で、一乗谷に出かけていた久蔵の財布を掏《す》ろうとして逆に捕まったのだ。それからは、拾われた恩を返そうと真面目に働いている。

「な、なんでもない。ただの武者震いや」

兵太は愚にもつかない虚勢を張った。それでも、いったん芽生えた恐怖は消えることがない。

いきなり、後ろから袖を引かれた。振り返り、兵太は思わず顔を引き攣《つ》らせる。

そこにいたのは幸だった。いつものどこか不機嫌そうな顔で、こちらを睨むように見上げている。

「おい、幸。出陣前やぞ」

兄の咎《とが》める声を無視して、幸が口を開く。

「生きて、帰ってきなさい」

「……へ？」

「あたしが袖にし続けたさけ、やけになって死にに行ったなんて噂されたら困る。ほやさけ、ちゃんと生きて帰ってきなさい」

ぶっきらぼうにそれだけ言うと、踵《きびす》を返して駆け去っていく。

「まったく、困ったもんや。おい、あれのどこがいいんや？」

新八の声が、兵太の耳から耳へ素通りしていく。

そうか、俺に死んでほしくないんやな。それはすなわち、好いているということに他ならないではないか。これまで嫁に来ることを拒み続けてきたのも、恥じらいのあまり心にもないことを口にしていたに違いない。

いつの間にか恐怖はすっかり吹き飛び、代わりに萎えかけていたはずの功名心が猛然と頭をもたげていた。

「皆、仕度は整うたな。では、例のもんを」

久蔵に促され、下人が地面に置かれた長い棹《さお》のようなものを立てる。

旗だった。木綿を継ぎ合わせた大きな布に、『厭離穢土《おんりえど》、欣求浄土《ごんぐじようど》』の文字が大書してある。

「では、参るぞ」

新八の声に全員がおう、と応え、屋敷を後にした。

村人たちが、総出で見送りに出ていた。あちこちから、十五人の若衆に向かって声がかけられる。なんとなく誇らしい気持ちになって、ぐいと胸を反らした。

「兵太さん！」

源吾の隣で手を振る結衣に、片手を挙げて応える。

「危のうなったら逃げなあかんよ。兵太さんの逃げ足は、誰もかなわんさかい！」

真顔で叫ぶ結衣に、周囲からどっと笑い声が上がった。

あの阿呆。内心で罵りながら、陣笠を目深にかぶり直す。

誰が逃げるか。手柄を立て、必ず生きて帰る。幸を嫁に迎えるまで、死んでたまるか。

五

また、置いてけぼりや。

薬研《やげん》を動かしながら、六郎はぽつりと独りごちた。

今頃、新八や兵太は戦場で槍を振るって戦っているのだろうか。五日前に村を発《た》った若衆たちからはまだなんの連絡もない。越前中で蜂起する門徒は十万に上るというから、戦に負けるようなことはまずないだろう。

できることなら、自分もそこに加わりたかった。戦がしたいわけではない。兵太のように、手柄を立てたいわけでもない。戦を拒めば破門という賢俊の言い草も、少し乱暴すぎるのではないかと六郎は思っている。

ただ、みんなに置いて行かれたという思いを味わうのはもうたくさんだった。

幼い頃から、事あるごとに熱を出しては寝込んでばかりいた。外で元気に遊ぶ兵太たちの声を、羨望の思いで聞いていた。母からは「また熱を出すさけ」と川遊びにも行かせてもらえず、いつしか周りの子供たちとの間に見えない壁のようなものを感じるようになった。別《わ》け隔《へだ》てなく接してくれたのは、兵太と糸、それに結衣くらいのものだ。

父は腕のいい猟師だったが、六郎は獲物を仕留めるどころか弓を引くことも満足にできないので、狩りに連れていってもらったこともなかった。寡黙な父だったが、内心では跡を継がせられない我が子に落胆していたに違いない。その父は五年前、狩りの途中で熊に襲われて死んだ。

他に兄弟はなく、母と二人で小さな畑を耕しながら、細々と生きてきた。そして一昨年《おととし》の冬、母は風邪をこじらせて還《かえ》らぬ人となった。

医師を志して了庵の養生所に出入りするようになったのは、母が死んですぐ後のことだ。了庵には、物心ついた頃から何度も世話になっている。母が死んだ時も了庵は尽力してくれたが、長年ろくな物を食べていなかった母の体に、病に打ち勝つ力は残っていなかった。

石臼で挽《ひ》いた粉を、匙《さじ》で決められた分量ごとに紙片に包んでいく。竜胆《りんどう》を主な原料とする胃薬だ。この半年ほどで、薬作りもだいぶ手馴れてきた。

狩りもできず、村のために戦に出ることもままならない。自分ができることといえば、こうして病や怪我に備えて薬を作ることくらいだ。それも、本当のところはどれほど効果があるのかわからない。

「量を計るのを怠ってはならんぞ。どんな良薬も、過ぎれば毒となるものや」

隣の部屋から、しわがれた声が聞こえた。三日前に腰を痛め、床についたままの了庵だ。もう古希をだいぶ過ぎ、足腰がかなり弱くなっている。了庵はこの村の生まれだが、若い頃に一乗谷へ出て医術を学び、五十の坂を越えてから村へ戻った。一乗谷にいた頃は、朝倉のお館さまに呼ばれるほどの名医だったという。

「はい、心得てます」

紙に包んだ薬をまとめて小箱に入れ、壁の棚に置いた。薬効ごとに分けられた棚も、だいぶ埋まってきた。あと少しで、大抵の病や怪我には対処できるようになるはずだ。

診療に使う道具をしまった箱を取り出し、中身を調べる。

膏薬《こうやく》と晒しが、残り少なくなっていた。村では手に入らない薬もいくつか切れている。仕入れるには、薬売りが村に来るのを待つか、池田村の市まで出向くしかない。市は毎月六のつく日に開かれ、明日はちょうど十六日だ。これを逃せば、十日も待たなければならなかった。だが了庵が寝込んでいる今、長く村を離れるわけにはいかない。

「必要ならば、買いに出かけるがよい。患者はいつやって来るかわからんぞ」

「しかし」

「わしなら案ずることはない。明日には立ち上がれるようになる。わしは医者じゃ。自分の体のことくらい、自分でわかるわい」

「ほうですか。ほんなら、お言葉に甘えて」

答えると、了庵は顔を綻ばせる。

棚の薬を調べて必要な物を書き出していると、いきなり玄関のあたりが騒がしくなった。

「六郎さーん、大変、大変！」

結衣の声だ。子供の泣き声も聞こえる。慌てて立ち上がり、土間に向かった。

結衣の背中で兵太の弟の太一が泣き叫んでいた。隣には、姉の小夜が心配そうな顔で立っている。太一の右のふくらはぎから下が、血で赤く染まっている。

「どうした。なにがあったんや？」

「ちょっと目ぇ離した隙にうちの裏庭の木に登ってて、ほんで枝が折れて……」

「ほやさけ、結衣姉ちゃんの真似したらあかんて言うたのに！」

小夜が言うと、結衣は申し訳なさそうに眉を曇らせた。そうしている間にも、太一の踵《かかと》からは血が滴り落ちている。

「とにかく見せてみい。結衣、裏の井戸から水を汲んできてくれ」

「うん」

結衣が駆け出した。泣き喚く太一を上がりがまちに座らせ、傷口を調べる。ふくらはぎに目をやり、ぎょっとした。大きな木の枝の欠片が突き刺さっている。木から落ちた時に、運悪く刺さったのだろう。深さはわからないが、かなりの出血が今も続いている。

急いで板の間に運び、筵の上に俯《うつぶ》せに寝かせた。もしも木片が太い血の管を傷つけていれば一大事だ。

「了庵先生！」

「聞こえてた。見た限り、それほどのこともあるまい。お前一人でやってみい」

「しかし」

了庵の側で手伝いをしたことはあっても、一人で怪我人の手当てをしたことなどない。だが、小夜は縋るような目で自分を見ている。

床の中からこちらを見つめる了庵の顔は、穏やかなままだ。

腹を決めて頷き、太一の側に腰を下ろす。道具箱の中を確かめる。なんとか足りるはずだ。

「小夜。太一の足を、心の臓より高いとこまで持ち上げててくれ」

膝のあたりを、紐《ひも》できつく縛る。泣きつかれたのか、太一はもう声を上げていない。

「六郎さん、お水！」

桶を手に、結衣が土間に飛び込んできた。

「よし。半分は傷口を洗うのに使う。もう半分で、湯を沸かしてくれ」

「わかった！」

「太一、痛いのは足だけか。他に、頭を打ったりはせなんだか？」

「うん、大丈夫」

軽く胸を撫で下ろし、棚から痛み止めの丸薬を取り出した。子供には、少し強すぎる薬だ。爪で半分に割り、太一の口に含ませる。

沸かした湯で、銅製の細鋏《ほそばさみ》を煮る。

「少し痛いやろけど、我慢せえよ。男の子やろ」

微笑《ほほえ》みかけ、細鋏で摑んだ木片をゆっくりと引き抜いていく。痛みに、太一が顔を歪《ゆが》めた。思わず手を緩めそうになるが、ぐっと堪える。

「結衣、燭台《しょくだい》をもっと近いとこに。小夜、もうちょっと足を高《たこ》う」

刺さっていたのは一寸（約三センチ）ほどだが、幸いにも太い血の管は傷ついていない。

細鋏で、傷口に残った小さな木片を慎重に摘《つま》み出す。それが終わると傷口をきれいに洗い、毒消しの薬草を塗った膏薬を張って晒しできつく巻いた。

「よし、終わったぞ」

大きく息をつき、太一と小夜に笑いかける。

「安静にしていれば、数日で歩けるようになるはずや。これに懲りたら、しばらくは木登りはやめておくんやな」

「六郎さん、ありがとう！」

結衣が声を上げた。小夜は目を潤ませながら、何度も「よかった」と呟いている。

「本当は怖かったんや。兄ちゃんに太一を頼むって言われてたのに、どうしようって。でも、六郎さんがいてくれてよかった……」

ぽろぽろと涙を零《こぼ》しながら、小夜が笑う。その瞬間、胸の奥がなぜか、じんわりと温かくなったような気がした。

池田村の市は、村の近くを流れる魚見川《うおみがわ》の河原で開かれる。周辺の村々から農民や商人が集まり、持ち寄った品を売りに出すのだ。中津村の村人が作物や毛皮を売りにくることも多い。

普段は多くの人が集まり活気に溢れているが、この日はどこか様子が違った。人の数は少なめで、その表情もどこか暗い。筵や見世棚《みせだな》に並ぶ品の数や種類も物寂しかった。いつもは人だかりを作っている旅の芸人たちの姿もない。

幸い、薬や道具類を仕入れる馴染みの商人は店を出していた。

「このご時世やさけな。どこの村でも、若い連中は戦に駆り出されてるんや」

顔見知りの店の親父は、注文した品を揃えながら言った。

蜂起した一揆はさらに膨れ上がり、今や十三万を超えているという。十三日ごろから各地で戦が起こり、数に勝る一揆勢が富田勢を圧倒していた。この数日で一揆勢はいくつかの城砦《じようさい》を落とし、富田長繁が籠る府中の目と鼻の先まで迫っているという。

「まあ、戦があれば薬はよう売れる。そのうち、府中か一乗谷あたりにも出向くつもりや」

「はあ」

「あんたも、あんな山奥に籠っとらんと、もっと人の多いところに出たらどうや。ほの方がずっと儲《もう》かるで」

そうですねと、六郎は適当に相槌を打つ。商売熱心なだけで、悪気があるわけではないのだ。

銭を支払って包みを受け取り、結衣の姿を探す。朝、村を出る時に行き合い、ちょうど市に出かけるところだと言うので連れ立ってやって来たのだ。

「あ、いた」

結衣は、野菜売りの老人となにやら話し込んでいた。たぶん、値の交渉をしているのだろう。筵の上に広げられた野菜を指差しながら、必死に手を合わせている。

「本当？　やった、ありがとう！」

歓声を上げる結衣と対照的に、根負けしたらしい老人が大きな嘆息を漏らしている。

苦笑しながら歩み寄り、声をかけた。

「ほれ、そろそろ帰るぞ」

「うん」

市女笠《いちめがさ》をかぶり直し、大根やごぼう、塩や川魚の干物の入った包みを背負う。

並んで、ぶらぶらと市を歩いた。結衣は、毎年この時期にやって来る猿回しの一座がいないことをしきりに残念がっている。

いつもより活気はなくても、中津村では手に入らないような品がたくさん並んでいた。

結衣は時々立ち止まって、物珍しそうに品物を覗《のぞ》き込む。

「六郎さん。お土産にこれなんかどう？」

結衣が指したのは、小ぶりな女物の櫛《くし》だった。

「お土産って、誰にや？」

「糸ちゃん」

「なんで俺が糸に土産を買《こ》うてやらなあかんのや。ほれに、ほんなもん買う銭なんか持っとらんぞ」

言うと、結衣はなぜか膨れっ面を作った。

午の刻（正午）を過ぎて、ようやく市を後にした。中津村に戻るまでには、険しい山道を越えていかなければならない。腰には父の形見の山刀を差してはいるが、どこで山犬や猪に出くわすかわからない。正直、結衣がいてくれるのは心強かった。

「よかったね、いいお天気で」

笠を持ち上げて空を眺めながら、結衣がほがらかに笑う。

山桜が、満開に近づいていた。足元に目をやれば、様々な草花が春を謳歌《おうか》している。河原に吹く風はまだ冷たいが、陽射しはずいぶんと力強さを増している。

「本当に、戦なんかやってるんかなあ」

「ほうやなあ」

確かに、鳥たちの鳴き声を聞きながらのんびりと歩いていると、この国のどこかで戦が行われていることなど忘れてしまいそうになる。だが、村の若者の多くが今も戦場にいるのは紛れもない事実だった。

兵太や他の若衆たちは、今頃どうしているだろう。自分ばかりが長閑に日常を送っていていいのだろうか。そんな思いが頭をよぎり、六郎は話題を変えた。

「ほうや。太一の様子はどうやった？」

「うん。お松さんにだいぶ怒られたみたいやけど、怪我の具合は大丈夫って小夜ちゃんが言うてたよ」

「ほうか。ほんなら、村に帰ったら寄っていくか」

池田から中津までは一里ほどだが、山を迂回《うかい》しなければならないので、実際の道のりは倍近くになる。まずは南西に向かって魚見川を半里ほど遡り、それから東へ延びる細い道に入る。

峠をひとつ越えて再び登りにさしかかった。ここからは、きつい上り坂がしばらく続く。すでに六郎の背中は汗でびっしょりと濡《ぬ》れていたが、結衣は道端に咲く花を眺めながら、涼しい顔で鼻唄まで歌っている。その足取りは、重い荷を背負っているとは思えないほど軽やかだ。

「おい、もうちょっとゆっくり……」

先を行く結衣の背中を見上げ、六郎は思わず足を止めた。足音が途絶えたのに気づき、結衣が振り返る。

「どうしたの、六郎さん。早《はよ》うせんと日が暮れてしまうよ」

「なあ、あれ」

指差したのは、中津村のある方角だった。晴れ渡った空の下に、幾筋かの煙が立ち上っている。炊煙にはまだ早い。炭焼きの煙にしては、量が多すぎる。

いつか、似たような光景を見た。つい先月、富田長繁が一乗谷を攻め落とした時だ。不吉な予感に衝き動かされるように、結衣の側に駆け寄った。

「なんや。なにが起こってるんや」

「火事かもしらん。急ごう！」

駆け出した結衣を、慌てて追った。この坂の頂は、西側から村全体を見下ろせる高台になっている。

坂を登りきったところで、結衣が足を止める。ようやく追いついた六郎は、そこに広がる光景に危うく膝をつきそうになった。

「おい、これって……」

北の山の麓に並ぶ数軒の家が、激しい炎に包まれていた。その周囲を、村人たちがなにかに追い立てられるように逃げまどっている。

いや、実際に追われていた。刀槍《とうそう》の閃《ひらめ》き。風に乗って、鎧兜を身につけた男たちの怒声と、女子供の悲鳴がここまで聞こえてくる。

なにが起きているのか、まるで理解できなかった。頭がうまく回らない。なぜ、こんな山奥の小さな村が侍に襲われるのか。戦をしているのは、遠く離れた府中ではないのか。

　この刻限では、村の男たちは狩りに出ているか、東の山にある焼畑にいる。残っているのは、ほとんどが女子供と年寄りだ。

　いきなり、結衣に手を引かれた。道を外れて雑木林の中に飛び込み、藪《やぶ》の陰に身を隠す。

　侍は、ここから数えただけで十人以上はいた。血を流し、倒れている村人も何人か見える。了庵は、太一や小夜、糸たちはどうなった。思ったが、体が動かない。ただただ、恐ろしかった。

　南無阿弥陀仏。目を瞑り、心の中で何度も唱える。だが、手足の震えは治まる気配がない。

「六郎さん。これ、お願い」

　村に目を向けたままぽつりと呟き、結衣が背中の荷を押しつけてきた。それから、護身用にいつも持ち歩いている小太刀に手をやる。

「お、おい、どうするつもりや？」

　答えず、市女笠を脱ぎ捨てて立ち上がると、素早く着物の袖をたすき掛けにしている。

「行ってくる。六郎さんは、ここにいて」

　なんの感情も窺《うかが》えない、冷めた声音だった。

行くって、お前。言いかけたが、なぜか声が出ない。結衣は表情を閉ざし、じっと村の方角を見据えている。見ず知らずの相手がそこにいるかのような錯覚に、六郎は捉われた。

止める間もなく結衣は藪を飛び越え、村へ続く急な下り坂を滑るように駆け下りて行く。

また、置いてけぼりや。遠ざかる背中を見つめながら思った。どうすればいいかわからず、頭を抱えてうずくまる。

不意に、野太い声が上がった。悲鳴。藪から顔を出した六郎は、全身を強張らせた。

結衣が、一人の侍と絡み合うようにして立っていた。

体が離れると、一瞬の間を置いて、侍が膝を折って崩れる。倒れた侍を見下ろす結衣の表情までは、ここからでは見えない。だがその手には、刃の赤く染まった小太刀が握られていた。倒れた侍の周囲に、見る見る血の染みが広がっていく。

あの侍を、結衣が倒したのか。混乱する六郎の耳に、再び男たちの声が響いた。

仲間をやられたことに気づいた数人の侍が、結衣に槍や刀の切っ先を向けている。殺される。思った瞬間、六郎は立ち上がった。荷を放り出し、藪から飛び出す。斜面を駆け下りる途中で、腰の山刀を抜いた。

結衣と向き合う侍は三人。その背が、見る見る近づいてくる。悲鳴や炎の爆《は》ぜる音も大きくなった。煙の匂いが鼻を衝く。

侍の一人が、こちらを振り返り驚愕《きょうがく》の表情を浮かべた。座り込みたいほどの恐怖を抱えたまま、力の限りに山刀を叩きつける。

刃は相手の手首に食い込み、固い骨を断ち割った。血を撒《ま》き散らしながら倒れた男が、絶叫しながらのたうち回る。

痛《いて》え、痛えよお。泣き喚く男を、六郎は呆然と見下ろした。怪我や病を治すために医術を志した自分が、人を傷つけた。その事実に、自然と体が震え出す。

「てめえっ！」

残った二人が、同時にこちらを向く。直後、呆然と立ち尽くしていたかに見えた結衣が地面を蹴った。

白い光が二度、視界の中で閃いた。不可思議な術でも使ったかのように、侍たちの動きが止まる。結衣がなにをしたのか、理解する前に血飛沫《ちしぶき》が上がった。首筋から滝のように鮮血を噴き出しながら、二人が崩れ落ちる。

結衣は頰についた返り血を拭おうともせず、惚けたような顔つきで死体を見つめている。

「結衣、お前……」

呼びかけると、虚《うつ》ろな目がこちらを向いた。

「行かなあかん。みんなを、助けんと」

ぽつりと呟くように言うと、背を向けて走り出す。

追いかけようとした六郎の視界の隅に、見慣れた萌黄色の小袖が映った。

「糸！」

こちらに気づいた糸が、呆然とした表情のまま歩いてくる。

「糸、無事やったか……」

小袖も顔も煤《すす》で汚れてはいるが、傷は受けていないようだった。

「六郎さん……おっ母が、おっ母が、あいつらに……」

絞り出すように言うと、糸は顔を歪め、声を上げて泣き出した。

なんと声をかけていいのかわからなかった。炭焼き職人だった糸の父は、三年前に突然厠《かわや》で倒れ、そのまま目を覚ますことなく命を落としている。他に兄弟もない糸は、これで天涯孤独の身となってしまった。

なぜ糸が、平穏に暮らしていただけの自分たちが、こんな理不尽な目に遭わなければならないのか。結衣はいったいどうしてしまったのか。自分は今、なにをすべきなのか。

絡まり合った頭の中から逃げ出すように、糸の震える体を抱き寄せた。

「大丈夫や。大丈夫やさけ……」

縋れるものを求めているのは、自分の方だ。そんな言葉など何の慰めにもならないとわかっていても、ただただ繰り返す。

糸を抱く腕が、不意に強張った。燃え盛る家の陰から現れた二人組が、こちらへ向かってくる。陣笠をかぶり胴丸をつけ、手には槍を携えていた。

「糸。急いで山へ逃げ込め」

「嫌や、怖い」

「いいから行けっ！」

しがみつこうとする糸を振り払い、結衣が倒した侍の刀を拾い上げる。想像以上の重さに慄《おのの》きながら、鞘を払った。その場に座り込んだままの糸を庇《かば》うように立ち、見よう見まねで構えをとる。

「おいおい、こいつ、震えてるぞ」

「無理せんでいいぞ。その娘を渡せば、命は助けてやる」

「う、うるさいっ！　お、お前らこそ、さっさと村から出て行け！」

喚いても、二人は足を止めない。こんなところで、わけもわからないまま殺されるのか。目の前が涙で滲《にじ》みかけた時、誰かが六郎の脇を駆け抜け、侍たちに向かっていった。

「なんや、こいつ……！」

一人が叫んだ直後、その首が宙を舞った。男は返す刀でもう一人の槍の柄を叩き折り、切っ先を喉に突き立てる。ほんの一瞬で二人を倒した男は、刃についた血を振り払い、こちらを見た。

「よく堪えたな、六郎。見直したぞ」

にやりと笑ったのは、有坂源吾だった。

「源吾さん、あいつらは」

「桂田長俊の家来衆だ。主《あるじ》を失《うしの》うて山へ逃げ込んだはいいが、食う物にも事欠いて村を襲った。大方、そんなところだろう」

言いながら、源吾は慣れた手つきで刀を腰の鞘に納めた。

人を斬った直後だというのに、息を乱すこともなく、源吾は落ち着き払っている。その姿に、普段の面影はまるでない。かつて侍だったとは聞いていたが、これほどの遣い手とは思ってもみなかった。糸も、信じられないものを見たような顔をしている。

「そうや、結衣が……」

「ああ、見ていた」

「結衣があんなに腕が立つなんて、知りませんでした。あいつは、いったい……？」

「奴《やつ》らはまだ何人か残っている。お前たちも早《はよ》うここから逃げよ」

六郎の問いを遮るように、源吾は言った。

「かなりの村人がやられた。生き延びた者の中にも、怪我人が多く出るだろう。六郎、お前の力が必要だ」

らしくない真摯な声音に、頭の中で絡まり合っていたものが解きほぐされていくような気がした。

そうだ。まだ未熟でも、この村で医術の心得があるのは自分と了庵だけだ。果たすべき役割を見つけ、六郎は「はい」と頷いた。

口の端に小さく笑みを浮かべ、源吾が走り去っていく。

その背が煙の向こうに消えると、ようやく落ち着いて周囲を見渡すことができた。刃から逃れた村人たちが、それぞれに山へ向かっている。今のところ、了庵の家は焼かれていないようだ。

六郎は刀を投げ捨てた。自分のやるべきことは、武器を手に戦うことではない。結衣のことも、源吾に任せる他ない。

まずは、了庵の無事を確かめる。それから、治療の道具や薬草を持ち出し、山へ入る。自分にどれだけのことができるかはわからないが、一人でも多くの命を救いたかった。

座り込んだままの糸を抱き起こし、立ち上がらせた。両肩を摑み、涙の跡の残る顔を真っ直ぐ見つめる。

「俺は、村のみんなを助けなあかん。すまんけど、手伝ってくれるか？」

やや間を置いて、糸はしっかりと頷いた。

「よし、お前は強い女子や」

笑いかけ、糸の手を取って走り出す。

六

また一つ、悲鳴が耳を打った。

十間ほど先に、赤子を胸に抱いた女が肩を押さえて倒れている。その後ろで、侍が槍を振り上げていた。結衣はそちらに向かって走りながら、ぶん、と右腕を振る。

真っ直ぐに飛んだ小太刀は、侍の喉に突き刺さった。不可解そうな顔でこちらを見ると、侍はそのまま仰向《あおむ》けに倒れていく。駆け寄って小太刀を引き抜くと、傷口から血が盛大に噴き上がった。

「……結衣、ちゃん？」

「山へ逃げて。早く」

呆然とした様子の母親に向かって短く言うと、結衣は再び駆け出す。

まるで夢の中にいるような心地だった。目の前の全てが、まるで現実感を伴っていない。知らない誰かが頭の中にいて、勝手に体を動かしているような気がした。だが、漂う煙の臭いや手にした小太刀の重みが、これが夢ではないことを雄弁に物語っている。

不意に、頭が軋《きし》むような痛みが襲ってきた。小太刀を取り落としそうになるのをなんとか堪え、よろめきながら小さな辻堂《つじどう》の陰に身を隠す。

突然、見たことのない光景が脳裏に溢れ出した。方々で赤黒い炎を噴き上げる、父と母、姉の真矢と暮らした湖畔の村。戯れのように村人たちを斬り殺していく、侍たちの姿。焼け跡に残された、父と母の骸《むくろ》。

見知らぬ情景が、頭の中に浮かんでは消えていく。見えたのはほんの一瞬で、頭の痛みもすぐに治まった。だが、そこは確かに、結衣の生まれ育った琵琶湖の畔の小さな村だった。

あり得ない。父と母が死んだのは、流行り病のせいだ。真矢に連れられて越前に旅立つまで、あの村は侍に襲われたことなどなかった。

頭を振り、辻堂の陰から周囲を窺う。今は、目の前の敵を倒さなければならない。

大半の村人は山へ逃げ込んだようで、姿は見えない。代わりに、侍たちが略奪に励んでいた。満足したら、侍たちはきっと山狩りをはじめるだろう。そうなる前に、やっつけないと。

すでに四人を倒したが、まだ十人近くはいそうだった。弓があれば。思ったが、取りに行っている余裕はない。

陣笠をかぶった侍が一人、まだ燃えていない家に入って行くのが見えた。辻堂から離れ、跡をつける。

結衣は身を屈め、格子窓から中を窺った。住人はすでに逃げ出しているらしく、気配は一つだけだ。侍は槍も放り出し、台所で瓶《かめ》や竈《かまど》の中を漁《あさ》っている。

足音を立てないよう、その背後に忍び寄る。意識しなくても、気配を殺すことができた。

「あんた、それ、この家の人のもんやろ」

低い声で言うと、米や粟を袋に詰めていた侍が、弾《はじ》かれたように振り返った。慌てて槍に手を伸ばすが、結衣はそれより早く、槍を蹴り飛ばした。

「てめえっ！」

侍が腰の刀に手を伸ばす。結衣は小太刀を土間に突き刺し、地面を蹴った。相手の懐に飛びこみ、左手を体と胴丸の隙間に差し入れる。そのまま強く引いた。鎧を着た相手との戦い方も、体に叩き込まれている。

そのまま身を捻って勢いをつけ、右の肘を鼻柱に叩きつけた。侍は鼻から血を流し、たたらを踏みながら、なおも抜刀しようとする。その右腕に自分の両腕を巻きつけ、逆方向に捻り上げた。

「この、離しやがれっ……！」

耳を貸さず、さらに力を籠める。骨の折れる嫌な音が響き、肩がありえない角度まで曲がった。叫び声を上げる男の両耳を引っ張り、顎に膝を打ちつける。絶叫が止み、男は土間に転がった。

表から、いくつかの足音が聞こえてきた。三人。頭ではなく、肌でわかる。小太刀を掴み、外に飛び出した。五間ほど先、槍が二人に、弓が一人。結衣の姿を認めると、三人は足を止めた。

「なんや、女でねえか。吾市《ごいち》の野郎、女にやられたんか？」

「あいつのことやさけ、どうせ油断したとこをやられたんやろ」

「まだガキやけど、よう見りゃまあまあの器量やぞ」

上から下まで舐めるように視線を動かし、下卑《げび》た笑い声を上げる。

三人を見比べた。右端に立つ、槍を持った年嵩《としかさ》の侍。もっとも体が大きく、放つ気も他の二人とは違う。四十がらみで、戦場経験も豊富そうだった。

倒すなら、こいつからだ。狙いを定め、結衣はおもむろに腰を低く落とした。落ちていた石を拾い、伸び上がる勢いのまま腕を振る。直後、侍は顔を仰《の》け反《ぞ》らせて仰向けに倒れた。

「あのガキ、礫を打ちやがった！」

弓の侍が、慌てて矢を放った。弓の張り、矢の角度。見極めれば、どこに矢が飛んでくるかわかった。素早く半身を引く。足を狙って放たれた矢は、虚《むな》しく地面に突き立った。

「よけやがった……」

「この化け物がっ！」

二の矢は胸元にきた。難なく、横に跳んでかわす。そのまま、体を低くして突っ込んだ。

繰り出された槍を小太刀で弾き、滑るように懐に入る。切っ先を顎の下に突き入れた。血の臭いがたちこめる。抜いた小太刀を逆手に持ち替えてもう一人の足の甲に突き立てると、けたたましい悲鳴が上がった。

うるさいな。無感動に思いながら小太刀を引き抜き、首筋に刃をあてがった。躊躇いも恐怖も呵責《かしやく》も感じないまま、力を籠めて引く。鮮血が迸《ほとばし》り、ようやく悲鳴がやんだ。

背後で、がしゃりという鉄の擦《こす》れる音がした。振り返ると同時に、腰に組みつかれた。礫で倒したはずの、年嵩の侍だ。凄《すさ》まじい膂力に押しこまれる。抗《あらが》いきれず地面に倒され、腹の上に乗られた。

「このガキ、ふざけやがって……！」

侍の右目は潰れ、血が流れている。片手で結衣の両手首を握ると、力を籠めてきた。痛みに、思わず顔が歪む。脇差が手から離れると、侍はにやりと笑った。えらの張った顎に大きな口。残る左目には、好色な光が宿っている。

「可愛い顔して、やってくれるじゃねえか。命が惜しけりゃ、じっとしてろよ」

右手で結衣の両腕を押さえつけたまま、昂《たか》ぶった声で言う。鼻息がかかるほど顔を近づけてきた。小袖の胸元に侍の左手が滑り込み、全身が総毛立った。

唐突に、目の前の顔が、別人のものに変わった。三十絡みの、端整な顔立ちの男。流行り病で死んだ実の父。いや、似ているが違う。

お前は、俺の最高傑作や。男は残忍な笑みを浮かべると、結衣の胸に顔を埋《うず》めた。

この男を、自分は確かに知っている。だが、どうしてもその名を思い出すことができない。

男の舌が首筋を舐めた。嫌悪が全身を駆け巡り、頭に錐《きり》で突かれたような痛みが走る。

侍の生臭い息が顔にかかり、幻は一瞬で消えた。

「お前らみたいな百姓女は、大人しく男の慰みものになってりゃいいんじゃ」

侍の目の奥にあるものを、じっと見据えた。自身を疑うことを知らず、他人を踏みつけにして恥じることのない、傲慢な確信。頭の中で、父に似た男の声が囁く。

殺せ。俺たちを踏みつけにした侍どもを、殺し尽くせ。

命じられるまま、結衣は頭を起こした。口を開け、侍の耳に齧《かじ》りつく。力任せに歯を立てると、侍は悲鳴を上げて大きく仰け反った。

すかさず、自由になった手を伸ばして脇差を摑んだ。伸びすぎた草でも刈るように、無造作に薙《な》ぐ。ぱっくりと割れた喉元から溢れる熱い血が、顔に降り注いだ。

立ち上がり、小袖の襟をかき合わせた。

「……あれ？」

なんでやろ。血溜まりに顔を埋める三つの骸を見下ろしながら、呟いた。

なんでこんなに簡単に、人が殺せるんやろ。侍との戦い方を教わったから？　じゃあ、いったい誰に？

ふと、手にした小太刀に目をやる。姉の形見だった。だが、ただの村娘が持つような品ではない。姉はなぜ、こんな物を持っていたのか。

再び、頭に激痛が走った。これまでとは比べ物にならない、硬い鎖で締め上げられているような激しい痛み。思わず膝をつく。同時に、麻痺《まひ》していたすべての感覚が蘇《よみがえ》ってきた。

殺した。山の獣ではなく、人の命を、この手で奪った。全身が瘧《おこり》のように震え、歯の根が合わない。込み上げる吐き気を必死で堪える。

自分が何者なのか、自分でもわからない。ひび割れた瓶から水が滲み出すように、血《ち》腥《なまぐさ》い記憶が溢れてくる。流行り病で死んだはずの父と母の、焼け焦げた骸。眠っているようにしか見えない姉の死に顔。笑いながら見知らぬ黒装束の男たちに向かって斬りかかる、自分自身の姿。

誰かに、名を呼ばれたような気がした。結衣。そうだ。それが、自分の名だ。本当にそうなのか？　わからない。

「もういい。終わったんだ」

気づくと、目の前に男が立っている。

父だった。いや、違う。本当の父は、とっくにあの世に旅立っている。背中に何本も矢を受け、母を庇うように覆いかぶさっている亡骸を、自分は確かに見た。それなら、この男は誰だ？

男は、腰に刀を差している。こいつも侍だ。だったら、やっつけないと。震えの止まらない手で小太刀を握り、立ち上がった。

足がふらつく。それでも、前へ踏み出した。斬りつける。手首を掴まれた。強い力で引かれ、抱き寄せられる。

「……おっ父」

自分の意思に関わりなく、そんな言葉が口から漏れた。

「もういい。もう、すべて終わった。辛《つら》かったな」

「うん」

声に出すと、なぜか涙が溢れてきた。大きく息を吸うと、血の臭いに混じって、どこか懐かしい匂いがした。体の震えも頭痛も、嘘のように消えていく。

「よくやったぞ。おまえの働きで、村は救われた」

「……本当？」

「ああ。疲れただろう、今はゆっくり休め」

「わかった」

その声を聞いていると、不思議なほどの安堵を覚える。なぜだろう。答えを見つける前に、抗い難い眠気が襲ってきた。

もう疲れた。眠い。目の前にある胸に顔を埋め、目蓋を閉じた。


夢を見ていた。長く、いつ果てるとも知れない夢。

十二歳の結衣は、鬱蒼《うっそう》と木々の生い茂る森の中にいた。姉が後ろから両腕を回し、今にも飛び出そうとする結衣を必死に抱き止めている。

二人で隣村の市へ、猿回し見物に出かけた帰りだった。火の手を見て急いで戻ると、村は数十人の侍に襲われていたのだ。結衣は真矢に手を引かれ、村から少し離れた森の中に逃げ込んだ。

身を隠した草むらから顔を出し、目を凝らす。

鎧兜に身を固めた侍たちが、血の滴る刀や槍で村人たちを追い立てていた。あちこちの家に火がかけられ、結衣と真矢が暮らす屋敷からも炎が上がっている。家々から持ち出された米俵や家財道具、捕らえられた若い女たちが、次々と荷車に積まれていく。その中には、いつも一緒に遊んでいた幼馴染みや、縫い物やわらべ歌を教えてくれた屋敷の下女もいた。

その日の夜は、森の中に見つけた小さな社《やしろ》に隠れ、震えながら姉と二人で抱き合って眠った。

翌朝には、村から侍の姿が消えていた。泣きながら丸一日かけて穴を掘り、父と母、下人たちを埋めた。他の村人も埋めてあげたかったが、体力がもたなかった。

結衣の生まれ育った屋敷は、母屋も下人長屋も冠木門も焼け落ち、真っ黒な柱が数本残るのみだった。お気に入りの小袖もいつかもらおうと決めていた母の化粧道具も、すべてが灰に変わっている。

「これから、どうしようか」

暮れかけた空を見上げながら、真矢がぽつりと言った。涙の跡がくっきりと残ったきれいな顔が、煤で汚れている。好んでよく着ていた薄桃色の小袖も泥まみれで、ところどころが破れかけていた。

結衣はぼんやりと、夕陽を照り返す琵琶湖の水面を見つめていた。母がたまに作ってくれる鮒《ふな》ずしはあまり好きではなかったが、もう二度と食べられないのだと思うと胸が痛む。

「結衣にはまだ早かったかしら」

そう言って笑う母の顔が、どこか寂しそうに見えたのを覚えている。こんなことになるなら、もっと美味《おい》しそうに食べてあげればよかった。

「お腹《なか》……空《す》いたな」

口にした途端、結衣の腹の虫が盛大に鳴く。はじめて、真矢が小さく笑った。

「ほうやね。まずは、食べられるものを探そう。台所に、なにか残ってるかも」

「うん」

腰を上げかけた時、門があったあたりに一人の男が立っているのが見えた。男は小柄で、墨染めの衣に編み笠をかぶり、身の丈を超える長さの錫杖《しやくじよう》をついている。西陽を背にしたその顔はよく見えない。

錫杖を鳴らしながら、男がこちらへ歩いてきた。普通に歩いているようにしか見えないのに、異様に速い。なぜか、足音も聞こえなかった。

結衣たちの前で足を止めた男を、物の怪《もののけ》にでも出会ったような心地で見上げる。男が編み笠を上げると、結衣も真矢も目を見開いた。

父によく似ていた。だが、似ているのは顔だけで、体つきも雰囲気もまるで違う。父よりもかなり小柄で、目には冷え冷えとした酷薄な光を湛えている。真矢が、結衣を庇うような格好で前に立った。

「そなたたち、侍が憎くはないか？」

はじめて、男が口を開いた。

「蓄えたわずかな食い物を奪い、女を犯し、家を焼く。戯れのように人を斬り、生き残った者は奴隷として売り飛ばす。それが、侍という生き物だ」

父と母の死に顔が、鮮明に浮かんだ。火でも点《とも》ったかのように、腹の底が熱くなる。たぶん、これが怒りというものなのだろう。

数拍の間を置いて、結衣は頷いた。

「ならば、俺についてこい。侍の殺し方を、教えてやる」

男が笑う。やっぱり、おっ父に似てる。そう思った瞬間、目の前が突然闇に包まれた。

聞こえるのは、風に戦《そよ》ぐ木々のざわめきだけだった。

次第に、闇に目が慣れていく。深い山の中。山の名は確か、飯道山《はんどうさん》といった。

十四歳を迎えていた。黒っぽい装束に身を包み、背中には刀を括りつけている。この二年の間に、背丈はずいぶんと伸びた。

粉雪が混じる風の中、結衣は生い茂る木々の枝から枝へと、猿のように飛び移っていく。梢《こずえ》から漏れるわずかな星明かりだけで十分だった。次に飛ぶべき場所に見当をつけ、足元の枝を蹴る。軽々と宙を飛んで別の木に移ると、すぐに次の跳躍に移る。

いくら木登りが得意でも、こんな芸当ができるはずがない。

そうか。自分はまだ、夢の中にいるのだ。頭では理解したが、その夢が覚めることはない。どこか離れた場所から自分を見ているような、奇妙な感覚だった。

眼下の茂みが、がさがさと揺れている。荒い息遣い。茂みから細い獣道に飛び出してきたのは、自分と同じ装束の大柄な男だった。

「見ぃつけた」

自分の声が、まるで他人のもののように響く。

枝からふわりと飛び、男の背後に降り立った。びくりと体を震わせ、男が振り返る。右の肩口と背中には、黒ずんだ染みが広がっている。そこに、短い棒のような物が突き刺さっていた。

自分は、この男を知っている。結衣や仲間たちに技を教える指南役の一人で、兵衛《ひょうえ》という名だった。武術の稽古では、何度も投げ飛ばされ、木剣で打ち据えられた。

稽古の時とはまるで違い、兵衛は怯《おび》えきっている。肩と背中に刺さった棒のような物――確か、棒手裏剣と呼ばれる武器――はつい先刻、結衣が放ったものだった。

「……頼む、結衣。ここは見逃してくれ」

兵衛は白い息を吐きながら懇願する。刀も失い、片足をわずかに引きずっていた。

「駄目。逃げたらどうなるか、知らんわけやないやろ?」

「わかっとる。だから、こうして頼んどるんやないか。追いかけたけど見つからなんだ。そう言ってくれるだけでええんや、な?」

答えない結衣に、兵衛は手を合わせた。

「なあ、頼むって。そうや、おまえも一緒に逃げようや。あんな奴の下で働いとったら、ろくな死に方せんぞ」

あんな奴。誰のことを言っているのか、結衣はなぜか理解できた。二年前のあの日、自分と真矢の前に現れ、この暗い世界へと誘った男。自分たちに、人を殺す術を一から叩き込んだ男。

「あいつは口ではどう言おうと、俺たちを己の出世の道具としか見とらんのや。どれだけ技を磨いたところで、ええようにこき使われて、最後には捨てられるだけやぞ」

「言いたいことは、それだけ?」

撥《は》ねつけるように言って、一歩前へ踏み出す。

殺気が肌を打った。兵衛は片足で地面を蹴り、腕を突き出して抜き手を放つ。目を狙った指を屈み込んでかわしながら、結衣は背中の忍び刀を抜いた。伸び上がりざまに、兵衛の喉元へ切っ先を突き入れる。

「あ、ああ……」

傷口から鮮血を噴き出しながら、兵衛が二、三歩よろめいた。母を求める幼子のように虚空に手を伸ばし、そのまま崩れ落ちる。

「教え子に負ける程度の腕やさかい、捨てられるんや」

全身に浴びた夥しい返り血を拭こうともせず、じっと骸を見下ろす。

薄《う》っすらと笑みさえ浮かべる自分自身の姿に、結衣は絶叫した。


叫び声を上げて目覚めた時、結衣は筵の上に寝かされていた。暗闇の中、ぼんやりと灯《あか》りが点っている。

「結衣、どうしたんや？　結衣！」

見ると、燭台の傍で、糸が心配そうな顔で覗き込んでいた。その隣には、六郎の姿もある。痩せた顔には、重い疲れの色が滲んでいた。

「あ……」

そうだ。村が侍たちに襲われて……刀をとって戦った。何人もの人を殺した。それから、長い長い夢を見ていた。どこからが夢なのかも、はっきりとはわからない。

「だいぶうなされてたけど、大丈夫か？」

ここはどこなのか。あの侍たちはどうなったのか。訊ねたいことはたくさんあったが、喉がからからに渇いていてうまく声を出せない。しかたなく頷きだけを返すと、糸が安堵の吐息を漏らした。

「よかった。このまま目ぇ覚まさなんだらどうしようって……」

そんなに長い間、自分は眠り続けていたのだろうか。確かに、全身がだるく、頭も重い。聞けば、半日以上も眠っていたのだという。

糸の手を借りて体を起こし、左右を見回した。広い板の間で、いくつかの灯りが見える。その下で、十数人が筵に横たわっている。時々、呻き声のようなものも聞こえた。村の養生所だった。寝ているのは、侍たちに斬られた村人だろう。

「ほれ、飲め。いいか、ゆっくりやぞ」

六郎が、木椀に水を汲んできてくれた。

言われたとおり、一口ずつゆっくりと飲んだ。体中に染み込んだ冷たい井戸水のおかげで、少しだけ生き返った気がした。

あの後、侍たちは、狩りに出ていた男たちによって、全員が討たれるか追い払われるかした。村の家々は半分近くが焼かれている。村長の家も略奪にさらされた後で火を放たれ、道場も焼け落ちた。死んだ村人は五人。怪我人は二十人以上。死者の中には、糸の母もいた。

六郎は了庵とともに怪我人の治療にあたり、家を焼かれた者たちは、それぞれに他の家に身を寄せているという。

間近で見ていたはずだが、六郎は結衣が人を斬ったことには触れなかった。糸もなにも言わない。それでも、剣を振るう自分の姿は多くの村人が目にしただろう。

枕元には、鞘に納まった小太刀が置いてあった。これを使って何人の侍を斬ったのか。

よく思い出せない。

あれはただの夢だったのか。それとも、自らが実際に体験した出来事なのか。夢にしては、血の臭いも人を斬る感触も、あまりに生々しすぎた。

姉と旅に出たのは、父と母が死んだ直後だ。今まではそう思い込んでいたが、あの夢の中では、父と母は十二歳の時に殺されていた。姉が死んだのは十四歳の時。

その二年間、自分と姉はどこで何をしていたのか。そして、考えれば考えるほど、頭が混乱する。

暗澹《あんたん》とした思いを抱えたまま、一睡もせずに朝を迎えた。

糸が用意してくれた薄い粥の朝餉をすませ、外に出た。

焦げ臭い匂いが鼻を衝いた。その中に混じって、ひどい臭いも漂っている。たぶん、死臭というやつだろう。

真っ黒な柱だけになった家を、住人が呆然とした顔つきで眺めている。啜り泣きや念仏を唱える声が、あちこちから聞こえた。

男たちは総出で死骸を片付けている。村人のものは丁重に、侍のものは身ぐるみ剝いで村の外に掘った穴に埋めるらしい。剝ぎ取った鎧や武器は、売り飛ばして銭に換えるのだという。

どこか遠いものにしか思えなかった戦は、すぐ側にあった。戦など、自分には関わりがない。村人たちの多くも、心のどこかではそんなふうに思っていたはずだ。

結衣の家は、焼かれることもなく無事だった。中には家を失った村人が十数人ひしめいている。

「やっと起きたか」

家に上がると、いつもと変わらない調子で源吾が声をかけてきた。

「村長の頼みでな、あの人たちには、しばらくうちに仮住まいしてもらうことになった」

「それはいいけど」

「お前と二人じゃと、この家は広すぎるからな。たまには賑《にぎ》やかなのもいいじゃろう。お前の部屋にも女子供が寝泊まりすることになるが、しばらくは我慢せえよ」

「おっ父」

「ん、なんだ。腹が減ってるのか？」

かぶりを振って、源吾の顔を真っ直ぐ見た。

「訊きたいことがあるんやけど……」

知らないまま、忘れたままの方がずっと幸せかもしれない。そんな躊躇いを振り払って、思いきって訊ねた。

「飯道山って、どこにあるの？　お姉と越前に来る前、わたしとお姉はどこでなにをしてたの？　わたしはなんで、人の殺し方なんて知ってるの？」

言葉にすると、侍たちを手にかけた時の感触が掌《てのひら》に蘇ってきた。腰に差した小太刀が、不意に重みを増したような気さえする。

源吾は少し困ったような顔で結衣を見つめ、やがて答えた。

「俺がお前たちに出会《でお》うた時、真矢の命は尽きかけていた。俺が聞いたのは、父と母を失い、知り人を頼って越前にやって来たということだけだ。そして、妹を救ってほしいと繰り返しながら、真矢は息を引き取った」

もう、何度も聞かされた話だ。真矢は本当に、それだけしか語らなかったのか。

「お前たちがどこでなにをしていたのか、本当のところは俺にはわからん。だが、無理に思い出すこともあるまい。この世には、知ってよかったことよりも、知らなければよかったと思えることの方がずっと多い」

本当にそうなのだろうか。自分が本当は何者なのか、知らない方がいいというようなことがあるのか。

「お前はなぜか、戦い方を知っていた。そして、その力を使って村を守った。それで十分じゃろう」

源吾はそう言って微笑し、震える結衣の肩をぽんと叩いた。

第二章　民の戦い

一

野伏《のぶ》せりの襲撃から三月以上が経ち、村はようやく以前の姿を取り戻しつつあった。焼かれた家の跡には新しい家が建てられ、村人たちはかつてのように狩りや畑仕事に精を出していた。昼下がりには、子供たちの笑い声も聞こえてくる。

それでも、前とは全てが違ってしまっていると、川瀬久蔵は思った。村だけではなく、越前中が激しく揺れ動いているのだ。

久蔵は、この正月で四十九歳になっていた。本来なら、隠居して息子の新八に後を託してもおかしくはない。だが、越前を取り巻く情勢がそれを許さなかった。新八にはまだ、感情を前面に出しすぎるきらいがある。人の上に立つには、己の情を押し殺すことも必要だった。それは、経験を積むことでしか身につけることはできない。

それにしても、この歳になってこれほど激しい流れに呑まれることになるとは。真新しい木の香の漂う居室で、久蔵は嘆息を漏らした。

村が襲われた二日後の二月十八日、富田長繁が討たれた。一揆勢を相手に奮闘を続けた富田だが、最後は配下の裏切りに遭い、背後から鉄砲で撃たれて果てたのだ。勢いに乗った一揆勢は大野に進み、土橋信鏡《つちはしのぶあきら》が立て籠る平泉寺《へいせんじ》を囲んだ。かつて朝倉景鏡《かげあきら》と名乗っていた信鏡は、朝倉義景を裏切って自刃に追い込んだ男だ。合戦は二月近く続き、越前一を誇る大伽藍《だいがらん》は跡形もなく焼き尽くされた。

戦の様子は、若衆を率いる新八から人を介して報《しら》せてくる。富田との戦では三人が死に、平泉寺の合戦でも二人が死んだ。どこにも傷を負っていない者は一人もいないという。ひどい怪我人は村に戻されたが、他の者はまだ帰ることができない。賢俊が許さないのだ。

その後も一揆の嵐は国中に吹き荒れ、抵抗を続ける織田方の城砦や他宗の寺を次々と襲っている。このままいけば、木ノ芽峠《きのめとうげ》以北の越前嶺北《れいほく》地域は全て、遠からず一揆勢の手に落ちるだろう。

だが、これで終わるはずがなかった。話を聞く限り、織田信長は奪われた領土をそのまま諦めるような男ではない。いずれ必ず、大軍を率いて越前に攻め寄せてくるだろう。その時、自分は村と村人たちを守ることができるのか。かつての穏やかで平穏な村を取り戻すことができるのか。考えれば考えるほど、暗澹とした気分に陥る。

もともと、久蔵はこの一揆を一歩引いた目で見ていた。織田の家来を全て追い払ったところで、上には本願寺の坊官や国内の大坊主たちがいる。その後の本願寺のやり方次第では、年貢を納める相手が侍から坊主に変わるだけということにもなりかねないのだ。

「旦那さま」

廊下からかけられた家人の声に、久蔵は思案を打ち切った。

「河合荘《かわいのしょう》から、使いの方がお見えですが」

「河合荘やと?」

今回の一揆の中心となっている、吉田《よしだ》郡の在所だった。指導者の八杉喜兵衛《やすぎきへえ》は、一介の地侍でありながら、朝倉家滅亡の際に幼い義景の娘を大坂本願寺まで送り届けた豪の者である。久蔵とは旧知の仲で、時折文《ふみ》のやり取りをしていた。

「通せ。すぐに行く」

客間に顔を出すと、一人の若者が頭を下げた。

「お初にお目にかかります。八杉喜兵衛の長男、孫一郎《まごいちろう》と申します」

穏和な笑みを湛え、若者が名乗った。父に似ず細身で上背もありそうだ。顔の造作は大ぶりで、目尻がやや垂れ下がっている。歳の頃は、新八と変わらないだろう。

「喜兵衛どのにこれほど立派なご子息がおられたとはな」

腰を下ろし、下女に白湯《さゆ》を命じた。

「お父上はご壮健かな？」

「はい。今回の一揆でも荘民を率い、年甲斐《としがい》もなく先頭に立って槍を振るっております」

「そうか。相変わらずやな」

「川瀬さまのお話は、父より伺っております。かつては、ともに戦場を駆け回ったと」

白湯を啜りながら、目の前の若者の器量を見定めた。口ぶりは穏やかで、どこか茫洋《ぼうよう》とした印象を受けるが、双眸には思慮の深さを漂わせている。向き合っただけで圧倒されるほどの猛々《たけだけ》しさを持つ喜兵衛とは正反対だが、人の上に立つ器には違いないだろう。

「昔の話や。あの頃は、わしも喜兵衛どのも若かった。二人でずいぶんと暴れ回ったものよ」

戦場ではそれなりに手柄を立て、義景直々に言葉をかけられたこともある。家を継ぐはずの兄が病死しなければ、喜兵衛は侍になっていた。そして、織田家との戦で命を落とすか、今回の一揆で門徒に殺されていたかのどちらかだろう。

「して、いかなる用向きかな」

訊ねると、孫一郎の顔から笑みが消えた。わざわざ子息を寄越《よこ》すからには、穏当な話ではないだろう。

「では、単刀直入に申します。父は、この越前を真の〝百姓持ちの国〟にしたいと願っております。それには、ご本山の坊官や大坊主にこの越前より立ち退いていただかねばなりません。そのためのご助力を、川瀬どのにお願いいたしたく」

「そうか。喜兵衛どのはそこまでお考えか」

「坊官たちはすでに、越前国中の領分を取り決めております」

「なんやと」

「越前守護として下間頼照《しもつまらいしょう》が立ち、大野郡の支配は杉浦玄任《すぎうらげんとう》、足羽郡は頼照の子の下間和泉《いずみ》、府中は七里頼周《しちりよりちか》が受け持つとの由。その下で在地の大坊主どもがそれぞれの門徒を配下とし、年貢を取り立てるということになりましょう。これでは、なんのために命を懸けて起ったのかわかりません。門徒衆の中には、坊官討つべしの声も高まりつつあります」

危惧していた通りに事が進んでいる。孫一郎は、坊官や大坊主の横暴を一つ一つ例を挙げて訴えた。行軍の途上にある村々では門主への報恩と称して銭や作物を召し上げられ、戦場では、下知《げち》に逆らって首を刎ねられた者も少なくないという。

「確かに、我ら門徒は坊主に後生を託しております。しかし、あの者らの家来になったわけでは断じてありません。坊官は、口では年貢の減免を約しておりますが、その下の坊主どもがなにかしらの理由をつけて美味い汁を吸おうとするのは目に見えております」

口調こそ静かだが、その目の奥にははっきりと怒りの色が滲んでいる。やはり喜兵衛の息子かと納得しながら、久蔵は訊ねた。

「喜兵衛どのも、坊官を討たねばならんとお考えなのか？」

「父は、事を荒立てることは望んではおりません。門徒衆の主立った者が連名でご本山に訴え、お考えを改めていただくべきと申しております」

「他には、誰が同心しとるんじゃ？」

「志比《しひ》の林兵衛《りんべえ》どのに本庄《ほんじょう》の宗玄《そうげん》さま、殿下村《でんがそん》の川端《かわばた》どのなどが」

いずれも有力な百姓や地侍である。

久蔵は腕を組み思案した。越前門徒の願いは百姓持ちの国を作ることであって、本願寺の支配下に入ることではない。だが、本山では越前を対信長の駒としてしか見ていないのだろう。嘆願が受け入れられるとは到底思えない。

嘆願が拒まれれば、坊官や大坊主たちの門徒に対する締め付けはさらに厳しくなるだろう。迂闊《うかつ》な返答はできない。

「簡単に決められることではないな。しばし、時をいただきたい」

「事が事だけに、それほど長くお待ちすることはできません。返答をいただくまでに、いかほどかかりましょうか」

「わかった。なるべく早く返答すると、喜兵衛どのにお伝え願いたい」

「わかりました。よきお返事をお待ちいたしております」

孫一郎を見送ると、久蔵は娘の部屋を訪《おとな》った。数日前から体調を崩し、床《とこ》に就いているのだ。

「どうや。少しはようなったか？」

夜具の中の幸が、無言で首を振る。

軽い風邪だったが、床から起き上がる気力が湧いてこないという。診立《みた》てた了庵によれば、体よりも心の問題が大きいらしい。

元来が丈夫な質ではないが、床に臥せることが多くなったのは野伏せりの襲撃を受けてからのことだ。些細《ささい》なことで激昂《げっこう》し、下女や家人に当たり散らすようにもなった。もともと多感なところがあり、目に見えない不満や不安が積もりに積もっているのだろう。

「一乗谷に行く予定はないの？」

「ないな。なんでや？」

「甘いお菓子が食べたい。あと、きれいな小袖も欲しい」

「ほれなら、早《はよ》う床を払《はろ》て自分の足で出かければいい」

突き放すように言うと、幸は布団を頭までかぶってしまった。

軽くため息をつき、部屋を出た。

幼い頃は素直な娘だったが、十歳の時に母が病死してから人が変わったように我儘《わがまま》になっていった。久蔵の両親はすでに他界していて、自分にかしずく下女以外、家に女気はない。後妻を迎える話もあったが、幸がすんなりと受け入れるとも思えず、結局その話は流れた。

幸の母は、身分は低いが武家の出で、久蔵が一乗谷にいる頃に出会った。もう、二十五年以上も前の話だ。

美しい女だった。幸はその母の血をしっかりと受け継いでいて、父親の目から見ても村いちばんの器量好しに育っていた。母が武家の出だということを誇りに思っている節もある。はじめて一乗谷に連れていった時は、町並みや市に並ぶ品々を目を輝かせて見つめていたものだ。いつかお侍の家に嫁いで、この町で暮らしたい。帰り道、まだ八歳の幸はそう言っていた。その思いは、今も変わっていないのだろう。

幸を嫁に欲しいという話はいくらでもあったが、幸は身分や家柄が気に入らないと言ってその全てを断っている。甘やかしているという自覚はあるが、望まない嫁入りを無理に勧める気にもなれなかった。早くいい嫁ぎ先が見つかればいいのだが、この混乱ぶりではそれもままならない。

再び嘆息を漏らし、久蔵は苦笑した。村の大事を前に娘の嫁ぎ先を心配していることが、我ながら滑稽だった。

六月下旬、一揆勢は木ノ芽城を攻め落とし、敦賀《つるが》郡を除く越前全域を完全に掌握した。大谷寺《おおたんじ》、永平寺《えいへいじ》といった非本願寺派の寺社も、ほとんどが焼き払われている。

今や、越前は本願寺の天下だった。坊官たちは我が世の春を謳歌し、大坊主たちは配下の門徒から搾取することに血道を上げている。府中や北ノ庄では門徒に槍を担がせ、自らは馬に乗って連日連夜酒宴に出かける坊主もいるらしい。肉食《にくじき》妻帯が許される浄土真宗とはいえ、目に余る振る舞いだった。

「まったく。口では偉そうに極楽往生だの専従《せんじゅ》念仏だのと唱えておきながら、己は俗世の垢《あか》まみれか」

源吾の家の縁《えん》に座り、久蔵は吐き捨てるように言った。

「仕方ないでしょう。加賀も、百姓持ちの国などと言われてはいるが、そのあたりは同じです」

木椀に汲んだ冷たい井戸水を啜りながら、源吾は冷笑混じりに応じた。

「じゃが、奴らが戦場で実際に槍を振るうわけやない。戦場を駆け回り血を流すのは、その下の貧しい門徒たちじゃ。しかも、坊主どもの食らう米まで差し出さねばならん。なんともやりきれん話や」

「歳ですな、村長。このところ愚痴が多い」

「おめえのように気楽な立場やないからな。愚痴くらい聞いても罰《ばち》は当たらんじゃろう」

「気楽ですか」

「おお、気楽よ。わしは村人たち全員のことを考えなあかん。おめえが考えなあかんのは、せいぜい娘のことだけやろうが」

気心の知れた相手だけに、遠慮の必要はなかった。源吾も、苦笑するだけで反論しようともしない。

庭では、子供たちが木の棒を持って剣の稽古に励んでいる。野伏せりの一件以来、剣を教えてほしいと望む親が増えたのだ。野伏せりを斬り捨てた源吾の鮮やかな太刀捌きを目にした村人は多い。

強い陽射しが降り注ぐ中、子供たちは汗だくになって棒を振り回している。傍目《はため》には遊んでいるようにしか見えなくても、この中には親を野伏せりに殺された者もいた。

子供だけではない。大人たちも、腕に自信のない者は暇を見て教えを乞いにきている。

「剣など、使わずにすめばそれにこしたことはないのですがね」

「いたし方あるまい。百姓といえども、己の身は己で守らなあかん。弱い者から死んでいく。ほれが、偽らざるこの世の姿じゃ」

若い頃は、無頼を重ねた。こんな山奥の村で朽ち果ててたまるかと、十六の時に立身を夢見て村を出た。多くの戦に加わって学んだのは、人間も山に住む獣もなんら変わりはないということだった。力と運がなければ生き延びることはできない。それは戦場だけに限らず、この世を生きる上での絶対の理《ことわり》だった。

「厭離穢土、欣求浄土とはよう言うたもんじゃ」

　虚しさとともに吐き出して、久蔵は話題を変えた。

「ところで、結衣の姿が見えんが」

「了庵先生の養生所に手伝いに行っていますよ。剣の稽古は、見るのも嫌なようで」

「ほうか」

　結衣は以前と同じように振る舞ってはいるが、前よりも笑うことが少なくなったように思える。

　無理もなかった。普通の娘だと思っていた自分の体に、人を殺す技が叩き込まれていたのだ。そして、村人を守るためとはいえ、実際に何人もの命を奪った。並の女子なら、正気を保てなくなっていてもおかしくはない。

「話してやる気はないんか？」

「自分の過去を知ったところで、苦しむだけでしょう。それならば、忘れたままでいる方がいい」

「だが放っておいても、全てを思い出すかもしらんぞ。それは、人から話して聞かされることよりも辛いことやないのか？」

答えず、源吾は目を細めて棒を振る子供たちを見つめている。

「まあいい、おめえら父子の話や。好きなようにしたらいいわ」

「いつか全て思い出したとしても、あいつはしっかりと受け止めますよ。あれは強い娘です。剣や体術がどうこうではなく」

「そうやな」

「まあ、娘の話はよしましょう。それより村長、もうお決めになったんですか？」

「まだや。嘆願したところで、ご本山が越前を門徒に任してくれるとは思えん」

「なら、どうします。大人しく坊主どもの言いなりになりますか？」

「それも業腹《ごうはら》や。あの賢俊に領主面をされるのかと思うと、腸《はらわた》が煮える」

はじめて会った時から、自分とは相容《あい》れない相手だと思った。

あの男の弥陀に対する信仰は本物だった。そして、真摯に弥陀を思い宗門を守らんと願うがゆえに、他人にもそれを求める。賢俊にとっては、門徒たちが宗門のために命を捧《ささ》げるのは当然のことなのだ。

「まったく、傍迷惑《はためいわく》な坊主や。信心など、己の心の中だけにとどめておけばいいんじゃや」

「己の生を疑わない者は恐ろしい。昔、そんなことを言った女子がいましたよ」

どこか遠くを見るような目で、源吾が言った。

「その女子というのは?」

「結衣の姉です」

「ほうか」

結衣の過去を知る者は、この村には源吾と久蔵しかいない。

いきなり、外から大声が聞こえた。慌ただしい足音とともに、結衣が庭に飛び込んでくる。その後ろでは、六郎が肩で息をしていた。

「おっ父、来て!」

「なんだ、騒々しいな」

久しぶりに見せる満面の笑みで、結衣は答えた。

「若衆のみんなが戻ってきたって。みんな出迎えに行ってるから、早く!」

表に出て村の西の外れまで出ると、すでに人垣ができていた。人混みを掻き分け前に進むと、血と汗の混じり合ったひどい臭いが鼻を衝いた。

「親父どの」

新八は、長吉に肩を支えられ、どうにか立っていた。身につけた具足は泥にまみれ、下に着込んだ木綿の上着も元が何色だったかわからないほどに汚れている。右足には晒しが巻かれ、血が滲んでいた。肩を支える長吉も他の者たちも、皆同じような姿だ。

これまでの戦で五人が死んだのは聞いている。さらに三人が深手を負って村へ戻っていた。本当なら七人いるはずが、一人足りない。

「喜平次《きへいじ》は死んだか」

「ああ。木ノ芽城の戦で、鉄砲に当たったんや。俺も、足に一発食ろうた。鉄砲の玉っちゅうのは、痛いもんやな」

口元で笑ってはいるものの、どこか荒《すさ》んでいた。他の者たちも、家族に囲まれながら、血走った目を所在なげに忙《せわ》しなく動かしている。

久蔵にも経験があった。戦場との落差に体がついてこないのだ。

啜り泣きの声が聞こえてきた。喜平次の母親だ。若衆を囲む村人たちはしんと静まり返り、結衣の顔からもすっかり笑みが消えている。まるで、負け戦だった。

「幸さん！」

叫んだのは兵太だった。左腕を布で吊っているが、顔には喜色が浮かんでいる。見ると、人垣の中に幸の姿があった。駆け寄り、兵太がまくし立てる。

「約束通り、生きて還ってきたぞ。何回も危ない目に遭《お》うたけど、ちゃんと念仏唱えてたおかげでどうにか死なずにすんだんや。ほうや！」

懐に手を突っ込み、小ぶりな袋を取り出す。音からして、中は銭かなにかのようだ。

「賢俊さまから褒美をもろうたんや。俺らの働きが認められたんやぞ。これで、おめえにきれいな髪飾りでも買うて……」

言い終わる前に、幸《こ》の手が袋をはたき落とした。音を立て、中の銭がこぼれる。

「な、なにするんや！」

「なんや、ほんなもん。村が大変な時におらんかったくせに。あんたの家も、燃やされたのに」

「し、仕方ないやろ。戦やったんや！」

「知らん。褒美がもらえたのがほんなに嬉しいんやったら、侍にでもなんでもなったらいい」

吐き捨てて踵を返した幸を、兵太は呆然と見送っている。

村は、もう昔の姿には戻れない。久蔵は、はっきりとそう感じた。気づいてはいたが、その事実から目を逸らしてきたのだ。

そろそろ腹を決めるか。声に出さずに呟いた。

二

一人で旅をするのははじめてだった。

目的の場所まで辿り着けるだろうかという不安もあれば、抑えがたい高揚感もある。

一乗谷や府中の町はどのくらい大きいのだろう。市には、どんな物が並んでいるのだろう。そんなことを考えると、どうにも心が浮き立ってならない。

あかん、ちゃんとしないと。一乗谷へ延びる細い街道を歩きながら、結衣は自分を叱《しっ》咤《た》した。

深くかぶった笠の下で、髪は後ろに束ね、若衆風に結っていた。身につけた小袖と袴は、久蔵が用意してくれた男物だ。手甲脚半《てっこうきゃはん》をつけ、腰には小太刀を差している。野盗や追い剝ぎに遭わないための男装だが、動きやすくて気に入っていた。久蔵の書状は、小さく畳んで髪の中にしっかりと隠してある。

街道では、時折旅人や行商人と行き合った。木ノ芽城が攻め落とされてから、戦騒ぎは治まっている。織田の軍勢が攻めてくる気配もなく、今なら女が一人旅をしていてもおかしくはない。

戦で家を焼かれたので、三国《みくに》の商家へ嫁いだ姉のもとへ向かう。もしも誰かに訊ねられた時はそう答えろと、久蔵には言われていた。

夕刻前には一乗谷に着き、久蔵の知人が営む旅籠《はたご》に宿を取った。

一乗谷は、昨年の八月と今年の二月の二度にわたって焼き払われていた。それでももう、中津村とは比べ物にならないほどの家が建ち並んでいる。

町の北に位置する阿波賀《あばが》という場所では毎朝市が開かれ、越前だけでなく京や東国、時には唐土《もろこし》の物産までが集まるらしい。

もっとゆっくりと見て回りたかったが、越前に住む者全員の命運を左右する重大な役目だと、久蔵からは言われている。またの機会にしようと諦め、翌日の早朝には町を出発した。

足羽川をさらに遡り、北ノ庄に入る。ここも越前では屈指の大きな町で、戦火を免れたために、賑わいは一乗谷以上のものがあった。夕暮れ時になっても往来は人で溢れ、時には荷を山積みにした車を曳く牛まで通る。

沿道には、興味を惹かれる物がいくらでもあった。池田村の市でも手に入らないような艶やかな色遣いの小袖に、思わず手に取りたくなるほどきれいな細工をあしらった髪飾り。かすかに聞こえる笛や太鼓の音は、町外れの河原に小屋掛けする踊りの一座だった。

今夜の宿を探そうと通りを歩いていると、いきなり通りに溢れる人々が道の両脇にどきはじめた。地面に両手両膝をつき、頭を下げている。

何事かと慌てていると、不意に袖を引っぱられた。

「あんた、なにしてんの。早《はよ》う！」

四十歳くらいの、恰幅《かっぷく》のいい女だった。手を引かれ、周囲にならってひざまずく。女の視線の先を追うと、向こうから行列がやって来るのが見えた。一台の輿《こし》の前後を、二十人ほどの槍を担いだ軍兵が守っている。

輿に乗っているのは、いかにも高価そうな袈裟をまとった初老の僧侶だった。満足げな表情で、ひざまずく町人たちを見下ろしている。

「あのう」

「なんや、よう見たら女の子やないの。まあええわ、早う頭下げな」

あっさりと見抜かれたことに驚いていると、有無を言わせず頭を押さえつけられた。

しばらく頭を下げていると、行列が目の前までやって来た。

上目遣いで行列を盗み見る。輿を担ぐ若い男たちは汗にまみれ、荒い息をついていた。身につけた衣服も粗末なもので、すっかり汚れきっている。

「自分の足で歩いたらいいのに……」

言い終わる前に、女が慌てて口を塞いできた。

「ほら、もうええよ」

行列が過ぎ去ると、ようやく女が言った。

「あんた、どこの田舎から出てきたのか知らんけど、あんまりぼんやりしとったらあかんよ。それに、独り言の声が大きすぎるわ」

「はあ、すんません」

「まあ、あんたの言う通りやけどね」

そう言うと、女はにやりと笑った。人の好さそうな、大らかな笑顔だ。言葉が、微妙に越前訛りとは違う。たぶん、上方あたりの言葉だ。

「うちはお駒《こま》。この近くで小さいけど茶屋をやっとる者《もん》や。あんたは？」

「結衣って言います。ええと、この戦騒ぎで家が焼かれてしもたんで、三国の姉の嫁ぎ先に行く途中です。男の人の格好をしているのは追い剝ぎに遭わんためで、決して怪しい者ではありません。本当です」

「いや、別に怪しいとか言うてへんけど」

「あ、ああ、そうですね」

立ち上がり、膝についた土を払いながら訊ねた。

「あの、さっきのお坊さんは、どちらさんですか？」

「ああ、あれは守護の下間頼照さまや。いつもは坂井《さかい》郡の豊原寺《とよはらじ》っちゅう大きな寺におるんやけど、ああやって時々市中の様子を見にくるんやわ」

「迷惑な話ですねえ。輿を担ぐ人がかわいそうや」

思った通りのことを口にすると、お駒は声を上げて笑った。

「あんた、おもろいな。気に入ったわ。今夜、泊まるとこは決めてんの？」

「いえ。まだ探してる途中ですけど、どこを探せばいいのやら」

「ほな、うちに泊まりいな。その調子やったら、見つかる頃には夜が明けてるで」

せっかくなので、その言葉に甘えることにした。

小さい茶屋と言っていたが、店構えはよそと較べても大きなもので、店の者もやけに若い女子が多い。茶屋で働く娘とは思えないほど、女子たちは色とりどりの派手な着物をまとっている。店中に漂う白粉《おしろい》や香の匂いに、頭がくらくらした。

「あの、このお店は……」

「ああ。見たらわかるやろけど、ただの茶屋とちゃうよ。まあ、女郎屋みたいなもんや」

見てもわからなかった。まだ陽も落ちていないのに、結構な数の客がいる。客は皆、高価な木綿の小袖を着た裕福そうな人たちだ。それぞれに女がつき、腕を絡めて奥の部屋へと消えていく。

目のやり場に困りながら、世の中には色々な商売があるのだなあと、結衣は感心する。

「ここ使《つこ》うて。後でお布団運ばせるさかい」

あてがわれた部屋は、普段は物置に使っているらしく、大小の葛籠《つづら》や衣装箱が所狭しと積み上げられている。それでも、結衣一人が寝る程度の場所は空いていた。

翌日、お駒と二人で朝餉をとった。村ではめったに食べられない白い飯に、焼いた魚までついている。

「それにしても、ずいぶんと繁盛していますね」

「まあなぁ。戦騒ぎが一段落して、みんな女子の柔肌が恋しゅうなったんやろ。お客の中には、お坊さんも結構おるからね」

「えっ、本当ですか？」

「うちらみたいなもんからしたら、男なんかみんな同じや。坊主も侍も百姓も、たいした違いなんかあれへんわ」

磊落《らいらく》に笑いながら、逞《たくま》しい顎で魚を頭から嚙み砕いている。

「あの頼照といい、お侍衆を追い出してからはやりたい放題や。まあ、上客やさかいあんまり悪うも言われへんけどね」

「ここで働いてる人たちは、どういう？」

「元からの遊女もおれば、この一揆で殺されたお侍の娘もおる。それが、親の仇のはずの坊さんたちに体を売っとるんやさかい、皮肉なもんや」

結衣は箸を置き、俯いた。

結衣を使いに立てるよう久蔵に勧めたのは、源吾だった。村の若い男はほとんどが戦で傷を負っていて、使いの用は果たせない。村の外の世界を見てみるのもいい。村を発つ時、源吾はそんなことを言っていた。

一見華やかに見えても、悲しい話はいくらでも転がっている。これが、源吾が見せたかったものなのだろうか。

「そんな顔しなや。命があっただけでも十分運のええことなんやから。たとえ親の仇やろうと、銭さえ払《はろ》てくれればお客さんや。銭があれば、こうやってちゃんとおまんまも食べられる。それでええやないの」

「ほやけど、死んだ後には極楽っていうところがあって、そこは銭もいらんし苦しいことはなんもないって、村に来るお坊さんが言うてました。こんなに辛い思いをするくらいなら、早く死んで極楽に行きたいって言う人も、村にはいます」

お駒はじっと結衣の顔を見つめ、それから大きな声で笑った。

「あんたそれ、本気で信じてるの？」

「そういうわけやないけど、みんなはそう言うてます」

「うちの店にも、朝晩熱心に念仏唱えてる娘が何人もおるわ。けどな、うちに言わせたら、みんな坊さんの作り話に踊らされとる阿呆や」

「作り話？」

「そや。あんたの知り合いに、地獄でも極楽でもええわ、自分の目で見て確かめてきた人がおる？」

そんな人、いるはずがない。結衣はかぶりを振った。

「そやろ。坊さんらは、誰も見たことがないもんを、さも見てきたかのように語っとるだけや。そんなん、信じられるはずないやろ」

「でも、なんでそんな作り話を？」

「決まってるやろ。門徒衆を自分らの都合のええように使えるようにや。自分たちの言うことを聞けば極楽、逆らえば破門されて地獄行き。誰も地獄に落ちたくないから、銭を出せって言われればなけなしの銭を出すし、戦えって言われたら進んで戦場に飛び込む。上方におった頃、店に来た偉い坊さんが酔っ払《ぱろ》うて言うとったわ」

そういえば、戦に出る前、兵太は賢俊に向かって疑問を口にしただけで破門されかかったという。そのこともあって、村の若衆たちは進んで戦に出ていったのだ。

「そんな……」

「まあ、確かなのは、極楽に行けるかどうか決めるのは坊さんたちやないってことや。仏さんが本当におるのかどうか、地獄だの極楽だのがあるのかどうかは、うちにもわからへん」

けどな、とお駒は続ける。

「さっさとあの世に行って楽になろうなんて、怠け者の逃げや。仏さんかてきっと、そんな奴らは極楽には呼ばへん。うちはこの世でどんなひどい目に遭おうと、生きてる限りは逃げへんよ」

束の間、お駒の声が熱を帯びたような気がした。

「はい、面倒な話はここまで。早う食べて、さっさと行きや。大事な用があるんやろ？」

「え？」

「あんたは、嘘つくのに向いてへんわ。まあ、どんな用事か知らへんけど、それが終わったらまた遊びにおいで。なんやったら、うちで働いたってええよ」

「いや、それはちょっと……」

「そう。器量もまあまあやし、人気出ると思うけどなあ」

なんとか固辞して、残った朝餉を平らげた。


食費と泊まり賃を払おうとしても頑として受け取らないお駒に背を押されるように、北ノ庄を発った。

目指す河合荘はそれほど遠くない。近くを流れる九頭竜川《くずりゅうがわ》を越えればすぐだった。いくつかの村から成る、大きな荘だ。人の数も多く、今回の一揆には五百人を超える門徒が参加していた。土地は平坦で、見渡す限りに田畑が広がっている。晩夏の高く澄んだ空の下、黄金色に実った稲が陽の光を浴びて輝いていた。

中津村にもこれだけ田んぼがあれば、危険と隣り合わせの狩りなんてしなくてもすむのに。軽い羨望を覚えながら、畦道《あぜみち》で一休みしている若い農夫に声をかけた。

「あのう、八杉喜兵衛さんの家はどちらでしょうか」

「八杉喜兵衛に、なにかご用ですか？」

頭に巻いた手拭いを取り、農夫がこちらを向いた。

「中津村の、川瀬久蔵の使いで参りました」

答えると、農夫は立ち上がり近づいてきた。結衣よりも頭一つ分くらい大きい。腰を屈め、結衣の顔を覗き込んでくる。

「使い？　あなたのような若い娘さんが、一人で？」

また、あっさりと見抜かれてしまった。男装というのはなかなか難しい。開き直り、胸を張って答えた。

「ほ、ほうですけど、なにか？」

怪訝そうに小首を傾げながら、結衣の顔をまじまじと見つめる。

「まあ、いいか。ついてきてください」

歩き出した農夫を追って、大きな屋敷の前まで来た。門構えは立派で、広さも久蔵の屋敷の倍近くはありそうだ。

「ここです」

言うや、農夫はずかずかと門の中に入っていく。門前まで案内してくれるだけでよかったんだけど。言い出せないまま、後を追った。農夫は近くにいた家人になにか声をかけ、そのまま母屋に上がり込む。

広い板敷きの部屋で、二人並んで座る。

なにか勘違いしているのか、家人が二人分の茶を運んできた。

「すぐに参りますゆえ、少しお待ちくださいね」

二十歳くらいの、きれいな女の人だった。碗《わん》を置いた拍子に甘い香りが漂ってきて、結衣はわけもなくどぎまぎした。

「可愛らしいお使いの方ね。道中で危ない目に遭われませんでした？」

「は、はい。お茶屋に上がったりして、おもしろかったです」

あたふたと答えると、一瞬きょとんとした顔をした後、くすくすと笑う。鈴が鳴るような、心地いい笑い声だった。

女の人が出ていくと、農夫は遠慮するでもなく、美味そうに茶を啜っている。泥で汚れていてよくわからなかったが、よくよく見れば、やや垂れ気味の両目は優しげで、なんとも言えない愛嬌がある。ちょっと六郎さんに似ているなと、結衣は思った。

「早う飲まんと、冷めてしまいますよ」

「ああ、はい。いただきます」

茶は高価で、結衣は一度も飲んだことがなかった。口にしても苦いだけで、どこが美味しいのかわからない。

「いかがです？」

「ええと、美味しい……ような気がします」

「ほうですか。ほれはよかった」

自分が出したわけでもないのに、農夫は嬉しそうに笑う。

なんだかおかしなことになってしまった。大事な密書を届けにきたというのに、余人を交えるのはまずい。どうやって帰ってもらおうかと思案していると、縁から大きな足音が聞こえてきた。

大股で部屋を横切り、どすんと音を立てて結衣の真向かいに腰を下ろす。

「お待たせした。わしが八杉喜兵衛じゃ」

歳の頃は、五十をいくつか過ぎたくらいだろうか。いかにも頑固そうな厳《いか》つい顔立ちに、がっしりとした体つき。自分でも畑仕事に出るのだろう、大きく分厚い両手は、ごつごつとした岩肌のようだ。

喜兵衛は、値踏みするような目で結衣をまじまじと眺める。

「久蔵からの使いじゃそうじゃな」

「はい。中津村の住人、有坂源吾の娘で、結衣と申します」

名乗ると、髭に覆われた口元がわずかに緩んだ。

「ほう、あの有坂源吾の娘か」

「父を、ご存じなのですか？」

「言葉を交わしたことはないが、槍を交えたことならあるぞ。加賀門徒の中では名の知れた勇士じゃったさけな。ほの名を聞けば、朝倉の侍衆は皆震え上がったもんじゃ」

驚いた。加賀の地侍だったとは聞いているが、それほど名の通った侍だったとは思ってもみなかった。

「まあいい、昔話は後じゃ。まずは、久蔵の返事を聞こか」

「その前に」

隣に座る農夫に顔を向ける。

「あの、この人は……」

「うちの倅《せがれ》がなにか？」

思わず、二人の顔を見比べた。似ていないにもほどがある。

「やあ、まだ名乗ってもいませんでしたね。八杉喜兵衛の長男、孫一郎です」

「は、はあ……。ほういうことなら」

狐につままれたような気分で、結衣は髪を解いた。隠した書状を取り出し、喜兵衛に差し出す。

一読し、喜兵衛はにやりと笑みを作った。

「久蔵め。まだまだ枯れてはおらんな」

書状を渡された孫一郎も、読みながらしきりと頷いていた。

久蔵の考えは、出発前にあらかじめ聞かされている。

嘆願書を出したところで、門徒による自治を本山が認める見込みは薄い。拒まれた場合、門徒たちに対する締めつけはさらに厳しくなるだろう。

嘆願が受け入れられればそれでよし。拒まれれば、即座に蜂起して坊官と大坊主を討つ。そのためには、門徒同士の連携を密にし、慎重に戦の仕度を進めるべきである。書状にはそう記されてあった。

このまま本願寺の支配が続けば、織田家は必ず大軍を送り込んでくる。今度こそ、越前は叡山のごとく老若男女の別なく撫で斬りにされる。だが、門徒が本願寺の支配を脱して自治を確立すれば、織田家との交渉の余地も生まれる。織田の代官を受け入れて年貢を納めれば、戦は避けられる。そうしたことを、久蔵は噛んで含めるように結衣に語った。

久蔵の考えが正しいのかどうか、結衣にはわからない。もっと大きな戦を避けるためとはいえ、坊官を討つとなればまた多くの血が流れる。それでも、久蔵が考えに考えた結果なのだ。きっと正しい。

「久蔵の考えはわかった。確かに戦の仕度は必要じゃ。そのあたりは、志比の林兵衛や本庄の宗玄なども同意してる。そこに久蔵が加わってくれるとあれば心強い」

すでに嘆願書は出来上がり、あとは門徒の主立った者たちが署名するだけだという。

「これがその嘆願書じゃ。我ながら名文じゃと思うが、どうじゃ？」

訊ねられても、読めない漢字だらけで結衣にはなにが書かれているのかさっぱりわからない。

「め、名文やと、思います」

顔を引き攣らせながら答えると、喜兵衛は厳つい顔を綻ばせた。笑うと、ほんの少しだけ孫一郎に似ている。

「孫一郎。これを持って、中津村に出向け。久蔵の署名をもろてくるんじゃ。無論、血判もじゃぞ」

「はい」

「結衣さん。長旅でお疲れじゃろう。今宵はうちに泊まって、明日の朝、孫一郎とともに村に戻ったらいい」

「志乃《しの》に、腕によりをかけさせますよ。手前味噌ですが、あれの料理はなかなかのもんですさけ」

「志乃さんというのは？」

「わしの妻です。さっき、茶を運んできた」

「ああ」

あの人の作る料理なら、きっと美味しいに違いない。想像すると、腹の虫が大きく鳴いた。

三

二番鶏の声で目を覚まし、結衣は自分が八杉喜兵衛の屋敷にいることを思い出した。

昨夜食べ過ぎたせいで、若干体が重い。ぐずぐずと寝床から這い出し、仕度をはじめる。

出発の際は、喜兵衛と志乃が門前まで見送りにきた。

「旦那さま、道中お気をつけて。なにかあったら、しっかりと結衣さんを守ってさしあげてくださいね」

「ああ、わかっている。留守を頼むぞ」

見ていて気持ちのいい夫婦だった。いつか自分も、誰かのもとに嫁に行くのだろうか。考えてみたが、上手く想像できない。

「重大な役目じゃ。しかと果たせよ」

喜兵衛に肩を叩かれ、孫一郎はしっかりと頷く。

「はい、承知しています。さあ、参りましょうか」

結衣は二人に頭を下げ、歩き出した。

今度は二人旅だった。それも、昨日知り合ったばかりの相手とだ。不思議な気分で、足を進める。

結衣に合わせて、孫一郎も侍装束だった。木綿の小袖に袴をつけ、腰には両刀を差している。八杉家は半農半士の地侍だというが、孫一郎には野良着のほうが似合っている気がした。

「ついでと言うては悪いが、途中で殿下村に寄っていこうと思います。少し遠回りになりますが、いいですか？」

「その殿下村というとこには、なにをしに？」

「川端どのという有力な門徒がいるので、嘆願書に署名をいただこうかと」

「ほういうことなら」

九頭竜川を越えて、西へ向かった。殿下村は北ノ庄から二里（約八キロメートル）ほどで、たいした遠回りでもない。

今日から七月だったが、まだ秋の気配は遠い。山の中と平坦な場所では、季節の流れ方も違うのかもしれない。近江の村にいた頃はまだ幼くて、季節を特に意識することもなかった。

「孫一郎さん、あれは？」

結衣が足を止めたのは、なんの変哲もない田園風景の中に、焼け落ちた建物を見つけたからだった。

それなりに大きな建物だったようで、真っ黒に焼けた太い柱が何本か残っている。結衣の指差す方へ目を向けると、孫一郎は表情を曇らせた。

「ああ、あれは、三門徒派《さんもんとは》の寺だった場所ですよ。半月ほど前に、焼き討ちに遭《お》うたんです」

「三門徒派？」

「ご存じありませんか」

孫一郎が言うには、浄土真宗にもいくつかの派閥があるのだそうだ。越前大町《おおまち》にある専修寺《せんじゅじ》を本山とする三門徒派は、もともと北陸一帯に強い勢力を張っていた。だが、百年ほど前からは蓮如を始祖とする本願寺派が力を伸ばしてきて、事あるごとに対立を繰り返しているのだという。今回の一揆でも、三門徒派の寺は多くが焼き払われたらしい。

「同じ教えを信じてるのに、敵同士なんですか？」

「真宗の中にも、いろいろと違う考えがあるんでしょう。同じ教えを信じるからこそ、些細な違いが目について、やがては憎しみに変わってしまうのかもしれません」

「ほういうもんなんですかねえ」

「この世には、人と人がいがみ合う芽がいくらでもありますさけ」

たぶん、その通りなのだろう。自分が生まれるずっと昔から、この国は絶えず戦を繰り返している。

「みんながほんのちょっとだけ大らかになったら、戦なんかのうなるのに」

「ほの通りですが、ほれがなかなか難しい。残念ですが、人は愚かなもんです」

少し悲しげな目で笑い、孫一郎はまた歩き出した。

昼前には殿下村に着き、川端という人から署名をもらうことができた。

「そろそろ腹が減ってきましたね。少し休みましょか」

日野川《ひのがわ》の川べりに腰を下ろし、志乃がもたせてくれた弁当を広げた。とりたてて豪勢なものではないが、握り飯の塩味も煮物の味付けも、結衣が足元にも及ばないほど上手だ。

「いい奥様で、羨ましいです」

結衣が言うと、孫一郎はくすくすと笑った。

「わたし、なんかおかしなこと言いました？」

「いや、村の若い男連中にはよう言われますが、あなたのような若い娘さんにほんなこと言われるとは」

「すんません。若い娘らしいことがなぁもできんもんで」

「いや、そういう意味じゃないのですが。ところで、結衣さんはご家族は？」

「父が。といっても、血は繋がってません。本当の父と母は、亡くなりました」

つい、そんなことまで口にしていた。それでも、この人なら話してもいいような気がする。

「姉もおったんですけど、死んでしまいました。三人が死んだ時のことを、わたしはなぁも覚えとらんのです」

「ほうですか」

孫一郎は握り飯を置き、少し考えるような顔をした。

「ほういえば、村の医師から聞いたことがあります。人は、あまりに辛い経験をすると、ほの時のことを思い出せんようになることがあると。後になってなんかの拍子で思い出す人もいるし、一生忘れたまま過ごす人もいるそうです。あなたは、ほの時のことを思い出したいんですか？」

「わかりません。なんやら、知りとうなかったことまで思い出してしまいそうで」

今でも、野伏せりが中津村を襲った時のことを夢に見て、夜中に飛び起きることがある。越前に来る前のことを知ったら、もっと苦しい思いをするかもしれない。それでも、二年もの間、自分がなにをしていたかわからないというのは、どうしようもなく不安で恐ろしい。使いの役目を引き受けたのも、そんな不安を紛らわせたかったからだ。

「わたしは、自分が何者なのか、自分でもようわからんのです。お姉ちゃんは死んでもて、わたしがどこでなにをしてたのか、知ってる人ももうおらん。時々、ものすごく怖くなって、泣きそうになるんです」

「自分が何者かちゃんとわかってる人なんて、ほんなに多くはいませんよ」

「ほうなんですか？」

「父はよう、自分が百姓なのか地侍なのかようわからんとぼやいてますよ。ほれに、泣きたい時に我慢するのはあまり体によくないそうです。これは、村の医師が言っていました」

いかん、受け売りばっかや。そう言って笑う孫一郎につられて、結衣も小さく笑った。

北ノ庄には立ち寄らず、先を急いだ。一昨日も泊まった一乗谷で宿を取り、夜明けとともに発った。

「ここも、ずいぶんと寂しゅうなりました」

横目で阿波賀の市を眺めながら、孫一郎が言った。

「朝倉のお館さまの時代は、ここも一乗谷も、もっとずっと栄えていました。まあ、二度も戦で焼かれれば、無理もないのですが」

これで寂れているのなら、前はどれほどのものだったのだろう。結衣には想像もつかない。

孫一郎が言うには、今回の戦騒ぎで近江や京へ通じる道が閉ざされたために、物の動きが滞っているのだという。以前と較べると、市に並ぶ品物の数は半分にも満たないらしい。

「坊官や大坊主の思惑はともかく、我ら下々の門徒が起ったのは、越前を百姓持ちの国にするためです。しかし、越前は本願寺の国となっただけで、民は相変わらず貧しいままや」

「百姓持ちの国になったら、みんな裕福になれるんですか?」

「ほうです。侍も坊主も、民の納める年貢の上に胡坐《あぐら》を掻いとるだけや。ほれがいなくなれば、百姓は豊かになれます。飢えて死ぬ者や、冬が越せんと凍え死にする者もいなくなる」

そう語る孫一郎の目は、いつになく真剣だった。低い声で、自分に言い聞かせるように言う。

「坊官らが退去せんのなら、弓矢に訴えてでも追い出さなあかん」

弓矢とか追い出すとか、あまりこの人には似合わない言葉だと、結衣は思った。

昨日に引き続き、空は青く澄み渡っている。喧《かまびす》しい蟬《せみ》の声を聞きながら歩くうち、徐々に山が深くなってきた。たった四日の旅だったが、周りを囲む高い山々を眺めていると、帰ってきたのだという気持ちになる。

中津村に近づくにつれて、道はさらに細く、険しくなっていく。それでも、孫一郎は音《ね》を上げずしっかりついてきた。毎日野良仕事に出ているだけあって、足腰は強いようだ。

「ほれにしても、結衣さんはすごいな。ほの体で、息一つ乱していない」

手拭いで汗をぬぐいながら、感心したように言う。

しばらく歩くと、上りにさしかかった。道の両側は木々が生い茂り、昼間にもかかわらず薄暗い。

不意に、結衣はうなじのあたりがひりつくような感じを覚えた。足を止め、振り返る。誰もいない。獣かと思ったが、それも少し違う。

「どうしました？」

「いえ、なんでも」

釈然としないまま足を動かす。

坂の半ばあたりで、はっきりと気配を感じた。後ろを見ると、人影が二つ。若い男のようだった。まだ遠いが、明らかに結衣たちを見ている。

「つけられていたみたいですね」

孫一郎が声を潜めて言った直後、森の中から三人が現れ、前を塞いだ。薄汚れてはいるが、身なりは侍のものだった。

「たぶん、領地を追われ、追い剝ぎに身を落とした侍でしょう。わしが敵を引きつけるさけ、結衣さんはなんとか切り抜けてください。すぐに追いつきます」

「でも……」

「これを、中津村に」

孫一郎が、懐から出した嘆願書を押しつけてくる。

「なに、これでも剣の腕にはそこそこ自信があるんです。死んだりはしませんよ」

話している間にも、追い剝ぎはこちらに向かって歩を進めてくる。前も後ろも、距離は三間（約五・四メートル）程度。

「おかしな連中だな。こんなところで、なにをしておる」

前を塞いだ三人の、真ん中の男が言った。たぶん、この人が首領格だ。体の奥深くに眠っていたものが、ゆっくりと目を覚ましていく。村が野伏せりに襲われた時にも、同じようなものを感じた。

「そなたらも、百姓どもに所領を追われた口か？」

「貴殿らは？」

右手を刀に添えたまま、孫一郎が問う。言葉遣いこそ侍のものに変えているが、その手はかすかに震えていた。

「糞坊主《くそぼうず》と百姓どもに、先祖累代の地を奪われてな。捲土重来《けんどちょうらい》を期して、このあたりに潜んでおる。どうだ、そなたらも仲間に加わらぬか？」

「潜んでどうなさる。今の越前は、坊主どもの天下ではないか」

「今のうちだけよ。いずれ、織田さまが大軍を率いてやって来られる。その時、我らが内から呼応いたせば、織田さまの覚えも目出度《めでと》うなる。旧領どころか、新たな領地もいただけるやもしれんぞ」

「それはいいな。だが、我らにはこれから行かねばならぬところがある。すまんが、その用がすんでから加わるということにしてはくれんか？」

「そうはいかんな。顔を見られたからには、見逃すことはできん。仲間に加わるか、ここで斬られるか。道は二つに一つだ」

「……勝手な人やな」

思わず口にしていた。男たちの目の色が、俄に変わる。

「おい。こいつ、女じゃねえのか？」

「ますます怪しいな。身ぐるみ剝いで、確かめるか？」

男たちを見据えたまま、前に進み出た。笠を脱ぎ捨て、小声で孫一郎に言う。

「すぐすみますさかい、ここでじっとしててください」

「ど、どうするつもりや？」

答えず、地面を蹴った。坂を駆け上がりながら、小太刀を鞘ごと抜く。

三間の距離を、一息で詰めた。

驚愕の表情を浮かべる三人が刀に手をかけるより先に、体を深く沈み込ませる。小太刀を横に薙ぎ、首領格の男の脛を払った。骨が砕ける感触が、柄を通して伝わってくる。

短い悲鳴を上げ、男が倒れた。伸び上がりざま右の男の鳩尾《みぞおち》を突き、返す刀でもう一人の首筋を打つ。

全員が倒れるのを確かめ、振り返った。孫一郎も後ろを塞いだ二人も、呆然とした顔で結衣を見ている。

「あんたら」

孫一郎の後ろの二人に向け、言った。

「まだ、死にたくないやろ。この人ら連れて、さっさといなくなって」

二人は、刀の柄に手をかけたまま動かない。小太刀の鯉口《こいぐち》を切って見せると、ようやく解き放たれたように駆け出し、倒れた三人を助け起こしにかかった。

「今度このあたりで見かけたら……わかってるよね？」

二人は結衣を見上げ、がくがくと顎を上下させる。

男たちが這うようにして逃げて行くと、孫一郎が歩み寄ってきた。

「結衣さん。あんたは……」

小太刀を腰に差し、無理やり笑みを作った。

「自分でもわからんのです。なんで、こんなことができるんか」

言葉にすると、これまで心の底に抑えていたものが、堰《せき》を切ったように溢れてきた。

「刀なんか、遣えんでもいいのに。強うなんかのうていいさかい、普通のことができるようになりたかった。志乃さんみたいに美味しいご飯作ったり、上手に縫い物したり、ほんなのがよかったのに……」

視界の全てがぼんやりと霞み、嗚咽が込み上げてくる。

「結衣さん……」

孫一郎が、困惑しきった顔をしていた。

あかん。わたし、この人のこと困らせてるわ。思ったが、それでも堪えることができない。

「わたしはついこの前、たくさん人を斬りました。おっ父もみんなも、おめえは村を守ったんや、偉いぞって言うてくれたけど、なんも偉いことなんかない。わたしはきっと、もっと小さい頃からぎょうさん人を斬ってきたんや。ほやさけ、思い出すのが怖くてたまらんのや。今も、うっかり死なせてしまわんようにって、ほればっか考えて……」

「わかった。もう、なんも言わんでいい」

「怖いやろ、こんな女子。なんもできんのに、人殺しだけは……」

「もういいさけ、な」

いきなり抱きすくめられた。肩のあたりに顔を埋め、声を殺して泣いた。

「わしは本当は、剣に自信なんかない。あんたのおかげで、わしは死なずにすんだんや。ありがとうな」

子供をあやすように、背中をぽんぽんと叩かれる。

しゃくり上げながら、結衣は何度も頷いた。

四

九頭竜川を越えると、河合荘の家並みが見えてきた。

ほんの半月の旅だったが、なに一つ変わらない村々の景色に、八杉孫一郎はほっと息をつく。

山の中は秋の匂いが色濃いが、このあたりはまだそれほどでもない。同じ越前でも、場所によっては季節の移ろい方が違う。そんなことを知ったのも、ここ最近のことだ。

足を速め、屋敷へ急いだ。

時折、笛や太鼓の音が聞こえてくる。盂蘭盆会《うらぼんえ》を明日に控え、村人たちが祭りの稽古をしているのだ。

すれ違う村人たちが軽く会釈をしてくる。めったに着ない侍装束に深編み笠、髭もだいぶ伸びているので、孫一郎だと気づく者はいなかった。

「これは、若旦那」

屋敷の門をくぐると、庭の掃き掃除をしていた下人が声を上げた。

「帰ったぞ。親父どのはいるか？」

「へえ、すぐにお知らせします」

下人が駆けていくのを見届け、母屋に上がって旅装を解いた。

「お帰りなさいませ。さ、お足を」

湯を張った盥《たらい》を抱えた志乃が出迎える。

志乃の柔らかい手が、丹念に足を洗っていく。山深い場所を歩き回って疲れきった足に、ぬるま湯が心地いい。この半月の緊張がほぐれ、気分が安らいでいくのを感じる。

「後で、髭も剃《そ》ってしまいましょう。あまり、似合《にお》うてはおりませんよ」

「ほうかな」

「ええ。まるで本物のお侍のようです」

戯言《ざれごと》めかして言って笑う志乃に、孫一郎は憮然《ぶぜん》とした顔を作って見せた。

「いちおう、俺は侍のつもりやぞ」

志乃は、孫一郎より一つ下の二十二歳だった。ここから九頭竜川を二里ほど遡った志比荘の出で、父は荘の有力者の林兵衛だ。娶《めと》ってから三年が経つが、まだ懐妊の気配はない。

「義父上《ちちうえ》は、相変わらずお元気やった。早《はよ》う孫の顔が見たいそうや」

「そればかりは、授かりものですから」

嫁としての役目を果たせていないという負い目は、少なからずあるのだろう。それでも、自分には過ぎた妻だと、孫一郎は思っている。

着替えをすませて髭も当たり、父の部屋を訪った。

「よう戻った。まずは、嘆願書じゃ」

差し出した書状を開いて署名と血判を確かめると、喜兵衛は満足そうに頷いた。

「旅は、どうじゃった？」

「山歩きには難渋しましたが、得るところは多くありました」

孫一郎は、中津村で川瀬久蔵の署名をもらうと、大野、七山家《ななやまが》、志比と足を延ばし、有力者のもとを回った。それだけではなく、深い山にも分け入って村々の長《おさ》たちを説き、署名を集めた。嘆願書に名を連ねた者の数は、三十人に上る。

今の越前では誰もが、坊官や大坊主の驕慢《きょうまん》な振る舞いに憤っていた。そしてどの村も、以前と変わらず貧しい。織田軍の襲来に備えて木ノ芽峠一帯の山々には砦が築かれている。その普請のため、多くの働き手を人足に取られているのだ。坊主たちの気儘な収奪も相変わらず激しい。

誰もが侍たちを追い出せば豊かになれると信じていたが、蓋を開けてみれば、侍が坊主に入れ替わっただけだったのだ。いや、朝倉や織田の支配下よりも民の苦しみは増している。人々の失望と怒りは、ひしひしと肌に伝わってきた。

「このままやったら、これまで流してきた多くの血がなに一つ報われません。どんな手段を用いても、この越前から坊官を追い払わねばならん。この旅で、その思いがいっそう強うなりました」

「ほうか。使いを任せたのは、間違いでなかったな」

「はい」

十六歳の頃から、戦には何度か出た。今回の一揆にも、孫一郎は父とともに、荘の門徒を率いて加わった。戦場での経験はそれなりに積んだつもりだったが、一人で旅をするのはまた違った。

途中まで一緒だった結衣とは、中津村で別れた。

野伏せりを打ち倒した時の太刀筋は、孫一郎の目ではまるで捉えることができなかった。あれだけの腕を持つ者は、広い河合荘にもいないだろう。

あの時のことは、誰にも話すつもりはなかった。結衣はだいぶ思い詰めた様子だったが、孫一郎にはどうしてやることもできない。自分の持つ力を受け入れるにしろ拒み続けるにしろ、結衣自身の問題なのだ。

「盂蘭盆会が過ぎたら、わしは嘆願書を持ってご本山へ行く。皆には、病に臥せっているということにでもしとけ」

「親父どのが、自らですか？」

「ほうや。越前の門徒でご門主さまに会《お》うたことがあるのは、たぶんわしだけじゃろ」

朝倉家滅亡の直後、父は門主顕如の息子に嫁入りすることが決まっていた義景の娘を預かり、織田の残党狩りの目をかいくぐって大坂まで送り届けていた。顕如から直々に感謝の言葉をかけられた父は、越前中の門徒から尊敬の眼差《まなざ》しで見られている。

「孫一郎、八杉家の主となる心構えは、もうできてるじゃろな?」

「は?」

「織田の版図を通ってご本山へ入るのは、容易なことでない。首尾よう辿り着けたとしても、嘆願書を差し出せば、わしはその場で不忠者として斬られるかもしらん」

「まさか、そこまでは」

「ご本山は今、相当に焦っておる。信玄が死んだのは、もう間違いない。伊勢長島も、そう長《なご》うはもたんじゃろ。ご本山としては、なんとしても越前門徒をまとめ、信長にぶつけたいはずじゃ」

「ですが、親父どのを討てば門徒は黙っとらん。ご本山がそこまで阿呆な真似をするとは思えません」

「わしもそう思いたいがな、ご本山には越前の実情がなんも見えとらん。信長との戦で頭がいっぱいなんじゃ」

父の顔には、どこか諦めの色が滲んでいるように見えた。

「まあ、わしが斬られると決まったわけでない。もしもの時に備えて心構えをしておけっちゅうことじゃ」

覚悟の定まらないまま、孫一郎は頷いた。

荘の意思は、各村の乙名衆の寄合で決定される。だが実際は、喜兵衛の意思が、そのまま荘の意思だった。もしも父になにかあれば、自分は荘をまとめていくことができるのだろうか。二十三になる今も、孫一郎は自信を持てずにいる。

その夜は、志乃の酌で酒を呑んだ。

「結衣さんとの旅は、いかがでした？」

孫一郎の盃《さかずき》に注《つ》ぎ足しながら、そんなことを訊ねてくる。役目とはいえ、良人《おっと》が若い女子と二人で旅をするとなれば、多少は気にかかるのだろう。

「旅といっても、中津村までや。まあ、あれで色々と思い悩むこともあるようやったな」

「あら、どのような？」

「若い女子らしいことがなんもできんって言うてた。志乃さんみたいになりたいとも」

「まあ」

満更でもなさそうに、志乃が微笑する。

結衣のことは、すぐに頭から追い払った。考えなければならないことは、他にいくらでもある。

物心ついた頃から、あの八杉喜兵衛の息子と言われてきた。

父は、朝倉のお館に従って多くの手柄を立ててきた。その名は国中に知れ渡っているが、孫一郎にとっては重荷以外の何物でもなかった。特に武芸が優れているわけでもなく、戦に出てもたいした手柄は立てられなかった。それよりも、田や畑の世話をしている時の方が自分らしいと思えた。

侍にはなりきれず、野良仕事だけして生きることも許されない。一揆には加担したが、熱心な門徒というわけでもない。結衣と同じように、孫一郎も、自分が何者なのかわからずにいる。

「俺は侍なのか、百姓なのか、どっちなんやろな?」

訊ねると、志乃はちょっと考える仕草をしてから答えた。

「そんなこと、どちらでもよいではありませんか」

なんでもないことのように、志乃は微笑む。

「どんな着物を着ていようと、大切なのは中身でしょう。身分など、それと同じようなものだと、わたしは思います」

侍であれ百姓であれ、自分は自分ということだろう。ふっと息をつき、孫一郎は志乃の肩を抱く。

子が欲しい。そんな思いが、不意に湧き上がってきた。父親になれば、一人の男として自分の足で立っていける。そんな気がした。

「俺は、子が欲しい。息子でも娘でも構わん。他の誰でもない、お前の子や」

囁きに、志乃は頬を赤らめる。

顔を寄せようとした時、玄関の方から慌ただしい人声が聞こえてきた。足音が交錯し、家人が回り縁を駆けてくる。

「なんや、騒々しいな」

訊ねると、家人は片膝をついて声を張り上げた。

「ただ今、志比の林兵衛さまの下人が駆け込んで参りました。林兵衛さま、北ノ庄にてご生害《しょうがい》とのことにございます！」

「阿呆な！」

使者の話では、林兵衛は盂蘭盆会参りのため、下人二人を連れて北ノ庄へ向かっていた。その途上、三人の牢人者《ろうにんもの》がいきなり因縁をつけてきた。

口論の末に牢人者は刀を抜き、林兵衛と下人一人を斬って逃げ去った。生き残ったもう一人の下人は、手傷を負いながらなんとか九頭竜川を越え、ここまで辿り着いたという。

「そんな……」

志乃の白い肌が青褪めていくのが、灯明《とうみょう》のわずかな灯りでもわかった。

孫一郎は志乃を宥《なだ》め、家人に指示した。

「まずは、その下人の手当てを。志比荘には、こちらから使いを出せ。ほれから、若衆を何人か出して、義父上《ちちうえ》のご遺体を回収するんや」

「へ、へえっ！」

家人が駆け去ると、父の居室に向かった。

「ただの喧嘩《けんか》とは思えません。おそらくは、坊主どもの差し金かと」

「間違いないやろな。嘆願の話が、どこかから漏れたのじゃろ。わしは、これからすぐに大坂へ向けて発つ。留守は頼む」

喜兵衛が嘆願書を懐に入れた時、別の家人が飛び込んできた。

「東より、軍勢が迫っております。その数、三百は下らぬかと！」

東といえば、下間頼照の本拠地豊原寺しか考えられない。

「もはや、手遅れじゃったか」

全てを諦めたように、喜兵衛は笑みを漏らす。

「どうやら、坊主どもを甘《あま》う見すぎてたようじゃ。織田の侍を追い払《はろ》うた後に、時を置かず坊主どもを討ち果たすべきじゃった」

懐から嘆願書を取り出すと、燭台の火に近づける。灰に変わるのを見届け、孫一郎に向き直った。

「嘆願などというぬるい方策を採ったわしの不明じゃ。お前の苦労も無駄になってしもた。すまんな」

そう言って、喜兵衛は深々と頭《こうべ》を垂れる。

父が自分に頭を下げたことなど、今まで一度もない。気づけば、髪にずいぶんと白いものが増えている。隠しようもなく老いを滲ませる父の姿に、孫一郎は覚悟を決めた。

「頭を上げてください。こうなった以上、我ら地下《じげ》の者の意地を見せつけてやろうではありませんか」

孫一郎は具足に身を固めると、志乃の待つ居室へ向かった。廊下や庭では、家の者や駆けつけた荘の男たちが行き交っている。

「戦になるのですね？」

「ほうや。わしらはこれより荘の政所《まんどころ》へ移り、そこで敵を引きつける」

荘の政所には武器や兵糧の倉もあり、この屋敷よりも堅固な造りになっている。それでも稼げる時は知れているが、ここで敵を迎え撃つよりはずっとましだ。

「お前はすぐに、屋敷を出え。二人ほど護衛をつける」

すでに下間頼照は、志比荘や殿下村にも兵を派遣しているだろう。志乃を落とす場所は、護衛の下人に言い含めてあった。

「嫌でございます」

壁を見つめたまま、志乃は低い声で応じる。灯明の光は届かず、表情は見えない。

「旦那さまもご一緒に。でなければ、ここを一歩も動きません」

「我儘を言わんといてくれ。時がない。さあ」

差しのべた手が、強く払われる。妻に反抗されるのははじめてだった。嘆息し、志乃と壁の間に腰を下ろす。

「なにも、お前だけに生き延びてほしいと思て言うてるんやない。政所の門を固く閉ざしてしばらく耐えれば、他の村々から門徒が駆けつけてくるやろう。たかだか三百程度の敵は、すぐに蹴散らせる」

「ならば、わたしはなぜ逃げねばならないのです」

「我らが政所に籠れば、敵はこの屋敷に兵を向けてくるかもしらん。たとえ一時でも、お前を危険に晒しとうはないんや。明日か明後日には迎えをやる。それまでの辛抱や」

努めて明るい声音で、嘘を並べ立てた。

志乃の目が、孫一郎をじっと見つめている。賢明な妻だ。良人のついた嘘など、容易く見抜いているだろう。

ほんの束の間、妻とともに逃げる誘惑に駆られた。名も地位も捨てて、誰も自分のことを知らない場所でひっそりと暮らす。だが、ここで逃げ出すことだけはできない。

やがて、志乃はきつく結んだ口元をふっと緩めた。

「わかりました。あなたの言葉を信じます。あなたも、ご自分の仰《おつしや》ったことを信じてください」

「ああ。わかった」

それ以上の言葉は必要なかった。志乃は立ち上がり、素早く身仕度を整えていく。

「ご武運を」

「まるで、本物の侍やな」

言って、小さく笑った。

「侍でも百姓でも構いません。あなたは、わたしの良人でいてくれればいいのです」

「ほうやな」

言いながら細い肩を抱き寄せ、しばしの間唇を合わせた。

志乃を二人の護衛に託すと、孫一郎は荘の男たちを率いて政所に移った。妻子のある者や家の跡継ぎは帰した。残ったのは、代々の郎党やどうしても戦うと言ってきかない若衆ら、たった二十名ほどだ。これまで何度も戦場をともにした、気心の知れた者たちである。全員がすでに死を覚悟していて、士気は異様なまでに高い。

ほどなくして、地が揺れたかと思うほどの、夥しい馬蹄の響きが聞こえてきた。

見張りを残して、政所の広間に全員が集まった。敵の目には、あくまで喜兵衛に忠義を尽くす者だけが残っているように見えるはずだ。ここにいる者が全滅しても、荘民に手をかけることはないだろう。

「末期《まつご》の盃を酌み交わす暇もなさそうじゃの」

ぼやくように言うと、喜兵衛は集まった面々を見回した。

「このような仕儀となったは、全てわしの見識の甘さゆえじゃ。心より詫《わ》びを申す。許してくれ」

父に倣《なら》って、孫一郎も頭を下げた。

「水臭い真似はやめとくんね。こうなったら、やることは一つや。一人でも多く、坊主どもを道連れにしてやろうでねえか」

若衆の一人が声を張り上げると、別の一人が「まったく、罰当たりな話や」と茶化す。置かれた状況に不釣り合いなほど、広間は笑い声に包まれた。

志乃と一緒に逃げなかったのは、やはり正しかった。あそこで逃げ出していれば、命は長らえることができても、自分を許すことができずに残りの生を送ることになる。

それから間もなく、敵が荘に侵入してきたと報告が入った。騎馬に鉄砲まで揃えた、正規の軍だという。大将は若林長門守《わかばやしながとのかみ》。下間頼照の配下で、富田攻めや平泉寺合戦で活躍した驍将《ぎょうしょう》だ。

敵は素早く政所を囲むと、喜兵衛の身柄の引き渡しを求めてきた。ご本山に対し謀反を企てた罪、とのことだった。

「謀反か。まるで侍の言い草やな」

冷笑を嚙み殺し、孫一郎は立ち上がった。一同に向かって語りかける。

「わしは、たとえご門主さまのご意思に背くことになろうと、父を引き渡すつもりはない。門徒から搾り取ることしか頭にない門主などより、父の恩義に報いることを、わしは選びたい。勝ち目は限りのう薄いが、付き合《お》うてくれるか？」

「よう申された！」

「たとえ行き着く果てが地獄やろうと、俺は孫一郎さまについて行くぞ！」

次々と若衆が立ち上がり、気勢を上げる。父は座ったまま、目頭を押さえている。

「皆の衆。これは死ぬための戦やない。生き延びて、この越前を真の百姓持ちの国とするための戦いや。なにがあろうと生き残り、坊主どもを追い払おうやないか！」

一同の上げる鯨波《げいは》に、広間が震えた。

その直後、鉄砲の筒音が轟《とどろ》く。喊声《かんせい》が沸き起こり、門扉に丸太をぶつける重い音が聞こえてきた。

「来さらしたぞ。行ったれ！」

誰かが叫んだのを合図に、広間に集まった者たちが庭へ飛び出して行く。

孫一郎は、塀の向こうで揺れる敵の旗を見ていた。南無阿弥陀仏。厭離穢土、欣求浄士。そんな文字が大書されている。

死んだ先のことなど、考えはしなかった。志乃のいるこの世は、それほど捨てたものでもない。

待っとれよ、すぐに迎えに行く。それまでの辛抱や。心の中で、妻に呼びかける。

刀を抜き放ち、歩き出した。

五

川瀬久蔵にとって、その女と会うのは気が重かった。

会えば、つい今しがた使いがもたらした事実を伝えなければならない。身なりを整える間も、何度か嘆息が漏れた。

「親父どの。気が進まんようなら俺から話すが」

そう言った新八の口ぶりも重いものだった。

「いい。村長はわしじゃ。わしの口から伝える」

新八とともに、政所の代わりに使っている道場へ向かった。意を決して中に入り、女の正面に腰を下ろす。

「お待たせいたした。この村の長、川瀬久蔵です。これなるは、息子の新八と申します」

「八杉孫一郎の妻、志乃にございます。先ほどは、こちらの方々にお救いいただきました。御礼申し上げます」

落ち着いた声音で言うと、深々と頭を下げる。

道場には、結衣と六郎、兵太に糸の姿もある。薬草採りの帰りに道端に倒れていた志乃を見つけ、ここまで連れてきたのだ。志乃から河合荘が襲われたことを聞いたのだろう。結衣の表情は重く沈んでいる。

「子細は聞いております。顔をお上げください」

「はい」

気丈に振る舞ってはいるものの、憔悴《しょうすい》の色はありありと浮かんでいた。

志乃は戦の結末を見ることなく、孫一郎から中津村へ身を隠すよう言われ、河合荘を後にしたという。追っ手はなんとか振り払ったものの、二人いた護衛は矢玉に倒れた。

「あれから丸二日近くが経っております。河合荘が、夫がいかがあいなったか、なにかご存じではありませんか？」

口調は抑えたものだったが、不安や焦燥ははっきりと見てとれる。

しばしの間を置いて、久蔵は口を開いた。

「先ほど、河合荘より使いが参りました。八杉喜兵衛どの、孫一郎どの以下二十余名、ことごとく討ち死にとのことです」

ある程度予期してはいたのだろう。志乃は取り乱すようなこともなく、「さようにございますか」とだけ言った。ほとんど百姓と変わらない地侍とはいえ、そのあたりは武家の女だった。

「河合荘の民は、どうなったのでしょう」

「討たれたのは政所に籠った者たちのみで、敵が荘の民に手をかけたとの話は聞いておりません」

八杉父子が呼びかければ、数百の人間を集められただろう。一度や二度は敵を撃退できたかもしれない。だがそうなれば、荘全体が戦場となり、女子供までが血を流すことになる。父子はそれを避けたかったのだろう。

志乃はそのことを理解しているようだった。「そうですか。よかった」と呟き、かすかに微笑む。

「しばらくは、我が家に身を隠すがよろしいでしょう。ほとぼりが冷めれば、河合荘に帰るなり、志比のご実家に戻られるなりなされませ。まずは、旅の疲れを癒されることです」

「はい。お心遣い、感謝いたします」

志乃が再び頭を下げた時だった。それまで一言も口を開かなかった結衣が「なんでや」と声を上げた。

「わからんよ、村長。なんで、孫一郎さんが殺されなあかんの？　なんで志乃さんは〝よかった〟なんて言えるの？」

「やめとけ。志乃さんだって、辛いんや」

「ほやって、結衣。しょうがないことやってあるんや」

六郎たちの制止も聞かず、結衣は目に涙を浮かべて「なんで？」と繰り返す。

結衣を河合荘へ使いに出した時、帰路は孫一郎と一緒だった。それなりに親しくなっていてもおかしくはない。久蔵は、どう声をかければいいのかわからなかった。

殺されたのは、孫一郎と喜兵衛だけではない。下間頼照の軍勢が河合荘を襲う直前に、志比の林兵衛は喧嘩に事寄せて密殺されていた。さらに時を同じくして、本庄の宗玄や殿下村の川端らが坊官の派遣した軍勢に討たれている。

まとめる者がいなくなれば、門徒たちが団結して立ち上がることはできない。見せしめという意味もあるだろう。

だが、そうしたことを話したところで、結衣が納得するとも思えなかった。いや、誰も納得などできるはずがない。無理やり自分自身に折り合いをつけ、仕方のないものとしてどうにか受け入れている。理不尽に対して〝なぜ〟と問うことさえ、多くの大人たちはとうに諦めているのだ。

「どうした、結衣？」

「結衣さん」

なおも言い募る結衣に、志乃が穏やかな声をかけた。

「あなたの仰る通り、此度の仕打ちは到底許せるものではありません。武家同士の争いならばともかく、お坊さまが軍兵を動かして逆らう者を討ち果たすなど、考えられないことです」

「ほやったら……」

「夫も義父も、それに従った者たちも、己の意地を貫き通して戦ったのです。結果として、荘に住む民も無用な血を流さずにすんだ。夫がそのことを悔いていると、わたしには思えません」

落ち着いた、染み入るような声だった。結衣は唇を引き結び、顔を俯ける。その目から、ぽろぽろと大粒の涙が零れた。

浄光寺の賢俊から呼び出しがあったのは、それから三日後のことだった。

「罠《わな》や、親父どの。行ったら殺されるぞ」

「それはあるまい、新八。わしを殺すつもりなら、五日前に村は襲われとったはずじゃ」

「しかし、嘆願書に名を……」

「あれを残しておくほど、喜兵衛どのは阿呆やない。戦の前に燃やしたはずじゃ。加担を疑われたとしても、証拠などないんじゃ。どうとでも言い逃れはできる」

それでも万一に備えて、新八は村に残すことにした。護衛役の家人は二人。多すぎてはあらぬ誤解を生む。

野伏せりや追い剝ぎに出会うこともなく、昼過ぎには池田村に着いた。中津村と同じく、どこか沈んだ重い空気が漂っている。大きな村だけに、若い男をまるで見かけないのが奇異に感じられた。

「これは、遠いところをよう参られた。すぐに、茶など運ばせましょう」

浄光寺を訪れると、賢俊はいつになくやわらかい物腰で久蔵を迎えた。

「この一月余り、越前国内をあちこち飛び回っとりましてな。木ノ芽城の普請の様子を見てこいと言われたり、いきなり豊原寺に呼び出されたり。まったく、守護どのも人使いが荒《あろ》うてかなわんわ」

豊原寺は、守護の下間頼照の本拠だった。この男も、八杉の謀殺に関わっているのかもしれないと、久蔵は思った。

賢俊が大坂本願寺でどの程度の地位についていたのかはわからない。だが、この男が越前に来て間もなく朝倉が滅び、一揆が起こった。もしかすると、門徒を蜂起させる下準備のために大坂から派遣されてきたのかもしれない。だとすれば、久蔵が考えていた以上の大物だった。

「不思議なもんで、この池田村に戻ると心が安らぎますわ。浄光寺に来て、まだ二年と少しやっちゅうのに」

「この村はよいところです。人も多く、物もたくさんある。私のような貧しい村の長には羨ましく思えるほどです」

警戒していることを悟られないよう笑みを作り、運ばれた碗に手を伸ばす。碗も中の茶も、下々の者には一生手が届かないほど上等な物だった。

「今日おいでいただいたのは、そのことや。木ノ芽の普請場に手伝いに行っとる者たちを、お返ししようと思いましてな」

「ほう、それは」

「先の戦で、中津村の衆はよう戦《たたこ》うてくれました。あの者たちがおらねば、拙僧の首などとうに胴から離れておったやもしれまへん。普請場でも、他の者が嫌がるような仕事を文句の一つも言わんと引き受けとりましたわ。これであの者たちも、迷うことなく極楽へと参ることができましょう」

「過分なお褒めの言葉、ありがたく存じます。極楽往生がかなうならば、死んだ者たちも悔いはありますすまい」

唾でも吐きかけてやりたい衝動を堪えながら、久蔵は答えた。

「あの者たちを帰すのは痛手やが、村から働き手がおらんようになっては、残された者の生計も立たんやろ。そこで、拙僧が上の者と掛け合《お》うて、格別なるお許しをいただいたっちゅう次第や」

「それは、まことにもってありがたきことにございます」

頭を下げながら、今度は懐柔にきたか、と思う。主立った者を殺された門徒の怒りを、少しでもやわらげておこうという腹づもりだろう。

「信長はすっかり怖気《おじけ》づいておってな、越前に攻め入ってくる気配はあれへん。ゆえに、矢銭もしばらくは無用や。村の者たちに、たまには美味い物でも買《こ》うてやるがええとお伝え願いますわ」

「承知いたしました。重ねて、御礼申し上げます」

「全ては、民を苦しめとうないっちゅう、弥陀とご門主さまのお心によるものや。ありがたいこっちゃ。帰ったら、念仏の一つも唱えなされ」

他の僧侶の口から出たのであれば、上辺だけの言葉と受け取っただろう。だが、この男は本気で言っている。薄ら寒い思いを久蔵は味わった。

それから数日で、普請に狩り出されていた若衆が戻った。普請場に危険はつきものだが、幸い、一人の死人も手負いも出てはいない。

矢銭の徴収もなくなり、村には久しぶりに安堵の空気が流れていた。働き手が戻ったことで、村人たちの顔にもわずかだが活気が戻っている。

他の村々でも、坊官討つべしの声は鳴り止んでいた。主立った者たちを殺され、門徒はじっと口を噤《つぐ》んでいる。まずは、下間頼照の思惑通りと言っていい。坊官と大坊主を追い払って越前を百姓持ちの国とし、その上で織田家との交渉に臨むという久蔵の目論見《もくろみ》は、完全に崩れ去っている。

だが、門徒たちの不満や怒りが消え去ったわけではない。むしろ、以前よりも激しい憎悪が国中に渦巻いている。なにかのきっかけがあれば、再び一揆の火は燃え広がりかねなかった。

どうすれば、村と村人の命を守れるか。それだけを、久蔵は考えていた。

不穏なものを孕《はら》んだまま秋が過ぎ、十月に入った。

「よいところですね、ここは」

部屋へ湯を運んできた志乃が、庭から見える紅く染まった山々を眺めながら言った。この時季にしては暖かな昼下がりだ。

この屋敷で暮らすようになってから、志乃は下女たちと同じ時刻に起き出し、下働きを手伝うようになっていた。気を遣う必要はないと言ったが、「こうしている方が落ち着く」と笑うので、久蔵は好きにさせている。下女たちも最初のうちは戸惑っていたが、すぐに打ち解けたようだ。

侍とはいえ、八杉家の暮らしぶりは百姓と大差ない。水汲みも食事の仕度も、志乃は手際よくてきぱきとこなした。時々、結衣と糸が料理や縫い物を習いに来るほどだ。

「河合や志比では、これほど間近に山々を眺めることなどできません。山がこれほど鮮やかにその色を変えていくものとは、ここへ来るまで知りませんでした」

「しかし、美しい顔が見られるのも、もうしばらくのうちだけじゃな。この村の冬は、麓とは比べ物にならんほど厳しいもんじゃ」

ともに暮らすうちに、互いの言葉遣いはだいぶ砕けたものになっている。

「ご安心を。覚悟はできております」

言いながら微笑を浮かべる。

一度だけ、これからどうするつもりなのか訊ねたことがあった。志乃は床に手をつき、もうしばらくここに置いてほしいと頭を下げた。久蔵は、それ以上訊かなかった。人には様々な事情がある。

「志乃どの」

「はい」

形のいい澄んだ目に見つめられ、思わず口籠った。

「うん、その、今日は結衣たちは来んのかと思うてな」

「ええ。今日は養生所の方を手伝いに行くそうです」

「ほうか。ほれならいい」

怪訝そうな顔から目を逸らし、湯を啜る。

志乃を、新八の嫁にどうかと思い立ったのは、ほんの数日前のことだ。新八も、志乃を憎からず思っている節がある。だが、志乃は夫を亡くしてまだ三月も経っていない。切り出すのは、もう少し時が過ぎてからでもいいだろう。

問題は幸だった。志乃と交わすのは必要最低限の言葉だけで、いまだに心を開く素振りさえ見せないのだ。義理とはいえ姉妹になるのだから、もう少し打ち解けられないものか。

そこまで考えて、久蔵は苦笑した。まだ、志乃が嫁に来るかどうかもわからないのだ。ついつい先走って考えてしまうのは、歳のせいだろうか。

「いかがなさいました?」

「いや、なんでもない」

答えた時、廊下から荒々しい足音が響いてきた。

「親父どの、えらいことになったぞ!」

断りもなく部屋に飛び込んできた新八の顔は、いつにも増して険しいものだった。

「伊勢長島が落ちたぞ。信長は砦に火を放ち、中に籠った二万の門徒がことごとく焼き殺されたそうや」

「なにかの間違いじゃろ。長島の門徒はずっと追い詰められてた。ほんだけの兵が籠ってたはずがない」

「兵だけやない。砦には、年寄りも女子供もいた。信長はそれを知りながら火をかけたんや」

七月から、長島に対する織田軍の包囲網は徐々に狭められていた。八月には、砦から打って出た門徒が大打撃を受け、多くの死傷者を出している。いずれ陥落することは目に見えていたが、ことごとく焼き殺されることになるなど、想像もしていなかった。

「長島の衆は和を請い、いったんは受け入れられた。だが信長は約束を反古にして、門徒を蒸し焼きにしたんや。あやつは人やない、鬼や！」

激昂した新八は、床を拳で何度も打ちつけた。

卑劣という他ないやり口だ。信長の目指す天下布武《てんかふぶ》なるものがどんな代物か、久蔵は垣間見《かいまみ》た気がした。

「なんということを……」

震える声で、志乃が言った。

「人々を極楽へ導く僧侶が軍勢を動かし、民を守るべき侍が女子供を焼き殺す。このようなことが、なにゆえ許されるのです。それとも、間違っているのはわたしの方なのでしょうか？」

志乃が間違っているはずがない。だが、信長も坊主も、力を持っている。弱い者には、間違いを正すこともできない。それがこの世の道理だった。

第三章　開　戦

一

坂井郡豊原寺の本堂は、重苦しい沈黙に包まれていた。

事態の深刻さは誰もが理解している。だが、なにか策を出せと言われたところで、そう簡単に思いつくものでもない。

賢俊は、居並ぶ坊官、大坊主衆を見渡した。上座の下間頼照をはじめとして、下間和泉、七里頼周、杉浦玄任ら、大坂や加賀から派遣された坊官たちの他、地元の大坊主たちが居並んでいる。それぞれの袈裟の色は、位階によって定められている。黒地の上衣に白の袈裟をまとった賢俊は、地元の坊主の中ではやや上の方といった位置づけだ。

他に幾人か、直垂《ひたたれ》に侍烏帽子《さむらいえぼし》といった出で立ちの男たちもいる。今回の一揆で本願寺に与した侍たちだ。

天正三年（一五七五）八月。木ノ芽峠以北から織田の勢力を一掃して、一年と二月が経っている。昨年の九月には、伊勢長島が陥落した。老若男女を問わず焼き殺すという非情さで、死者は二万にも上ったという。

閏《うるう》十一月には、指導者を殺された河合荘の門徒が蜂起し、この豊原寺に迫った。辛《かろ》うじて撃退し、見せしめのために荘を焼き払ったものの、小規模な蜂起はそれからも断続的に続いている。

今年五月、織田軍と甲斐の武田軍の決戦が遠江《とおとうみ》長篠《ながしの》の地で行われ、武田が大敗を喫した。信玄時代から武田を支えた重臣の多くが討ち死にし、精強を誇った武田軍はほぼ壊滅したという。

そして三日前、織田信長はついに、越前一向一揆討伐の陣触れを発した。

この報せに、下間頼照は国内の坊官、大坊主、一揆に与する有力な武士を召集した。敦賀には、織田軍が続々と集結しはじめている。

「黙っておってもどうにもならんやろ。誰ぞ、良き思案はあれへんのか」

下間和泉が苛立《いらだ》った声を出し、一同をねめつける。守護頼照の息子で、まだ二十歳をいくつか過ぎたばかりの若造だ。

下間一族は代々、門主に代わって実務を取り仕切っている。下間一族に生まれれば、ある程度の出世は約束されるのだ。

「長島が落ち、武田が敗れた今、仏法を守る楯《たて》となるは我ら越前衆のみ。この戦には、是が非でも負けるわけにはいかんのや」

　まくし立てる和泉の顔には、不安と焦りの色がありありと浮かんでいる。他の坊官たちも似たようなものだった。織田の大軍が押し寄せてくることがわかっていても、打つべき手立てが見つからないのだ。

　午の刻（正午）過ぎからはじまった軍議だが、すでに陽は落ち、本堂には灯りが入れられている。

「ここはやはり、木ノ芽の天険で敵を食い止めるべきかと」

　大坊主の一人が、遠慮がちに言った。

「地の利は我らにあります。織田の大軍といえども、攻めあぐねるは必定かと」

　敦賀から木ノ芽山地を越えるには、二つの道筋がある。大手に当たる木ノ芽口と、搦《から》め手《て》に当たる海沿いの杉津口《すいづぐち》である。二つの攻め口には、一年前から多くの城塞を築いてきた。そこに籠って織田軍を迎え撃つというのが大方の意見だ。

「それだけでは足らん」

　切り捨てるように言った四十絡みの僧侶は、杉浦玄任だった。加賀の有力な坊官で、今は大野郡司の地位にある。その口ぶりには、地元の大坊主をあからさまに見下したような響きが垣間見える。

「間者《かんじゃ》の報せによれば、敵は若狭《わかさ》に水軍を集めておるそうや。敵が後方に上陸しては、手の打ちようがあるまい」

「では、海沿いに兵を配置し、水際で叩くというのは」

「それだけの軍勢が、どこにあるというのだ。そなたが用意できると申すか？」

玄任の問いに、大坊主は唇を噛んで黙り込んだ。

上座の下間頼照は、脇息《きょうそく》にもたれかかったまま口を挟もうともしない。一向にまとまらない軍議に、心身ともに疲れ果てているのだろう。齢《よわい》六十、家柄だけが取り柄の無能な老人である。

愚かな連中だと、賢俊は思う。いずれ織田との戦になることは、桂田、富田を討った時からわかりきっていたはずだ。だが、この者たちは己の権勢に胡坐を掻き、私腹を肥やすことにのみ血道を上げてきた。そして今になって、織田軍の侵攻を間近に迎えて右往左往している。

越前のみならず、加賀の門徒も根こそぎ動員して敦賀に進出し、さらには近江まで攻め入って京を窺うべし。一年前に木ノ芽城を落とした直後から、賢俊は幾度も訴えた。だが坊官たちは鼻で笑い、無視し続けてきた。あの献策を受け入れていれば、長島の陥落も武田の敗北もなく、逆に信長が追い詰められていたはずだ。

だが、今さらその策は採れない。連携できる味方はなく、門徒との間には深い亀裂が入っている。全ては、この場にいる者たちの怠惰と驕慢が原因だった。

「なんぞ、申したきことがあるようやな」

不満が顔に出ていたらしい。目ざとく見つけた杉浦玄任が、賢俊を指した。

「では、拙僧の愚考を申し述べたく存じますが、よろしいでしょうか」

さっさと言えというふうに、玄任が顎で促す。舌打ちしたい気分を抑え、口を開いた。

「杉浦さまの申される通り、木ノ芽、杉津の両口を固め、さらに敵の水軍に備える兵力は我らにはありません。ならば、嶺北嶺南《れいなん》の境で敵を迎え撃つという考えは捨てるべきかと」

「待て。敵をわざわざ迎え入れよと申すか」

「御意《ぎょい》。我らは豊原寺も府中も放棄し、門徒衆を率いて山に籠ります。その際は、年寄りも女子供も連れ、田畑や家々は全て焼き払いまする。敵は兵糧の調達もままならず、身を休める場所もない。我らは機を見て打って出ることを繰り返し、敵の疲弊を待てばよろしい。越前が雪に閉ざされる前に、信長は兵を引くこととなりましょう」

かねてから温めていた策だった。唐土の合戦にも、いくつか例がある。

山の中には村人が非常時に立て籠る城が無数にあり、戦えない者はそこに収容すればいい。池田という山深い村に派遣されなければ、この策は思いつかなかっただろう。

策を披露すると、本堂はしばしざわめいた。この場にいる者の多くは、軍略など知らない。成算があるのかどうか、判断がつかないのだろう。

「それがしは、反対にござる」

初老の侍がしわがれた声を上げ、ざわめきが止んだ。坂井郡に大きな所領を持つ朝倉家の旧臣、堀江《ほりえ》景忠《かげただ》だった。この軍議に出ている侍衆の中では最上位にある。

代々朝倉家の重臣を務めてきた家柄だが、同時に熱心な門徒でもある。朝倉家と加賀の一向一揆が争った時には、主君の義景に対して謀反を起こし、一時失脚していたこともあるほどだ。

「〝一所懸命〟という言葉があるように、我ら武士は先祖伝来の土地に命を懸けておる。その土地を手放し焦土といたすは、たとえ戦に勝つためといえども断じて応じかねる。地下の者どもとて、それぞれに己の土地に対する思い入れがあろう。家も田畑も焼いて山に籠れなどと申すは、ちと横暴に過ぎはせぬかな?」

堀江の左右に座る侍衆が、無言で頷いて同意を示す。あろうことか、大坊主の多くも堀江に賛同しているようだ。賢俊はかっと頭に血が上り、語気が鋭くなる。

「なにを申される。此度はただの戦ではございません。仏法の興亡がかかった一戦ですぞ。己の土地がどうのという狭い料簡で語るべきものやあれへん」

「狭い料簡とは、ちと無礼ではないか?」

「貴殿こそ、仏法よりも己《おの》が土地が大事とは、それでもご門徒か」

睨み合いになった。射るような堀江の視線を受けても、賢俊は動じない。戦に敗れ、仏法が廃れることに較べれば、恐ろしいことなど何一つありはしないのだ。

「ご両人とも、控えられよ」

険悪な空気が流れる中、それまで黙っていた下間頼照が言った。

「皆の考えはようわかった。後は我ら坊官衆で話し合《お》うて決めることといたす。決定は追って伝えるゆえ、今日のところは散会といたそう」

大坊主や侍たちが、安堵したような吐息を漏らした。

翌日、再び集まった一同に下間和泉が告げた。

木ノ芽、杉津の備えを固めた上で、敵の上陸が予想される三国の湊《みなと》には抑えの兵を置く。さらには、遊軍として府中にも兵を配する。ついては、それぞれの門徒を可能な限り動員し、所定の持ち場につくべし。それが、坊官たちの決定だった。

兵力を分散すれば、そのぶんだけ各個に撃破される恐れが増す。その程度のこともわからないのか。

「愚か者が」

吐き捨て、賢俊は豊原寺を後にした。

池田村に戻った翌日、賢俊は武装させた八十名の門徒を率いて村を発った。

賢俊は、搦め手の最前線に当たる杉津砦の後方、河野浦《こうのうら》に築かれた河野新城に入ることになっていた。城将は、下間頼照配下の若林長門である。決定が下った以上、できるのは一人でも多くの兵を連れて行くことだけだった。

十五歳以上、五十歳未満の者はことごとく参陣せよとのことだったが、やはり精鋭が多いにこしたことはない。

正午には、中津村に到着した。先触れを出してあるので、川瀬久蔵ら乙名衆が出迎えに出ている。

「これは賢俊さま。大勢お揃いで、いかがなされましたかな?」

他の乙名衆は硬い表情だが、久蔵は穏やかな笑みを湛えている。八十名の軍勢を見ても、動じた様子はない。

馬上から、賢俊は乙名衆に向けて言った。

「織田の侵攻が近いことは聞いとるやろ。急遽《きゅうきょ》開かれた軍議で、我らは河野新城へ詰めることと相成った。すぐに仕度を整え、参陣してもらおか」

「して、何人ほど?」

「十五歳以上、五十歳未満の男で戦に耐え得る者、全員や」

乙名衆がざわめいた。不服を露骨に顔に出す者も多い。働き手を全て戦に取られるとなればそれも当然だが、斟酌《しんしゃく》するつもりはなかった。中津村には弓に長《た》けた者が多い。毎日のように山を駆け回っているので体力もあり、田畑を耕すことしか知らない農民よりも戦力になる。

加えて、殺生を生業にしている村人たちに、極楽往生の機会を与えようというのだ。たとえ今は恨まれたとしても、一人でも多く極楽へと導くのが、念仏者の務めだった。

「そのようなこと、突然申されましても。まずは、時をいただかねば」

久蔵もさすがに表情を曇らせるが、賢俊は即座に撥ねつけた。

「ならん。いつ、織田の大軍が攻め寄せてくるかわからんのや。越前が落ちれば、仏法は滅ぶ。極楽往生がかなわぬようになっても構わんと申すか？」

「しかし」

「久蔵どの。ちと二人で話がしたい。余人のおらん場所へ案内願おうか」

「わかりました」

馬を下り、久蔵の後について村の道場に入った。

二人だけで向かい合って座ると、賢俊は切り出した。

「拙僧とて、手荒な真似はしとうないんや。だが、最低でも三十人は出してもらわな話にならん。断るとあれば、見せしめにこの村を焼き払わなあかんようになる」

「寡聞にして、軍役に応じなかったがゆえに焼かれた村など聞いたことがございませぬな」

村を焼くと言い放っても、表情は動かない。やはり油断のならない相手だった。調べさせたところ、かつては朝倉家に仕え、加賀の一向門徒との戦で手柄を立てたこともあるらしい。

「確かにその通りや。しかし、理由はそれだけやない」

「ほう、他にどのような？」

「黙って人を出せば、そなたが昨年、八杉喜兵衛らの企てに応じ嘆願書に血判を捺《お》した件は無かったこととしてもええ」

下間頼照は、国中に間者をばら撒いている。企てに参加した者の名は全員判明していた。これまで追及しなかったのは、切り札として温存しておくためだ。

「はて。これは異なことを申される。そのような嘆願書など、見たこともございませぬが。賢俊さまは、その嘆願書とやらをご覧になられたので？」

「無論のことや。八杉父子討伐の折、河合荘から逃れようとした者を捕らえた。嘆願書は、その者の懐に大事にしまわれておった」

おそらく、嘆願書などもうどこにも存在しない。だが、久蔵にもその確証があるわけではないだろう。力の裏づけがあれば、少々の無理は通る。織田信長という男のやり口がいい例だ。好ましい手段ではないが、この村の罪深い衆生《しゅじょう》を救うための嘘だ。弥陀もお許しくださるだろう。

しばし黙考し、久蔵は顔を上げた。

「一つ、賢俊さまにお訊ねしたい」

「なんや？」

「なにゆえ賢俊さまは、そこまでして戦に向かわれます。平穏に世を送り、後生を願う。それが、念仏者のあるべき姿ではないやろうか」

駆け引きを捨てた、真摯に問いかける眼差しが向けられる。賢俊はやや間を置き、口を開いた。

「久蔵どのは、弥陀のお声を聴いたことがおありか？」

賢俊の父は、下間一族の傍流に当たる下級の坊官だった。

といっても、遊女だった母がそう言っていたに過ぎない。本当のところはわからないが、母は熱心な一向門徒で、朝夕欠かさず念仏を唱えていたものだ。家は大坂の町の外れにあり、貧しい者たちが多く暮らしていた。飢えて死ぬ者、わずかな銭を巡る諍《いさか》いで殺される者。幼い賢俊にとって、死はありふれた光景だった。

十五の時、母は風邪をこじらせて呆気《あっけ》なく死んだ。念仏を唱えたところでなんの救いにもならない。そのことを嫌になるほど学んだ賢俊は、有り金をはたいて買った槍を担いで大坂を出た。信ずるに値しない他力など頼らず、己の腕だけで生きるつもりだった。

生まれつき膂力が強く、喧嘩でも負けたことがない。戦場を求めて諸国を巡るうち、幾度か手柄を立て、それなりの銭も手に入れた。

「全てが変わったのは、今から二十年前や」

二十歳の賢俊は、周防《すおう》の大内《おおうち》軍に陣借りし、厳島《いつくしま》という小さな島に築かれた毛利《もうり》軍の出城を攻めていた。味方は二万。手柄を立てる場所も見つからないほどの簡単な戦だ。城を囲んで四十日、一昼夜にわたって吹き荒れた嵐がようやく去った早朝だった。背後の山から敵が湧き出した。風雨を衝いて、毛利の援軍が上陸してきたのだ。

味方は大混乱に陥り、総大将も討ち死にした。

早く船に乗って逃げねば殺される。賢俊は必死で逃げた。ようやく乗った船では、追い縋る味方を何人も蹴り落とした。

だが、沖には敵の水軍が待ち構えていた。矢が雨のように降り注ぎ、船腹には丸太を打ち込まれる。船は沈み、荒れた海に投げ出された。

「わしはもがきながら、溺れ死ぬゆうのはこんなにも苦しいもんやと知って、自分が蹴落とした連中に詫びた。そして、知らず知らずのうちに念仏を唱えとった。あれほど嫌《きろ》うとった弥陀に、いつの間にか縋っとったんや」

そして賢俊は、弥陀の声を聴く。

「罪業《ざいごう》たとえ深重《しんじゅう》なりとも、弥陀如来は必ず救いたまうべし。その声は、耳に届いたんやない。頭の中に直接響いてきたんや。わしは生まれて初めて泣いた。母親が死んでも、涙ひとつ見せなんだわしがや」

　気づくと、賢俊は浜に打ち上げられていた。あれほどの負け戦にもかかわらず、体には傷一つない。弥陀に救われたとしか思えなかった。

　賢俊は槍を捨てて大坂に戻り、ひたすら仏法を学んだ。下間の名乗りは許されなかったが、どうでもいいことだった。弥陀の御心に添い、一人でも多くの衆生を極楽に導く。いつしかそれが、賢俊が生きる意味となっていた。

「仏法が滅びれば、衆生を極楽へ導く者もおらんようになる。ゆえに信長は、なんとしても討たねばならん。そのためなら、わしは何度でも槍を取る」

　長い話を終えて、賢俊は締めくくる。

　黙って聞いていた久蔵が、ゆっくりと顔を上げた。

「承知いたしました。仏法を守り、さらには村の潔白を証明するため、軍役に応じましょう」

「そうか。わかってくれたようやな」

　念ずれば通ずとはよく言ったものだった。下手な駆け引きを続けるより、最初から腹を割って話せばよかった。

「しばし時をいただけますかな。三十名選び出し、仕度を整えさせましょう」

「では一刻ばかり、この村で兵どもを休ませることとしよう」

この期《ご》に及んでおかしな真似をするほど、愚かな男ではないだろう。村の入り口まで戻り、床几《しょうぎ》に腰を下ろす。

これで、他の村の門徒を合わせれば、賢俊の配下は二百に達する。それだけの兵を抱えていれば、城中でもそれなりの発言力が得られる。

堕落した坊官や大坊主も、打算で動く侍衆も、当てにすることはできない。仏敵信長を打ち払うためには、自ら先頭に立って戦うしかなかった。

いや。自分が今、この地にいることそのものが、弥陀の思《おぼ》し召《め》しなのだ。戦え。この国から仏法の灯を消すな。弥陀は、自分にそう言っている。

命など惜しくはない。死ねば、この身は弥陀のお側に召される。それは賢俊にとって、無上の喜びだった。

二

海を目にするのははじめてだった。

茫洋とした琵琶湖の湖水とはまるで違う、鉛色の荒々しい水面《みなも》。波は高く、岩にぶつかるたびに大きく飛沫《しぶき》を上げている。絶えることなく続く海鳴りは、巨大な獣の咆哮《ほうこう》のようにも思えた。

城へと続く、細く勾配のきつい道を這うようにして登る。城門をくぐり割り当てられた陣屋に入ると、結衣はようやく人心地ついた。

村の男たちも、それぞれに腰を下ろし陣笠の紐を解いている。三十人が入るにはいかにも手狭で、八月も半ばだというのに、入り口の板戸を開け放していてもなお蒸し暑い。

結衣は、小袖と膝の上までの半袴、陣笠をかぶり胴丸をつけ、手足には籠手と脛当てという身なりだった。髪も、村を出る前に自分で切った。肩のあたりで切り揃えた髪を、後ろで結っている。

中津村を出て三日。河野新城に入った時、陽はすでに落ち、長屋の外ではあちこちで篝火《かがりび》が焚かれていた。

「結衣。おめえも陣笠くらいなら取っていいぞ。ここなら、誰かに見られる心配もねえ」

「はい」

中津衆を率いる新八に言われて、ようやく陣笠を外した。

銅製の重い陣笠はいまだに慣れることができないが、女であることを隠すため、外にいる間はかぶり続けなければならない。結衣がいるのは陣屋のいちばん奥まったところで、外を通る者にも見咎められることはないだろう。

中津村から徴集された三十人の中に紛れ込んだのは、久蔵に言われたからだ。城には千人の兵が籠っていて、少しばかり小柄な者がいたところで咎められることはない。ここにいる三十人以外は、誰もこの城に女がいることを知らないのだと思うと、なんとも不思議な気分だった。

　今も諸方から兵の集結が続いているのか、外では足音や呼び交わす声、具足の鳴る音がひっきりなしに続いている。

　河野新城に漂う気は、息苦しいほど張り詰めていた。

　この城は、河野浦の東側にそびえる急峻《きゆうしゆん》な山の中腹に築かれていた。幅十五間（約二十七メートル）、長さ十五間の本郭《ほんくるわ》の下方に三段の郭が配されていて、結衣たちがいるのは、本郭のすぐ下にある二ノ郭だった。板塀の鉄砲狭間《てつぽうざま》から顔を出せば、ほぼ真下の狭い平地に河野浦の湊が望める。

「ああ、腹減ったなあ」

　場違いに暢気《のんき》な声で言ったのは兵太だった。もう何度も戦場に立っているので、この空気にも慣れているのだろう。

「三日も歩き通しで足がぱんぱんや。六郎は置いてきて正解やったな」

「ほうやね。村には患者さんもいるし」

　六郎は村長の配慮で、この三十人の中には加わっていない。本人は残念がっていたが、行軍や戦に六郎が耐えられるとは思えなかった。

「ここだけの話やけどな」

兵太が耳元に口を寄せて言った。

「毎晩のように脱走者が出てるらしいぞ。さっき、用を足しに行った時に別の村の奴に聞いたんや」

「でも、見張りもいるし、ほんなに簡単に逃げられるの？」

「ほりゃ、見つかればその場で斬首や。ほれでも、戦で死ぬよりはいちかばちかで脱走しようって気持ちは、わからんでもないな」

「やっぱりこの戦、負けるんかなあ」

「まあ、間違いなく負けるやろ」

敦賀に集結しつつある織田軍は、十万を超えると噂されている。その中には、織田家の同盟相手である三河《みかわ》の徳川《とくがわ》軍まで加わっているそうだ。

対する味方は、この河野新城に若林長門の一千。南の杉津砦には堀江景忠、大塩円宮《おおしおえんぐう》寺《じ》の三千。木ノ芽口には杉浦玄任以下、大町専修寺、和田本覚寺のおよそ一万。守護の下間頼照は今庄《いまじょう》に腰を据え、府中には三宅権丞《みやけごんのじょう》の率いる加賀からの援軍が詰めている。

全軍を合わせれば五万の兵がいると坊官たちは言っているが、実際のところは眉唾ものだった。徴兵を拒否する村が相次いでいて、実数はその半分もいるのかどうか疑わしい。

「兵太さん。負けるってわかってるのに、怖くないの？」

訊ねると、兵太は少し考えるような顔をした。

「俺は、破門されて地獄に行くのが嫌で、富田長繁を攻める戦に加わった。今も阿弥陀さまは信じとるし、念仏も唱える」

一言ずつ、嚙み締めるような口ぶりだった。結衣は黙って、先を促す。

「ほやけど、阿弥陀さまを信じることと、あの坊主どもにこき使われるのは別の話や。俺はもう、坊主どものやり口が我慢できん。あいつらのせいで村は、越前はめちゃくちゃや。好きではじめたわけでもない戦で、何人も仲間が死んだ。村は前よりもずっと貧しなった。おまけに幸さんにも嫌われてしもた」

「最後のはちょっと違うと思うけど」

「うるさいっ。とにかく俺は……」

兵太は歯を剝《む》き出して笑う。

「戦に負けて坊主どもが越前から追い出されんなら、ほれでいい。むしろ、いい気味や」

城内のどこかで勤行がはじまったらしい。大勢が唱える経が響いてくる。結衣の耳には、その声がやけに空虚なものに聞こえた。

支給された兵糧を食べ終えると、新八が全員を集めた。

「今から、村長の言葉を伝える。このことは他言無用や。誓えるな?」

ただならぬ様子に、全員が頷いた。

「知っての通り、戦はもう目の前に迫ってる。杉津の砦が落ちれば、次はこの河野新城や。どう考えても、勝ち目はねえ」

はっきりと言いきっても、誰も反論はしなかった。

「杉津の砦が落ちたら、おめえらは城を抜けて村へ帰れ」

「ちょっと待ってくれ」

声を上げたのは、喜助だった。自前の田畑を持つ村では裕福な部類に入る家の跡取りで、戦に出るのは今回がはじめてだ。

「逃げるのはいい。俺も、こんな阿呆らしい戦で死ぬのはごめんや。村には女房も可愛い娘もいるさけな」

喜助の娘はまだ三歳で、その溺愛ぶりは村でも有名だった。

「ほやけど、おめえらは、っていうのはどういうことや。新八さん、あんたはどうするつもりや？」

「俺は結衣と一緒に残る。ここで、やらなあかんことがあるんや」

一同の目が注がれるのを感じ、結衣は無言で俯いた。

「やることってなんや。他言はせん。言うてくれ」

束の間考えて、新八が答える。

「若林長門の首を獲る」

何人かが息を呑む気配が伝わってきた。

このまま全員で城を抜けたところで、村が救われるわけではない。長島でのやり口を見れば、織田軍は越前中の門徒を徹底的に狩り出す見込みが強い。中津村が三十人も兵を出したことは、いずれ知られる。そうなれば、村は焼き払われ、老若男女の別なく撫で斬りに遭うだろう。

それを避けるためには、貢ぎ物を持って織田軍に降《くだ》り、中津村への乱暴狼藉《ろうぜき》を禁じる禁制《きんぜい》を手に入れるしかない。勇将として知られる若林長門の首なら、貢ぎ物として不足はない。それが、久蔵の考えだった。

「ほんなこと、できるわけないやろ。若林の周りは侍衆が固めてるんや。たった二人で、なにができる」

「喜助。おめえは、なんでここに結衣がいると思うてる?」

「ほりゃあ、女だてらに腕も立つし……」

「ほれだけやない。おめえは、こいつの弓の腕を忘れたか?」

喜助の目が、傍らに置いた弓に向けられる。

「杉津砦が落ちれば、敗走してきた兵が逃げ込んでくる。反対に、脱走しようとする者もぎょうさん出るはずや。城は蜂の巣をつついたような騒ぎになる。弓の届く距離まで近づくのは難しない」

「ほれでも無茶や」

今度は、兵太が叫ぶように言った。

「死にに行くようなもんやぞ。結衣、いくらおめえでもほんな真似、できるわけねえって」

成算がほとんどないことは、結衣も理解していた。

城将が討たれれば、侍衆も動揺する。その隙を衝いて斬り込み、首を獲るという手筈《てはず》だが、実際のところは出たとこ勝負だった。千人の中から若林を見つけることができるのか、それさえわからないのだ。首尾よく首を獲って城を出られたとしても、追っ手や落武者狩りの目を避けて村まで戻らなければならない。久蔵も、けっして無理はするな、生きて帰ることを最優先に考えろと言っていた。

「なあ、結衣。聞いてるんか？」

目の前で響いた声に、結衣は俯けていた顔を上げた。

「ほんでも、やらんと」

兵太の目を真っ直ぐに見て、答える。

「もう、村が焼かれるのは嫌や。これ以上、村のみんながひどい目に遭うのは見とうない」

だから、自分にできることをやる。

この話を聞かされたのは、久蔵と賢俊が道場で話し合った直後のことだ。新八の他に、父も同席していた。

断りたければ断ってもいい。久蔵はそう言っていたが、結衣は迷わず引き受けた。父も、止めようとはしなかった。死ぬかもしれないと思いはするが、後悔はない。村で皆の帰りをただ待っているより、戦場にいた方が自分の力は役に立つはずだ。

記憶の空白は、今も戻ってはいない。思い出そうとすることさえなくなっている。

忘れとった方がええから、頭が勝手に記憶に蓋をしてあるんや。人の体っちゅうのは、自分たちが考えている以上によくできてる。そんなことを、六郎は言っていた。きっと、その通りなのだろう。自分の持つ力を嘆いてばかりいても仕方がない。たとえ人からは恐れられ、忌《い》み嫌われるような力であっても、村を守るためなら使うことを躊躇わない。もう、過去に囚われるのはやめだ。

気づくと、全員が黙り込んでいた。この時刻になるともう陣屋の外も静かで、虫の声と時折強く吹きつける風の音だけが響いている。

「わかった。俺も行く」

兵太が、絞り出すような声で沈黙を破った。

「二人だけ置いて、村に帰れるか。おめえみたいな小娘を戦場に置いてきたなんて知れたら、恥ずかしくて表も歩けん」

「兵太さん……」

「俺も、残ります」

言ったのは、昨年の戦にも出ていた長吉という若者だ。

「なんも役に立たんかもしらんけど、ここで逃げたら、たとえ生き延びられたとしても、きっと、一生後悔すると思うんや」

「おい、長吉」

窘めようとした新八を思いがけず鋭い視線で睨み返し、さらに続ける。

「俺は、村長に拾ってもらえなんだら、今頃どこかで野垂れ死んでた。まっとうに生きる場所を与えてくれた村長と村のみんなに、感謝してもしきれんのや。今度は、俺が村を助けたいんや」

子供の頃は一乗谷の町で掏りを働いていたというが、村での長吉は大人しく、あまり目立たない。だが、その長吉がぽつりぽつりと漏らす言葉には、確かな重みがあった。

長吉に背中を押されたように、あちこちから声が上がる。

「ほうや、こいつらの言う通りや。俺も逃げんぞ」

「おお、やったろうやないか！」

話の中身が中身だけに低く押し殺されてはいるが、その声にはどれも強い力が籠っている。一人一人を見渡した兵太が、最後に結衣へ顔を向けてきた。

「二人だけで残るより、ここにいる三十人で力を合わせた方が成算はずっと大きい。俺は学問なんかまるでできんけど、ほのくらいわかるぞ。先に帰れなんて水臭いこと言うなや」

初めて会った時から変わらない人懐こい笑顔に、なぜか胸が苦しくなった。二人が三十人でも、困難な道であることには変わりない。最悪の場合、一人も村に帰れなくなってしまうかもしれないのだ。

やっぱり、みんなには逃げてもらおう。口を開きかけた時、新八が先に言葉を発した。

「わかった。みんなの命は、俺が預かろう」

思わず新八の顔を見た。その言葉の重みとは裏腹に、口元には笑みが浮かんでいる。いや、新八だけではない。見ると、集まった全員が嬉しそうに笑っていた。

刀で斬られたり、鉄砲で撃たれたりするかもしらんのに。死んじゃうかもしらんのに、みんななんで笑《わろ》てられるの？　その疑問を口にするより先に、兵太の手が頭に置かれた。

「一人でなんでも背負いこむなや。もっと、みんなを頼ったらいいんや」

いつもと変わらない陽気さで言いながら、ぐしゃぐしゃと頭を撫でる。

不意に、目の奥が熱くなった。掌の温かさを感じながら、この人は強くなったんやと思う。兵太だけではない。新八も長吉も他のみんなも、戦に出て何度も怖い目に遭って、でもその分だけ、強くなっている。自分一人の力で村を守ろうなどと考えるのは、ひどい思い上がりだった。恥ずかしさと同時に、一人じゃなかったという安堵が胸を満たしていく。

「みんな、聞いてくれ」

新八の声に、結衣は溢れかけた雫《しずく》を拳で乱暴に拭った。

「おめえらの命を預かるのは、ほんの一時だけや。事が終われば必ず返すさけ、そのつもりでおれ」

それから新八は、自分に言い聞かせるような声で言う。

「一人も欠けることのう、みんな揃って村へ帰るぞ」

全員が、大きく頷いた。

その夜は何度かまどろんだだけで、深い眠りに落ちることのないまま朝を迎えた。

深更から雨が激しく降り出し、強い風が時折、板戸をがたがたと震わせる。

いきなり、鉦《かね》が乱打されはじめた。陣屋の外が急に慌ただしくなり、何事か呼び交わす声が入り乱れる。いち早く飛び起きた新八が、槍を手に外へ出ていった。

「なんや、また脱走兵か？」

兵太が眠そうに目をこすりながら言った直後、全身を濡らした新八が戻った。

「敵や。沖に、織田の水軍が現れたぞ！」

全員の目が、木戸の方へ注がれる。

「阿呆な。この雨風ん中、船を出してきたんか？」

「ほうや。上の連中も予想しとらんかったのやろ。城内はえらい騒ぎや。おめえらもさっさと仕度せえ！」

急いで具足をつけ、陣笠をかぶった。やっと眠気が吹き飛んだのか、兵太も忙しなく動きはじめる。

「若林は主力を率いて城を出て、河野浦に陣を布《し》くそうや」

「俺らは？」

「城の守りや。城には、賢俊とその配下の二百が残ることんなる」

まずいことになった。若林が城内にいなければ、討つ機会などなくなる。

「どうする、新八さん」

声を潜めて訊ねる長吉に、新八は思案顔で腕組みし、やがて答えた。

「考えようによっては、いい機会や。俺に考えがある」

三

大手門から若林長門の率いる主力が次々と吐き出されていくのを、賢俊は配下とともに見送った。

若林の周囲は、加賀から連れてきた精鋭が固めている。具足も得物もしっかりとしていて、いかにも戦慣れしている様子だったが、残りは装備もまちまちで、どう見ても士気が高いようには見えない。半ば強引に徴集した百姓たちなので、無理もなかった。戦に加わらなければ、その日の食い物にもありつけないような者たちだ。

動員できたのは、予定していた数の半分にも満たない。多くの村で軍役を拒まれ、集まったのは、大寺院直属の門徒の他は、潰れ百姓や食い詰めた牢人者ばかり。二百を集めた賢俊は稀有《けう》な例だった。

織田軍が海上に現れると同時に、杉津、木ノ芽の両口で戦端が開かれていた。府中への援軍要請はすでに出してある。一刻（約二時間）もしないうちに、二千や三千は送ってくるはずだ。

河野浦は、すぐ背後に峻険な山が迫った狭い平地にある。

邪魔になる民家は取り壊され、岸辺には防御用の柵や逆茂木《さかもぎ》、竹束などが設《しつら》えられていた。織田の軍船は数こそ多いが小舟がほとんどで、漁船と大差はない。援軍が来るまでの時間くらいは稼げるだろう。

門が再び閉ざされると、賢俊は残った二百人に向かって呼びかけた。

「海からの敵は、若林どのが必ずや打ち払う。我らはしかとこの城を固めるのや。敵は大軍といえども、弥陀を敬うことも知らぬ愚か者の集まりにすぎん。なにも恐れることはあれへんぞ」

まくし立てても、反応は鈍い。不信心者どもめ。内心で吐き捨てて、賢俊は本郭へ移った。

雲はまだ厚く垂れ込めていて、八月とは思えないほど肌寒い。夕暮れ時のように薄暗い城内には、点々と篝火が燃やされている。

最も数の多い池田衆を本郭の守りに当て、中津衆と、その隣村の大沢衆は三段に構えた郭にそれぞれ配置した。

本郭の広間に床几を据え、腰を下ろした。

束の間とはいえ、城を一つ任されたのだと思うと血が騒ぐ。槍一本を担いで諸国を巡っていた若い頃には、一国一城の主を夢見たこともあった。その望みが、今になって実現している。人の生というのは皮肉なものだった。

府中からの援軍が来ても、勝てる見込みなどなかった。それならそれで構わない。なにがあろうと生き残って戦い続け、一人でも多くの織田兵を殺す。越前の門徒が殲滅《せんめつ》され、大坂が信長に降るようなことがあっても、戦うことをやめるつもりはない。たとえ独りきりになったとしても、この命がある限り、仏法の灯火《ともしび》が消えることはない。

「賢俊さま」

「なんや」

河野浦に陣を布いた若林勢からの注進だった。沖合いから攻め寄せる織田勢と開戦したという。賢俊は本郭の塀際に立ち、鉄砲狭間から麓を見下ろした。

防戦の邪魔になる木々は全て切り倒してある。ここからでも、麓の様子はよく見えた。

西の海上には無数の軍船が浮かび、間断なく矢を放ってくる。この雨では、敵も味方も鉄砲は使えない。狭い陸地で待ち構える若林とその配下は、柵や竹束に身を隠しながら矢を射掛けて応戦しているようだ。今のところ、敵の上陸を許してはいない。

「あの男、評判ばかりではないようやな」

若林は、昨年の閏十一月に蜂起した河合荘の一揆を一撃で粉砕した男だった。それ以前にも、幾多の合戦で武勲を挙げている。

「おい。あれ、杉津砦やないのか？」

誰かの声が耳に入り、賢俊は視線を転じた。南の方角で、煙が幾筋か上がっている。間違いなく、杉津砦だ。

「阿呆な。まだ一刻も経ってへんぞ。誰ぞ、様子を見て参れ」

入れ違いに、伝令が駆け込んできた。杉津口の守りを命じられていた堀江景忠が寝返ったのだという。砦は陥落寸前で、至急援軍を請うという内容だった。

「おのれ……」

賢俊は歯嚙みした。兵力は決定的に不足している。府中からの増援が来ても、杉津に兵を回すほどの余裕はない。

「海上の敵を追い払うまで援軍は出せん。死力を尽くし、砦を守るのや」

片膝をついた伝令の兵が、顔を上げた。

「しかし……」

「念仏を唱えよ。かかる時こそ、弥陀のお力に縋るのや。弥陀のご加護があれば、仏敵信長の眷属《けんぞく》など物の数ではないわ」

なおもなにか言いかける兵に「さっさと行け！」と怒鳴りつけ、追い払った。

一人になると、床几を蹴りつけた。信心の薄い武士などに重要な役目を与えるから、こんなことになるのだ。

再び、誰かが騒いでいるのが聞こえた。

「今度はなんや！」

怒りに任せて叫んだ直後、目を疑った。城内から、火の手が上がっている。燃えているのは、二ノ郭の建物だ。

なんだ。なにが起きている。混乱したまま、城内を一望できる本郭の櫓《やぐら》に登った。二ノ郭までは一町（約百九メートル）足らず。風に乗って、炎の爆ぜる音と焦げ臭い匂いがここまで伝わってくる。雨は先刻よりもいくぶん弱まっていて、火を消すにはいたらない。陣屋と物見櫓はすでに火に包まれ、崩れ落ちるのも時間の問題だ。

「賢俊さま、中津衆が謀反です！」

櫓の下で誰かが叫んだ。よく見れば、大沢《おおさわ》村の者たちも加わっていた。あらかじめ示し合わせていたのか、咄嗟《とっさ》に同調したのかはわからないが、合わせて七十余名の敵を内側に抱えることになった。

川瀬久蔵の顔が頭をよぎり、腹の底が熱くなった。いずれ首を刎ね、村人全員血祭りに上げてやる。

だが、今はここをどう乗りきるかだ。どうすべきか。考え、すぐに下知した。

「弓隊を出せ。裏切り者を射殺すのや！」

中津衆は、本郭へ続く急峻な坂道に殺到していた。矢を射掛ければ、逃げ場はない。

「急げ。あの者どもを地獄に叩き落とせ！」

声を嗄《か》らして叫ぶが、池田衆の動きは鈍い。それぞれに顔を見合わせ、その場に立ち尽くしている。

どこまで愚かな連中なのだ。賢俊は呆然とした。これは、仏敵を討ち、信仰を守るための戦いだ。その栄誉ある戦の場に連れてきてやったというのに、なぜこの者どもは理解しないのか。

いきなり、重い音が腹に響いた。丸太が本郭の門に打ちつけられている。

「ええい、急げというのがわからんか。下知に従わねば破門や。未来永劫、地獄の業火に焼かれることになるんやぞ！」

数人が門に向かって駆けた。ようやく理解したか。そう思った直後、一人が閂《かんぬき》を外した。門が開き、男たちが櫓に向かって殺到してくる。それを阻む者はいない。

大坂から身一つでやって来た自分には、周りに信頼できる相手など一人もいない。そのことに、改めて気づく。浄光寺の僧たちも、元は越前の地下の者たちだ。

いや、違う。これまで、人を信じたことなど一度たりともない。信じる必要もなかった。腐敗し、堕落しきった坊官や他の僧侶も、愚昧な下々の者どもも、眼中にない。自分には、阿弥陀如来がいる。それだけで十分だ。

不意に、刺すような視線を感じた。鏃をこちらに向けて弓を引く、小柄な男。目が合う。心の奥底まで見透かされそうな、真っ直ぐな眼差し。

賢俊は狼狽《ろうばい》しかける己を叱咤し、真っ向から視線を受け止めた。どこかで見た顔だ。思い出した。男ではない。極楽は本当にあるのかなどという愚かな問いをぶつけてきた、結衣とかいう娘。

「なぜここに……」

女子がおる。言い終わる前に、矢が放たれた。避ける間もなく、鏃が喉を突き破る。

こんなところで死ねるか。叫んだが、言葉にはならなかった。口の中に、血の味が広がっていく。構わず、両手で矢の柄を握った。

わしは、仏法を守るために織田軍と戦わななならん。極楽のありがたみも知らんような小娘に、殺されるわけにはいかんのや。

血を吐きながら、力任せに引き抜く。鮮血が迸り、目の前が赤く染まった。雨で濡れた床に足を取られる。視界が回り、ふわりと体が浮いた。

凄まじい速さで近づいてくる地面を見て、自分が死に向かっていることを理解する。

お声が聴きたいと、賢俊は思った。かつて一度だけ耳にした、弥陀の声。どうか、またお聴かせください。心の中で、何度も唱える。

次の刹那、全身に激しい衝撃が走る。

声は、まだ聴こえない。

地面に頭から激突した賢俊の首があり得ない角度に曲がるのを、結衣ははっきりと目にした。

二度ほど大きく震えた賢俊の体は、それきり動かない。あたりには奇妙な静けさが広がり、やがて歓声が沸き起こった。誰もが歓喜の表情を浮かべ、よくやったと結衣の肩を叩く。

周囲の騒ぎをよそに、結衣は込み上げる吐き気と懸命に闘っていた。人を殺した後は、いつもこうなる。これはきっと罰だと、結衣は思う。どんな相手であれ、命を奪ってしまったのだ。

新八が死体に駆け寄り、脇差で首を切り離して高々と掲げた。再び熱狂があたりを支配する。兵太も他の村人たちも、山で大きな獲物を仕留めたかのように拳を天に突き上げていた。

「この首と城を手土産に織田に降れば、我らの村は安泰や！」

誇らしげに首を掲げる新八が叫ぶと、どよめきにも似た声が上がった。

叛乱《はんらん》は、思っていた以上にうまくいった。新八が大沢衆の若衆頭を説得して味方につけたのも大きかったが、池田衆が賢俊を裏切りこちらにつかなければ、もっと多くの血が流れていた。

麓では、織田軍が上陸に成功していた。城に火の手が上がった動揺からか、若林勢は次々と北へ向けて逃亡していく。

雨はようやく上がりかけていた。二ノ郭の陣屋と櫓を焼いた炎は、燃え広がることなく消えている。織田軍は二手に分かれ、一手は追撃に、もう一手はこちらに向かって山を登ってくる。軽く見積もっても、三千はいそうだ。

織田軍を迎えるため、新八や池田衆、大沢衆の頭とともに大手の楼門の二階に上った。広さは六畳程度しかないが、三方には鉄砲よけのため、結衣の胸のあたりまである鉄板が張り巡らされている。

結衣は陣笠を目深にかぶり、弓を手にしていた。万一、交渉が決裂した場合は、敵将を射るよう言われている。大将を失った敵の混乱に紛れ、城を脱出するという手筈だ。

整然と進んでくる織田の軍勢は、無数の瓢簞《ひょうたん》がぶら下がった、変わった馬印を掲げていた。

「あれは、羽柴筑前守秀吉《はしばちくぜんのかみひでよし》の軍勢やな」

池田衆の頭が言った。なんでも、百姓の生まれでありながら織田家の重臣に昇りつめた出頭人《しゅっとうにん》なのだという。浅井家の旧領をまるまる与えられるほど、信長から重用されているらしい。

城から二十間余の距離を取って、織田軍は横に広く散開した。無数の鉄砲が、こちらに筒先を向けている。その背後の、派手な鎧を着た小柄な男が羽柴秀吉だろう。その表情までは見えないが、じっとこちらを見据えている。

新八が身を乗り出し、声を張り上げた。

「我らは、浄光寺住職賢俊により、無理やり兵に取られし者にございます。もとより、織田さまに敵対する意思など毛頭なく……」

結衣は、不穏な気を感じた。秀吉の右手が、小さく掲げられる。

「その証を示すべく、この通り、大坊主賢俊の首を獲り、城を奪い申した。願わくは、我らの村に対する乱暴狼藉を禁ずる書付をいただきたく……」

そこまで言った時だった。

いきなり、耳を聾《ろう》する轟音が響いた。頬に鋭い痛みが走り、同時に陣笠が弾き飛ばされる。視界の隅で、新八が体を仰け反らせ、そのまま倒れていくのが見えた。

鉄砲の筒音。理解するより早く、結衣は咄嗟に身を低くした。池田衆、大沢衆の頭も、血を流して倒れている。眉間や喉を撃ち抜かれていて、助からないことは一目瞭然だった。

銃撃はさらに続く。玉を受けた柱が木片を飛び散らせ、鉄板は絶え間なく甲高い音を立てている。

這うようにして、新八の側ににじり寄った。その背に腕を差し入れ、抱き起こす。

「新八さん！」

呼びかけても、答えはない。肩と胸元を撃たれている。ごぼごぼと喉を鳴らす新八の口からは、夥しい量の血が流れていた。目だけをこちらに向けて、唇を動かす。

「みんなを……連れ、て……に、逃げろ」

「新八さんを置いて行かれんよ。一人も欠けんと村に帰ろうって言うたのは、新八さんやろ！」

「俺は、もうあかん。み、みんなを、頼む。おまえが、村のみんなを、守るん、や……」

そこまで言って、激しく咳《せ》き込む。それが治まると、新八の目には哀願の色が浮かんでいた。

「志乃さん、に、すまんかったって、伝えてくれ……」

唐突に出てきた名に、結衣は目を丸くした。訊き返そうとしても、新八の目はもう結衣を見てはいない。焦点の定まらない視線を宙に漂わせるだけだ。

「やっぱり、死ぬのは嫌、や……極楽なんか、行けんでもいい。生きて、帰って、あんたと……」

なにかを求めるように、小刻みに震える手を虚空に伸ばす。

また、唇が動いた。もう、かすれて声にはならない。たぶん、志乃の名を呼んだのだろう。

伸ばした手をそっと握ると、血の気を失《な》くした顔に安堵の表情が浮かんだ。新八の体からゆっくりと力が抜け、首が前に折れる。

「結衣、新八さん！」

階段を上ってきた兵太が、色を失くした顔を覗かせて叫んだ。新八の姿に目を見開く。すぐ横の柱に鉄砲玉が食い込み、兵太は慌てて頭を引っ込めた。

「おい、結衣！」

「兵太さん、来たらあかん。下におって！」

「ほやけど……」

「わたしもすぐ行く。みんなをまとめて！」

「わ、わかった！」

兵太の背中が見えなくなると、結衣は新八の体を横たえた。開いたままの目蓋を閉じ、唇を噛み締める。

父親には似ずいつも強面《こわもて》で、どこか近寄り難いところがあった。どちらかというと苦手な相手だったが、誰よりも村のことを考えていることだけはわかった。

いつの間にか、銃撃はやんでいる。

結衣は、切り取った新八の髷《まげ》を懐にしまった。こんなところに置いていってごめんなさい。必ず、村は守るから。心の中で手を合わせた時、城外から声が響いた。

「門徒ども。聞こえるか！」

城外から響いた声に、結衣は弓を手に立ち上がった。

「我がお館さまは、門徒どもは一人残らず成敗せよとの仰せじゃ。覚悟いたすがよい」

喋っているのは秀吉だった。小柄な体軀に似合わず、張りのあるよく通る声だ。

「なんでや！」

怒りに任せて叫ぶと、秀吉の顔に好色そうな笑みが浮かんだ。

「ほう、女子じゃったか。女子供にまで弓を取らせるとは、たいした教えだわ。まあええ、気の強い女子は嫌いではないぞ。我が妾《めかけ》となるなら、命は助けてやらんでもないが、どうする？」

戯言のつもりなのか、秀吉は歯を剥き出して笑った。他の将兵も、どっと声を上げる。体がかっと熱くなった。両目に力を籠めて、秀吉を睨む。

「答えて。なんで、新八さんが死ななあかんの？　味方になるって言うてるのに、なんで撃たれなあかんの？」

「申したであろう。お館さまの天下に、その方らの居場所などあれせんがや。お館さまは、己の命惜しさに寝返りを為《な》す者がことのほかお嫌いだでな」

その声には、迷いや躊躇いは一欠片も見えない。

この人も賢俊と同じなのだと、結衣は思った。自らの正しさを信じて疑わず、異を唱える相手を認めない。信仰の対象が仏だろうと主君だろうと、結衣にとって変わりはなかった。

「問答は終わりじゃ。観念して、念仏でも唱えとるがええわ」

秀吉の手が、再び掲げられた。最前列で片膝をつく鉄砲隊の後ろで、数百人の弓隊が弦を引き絞る。

結衣は腰の矢筒から、矢を一本引き抜いた。敵に見えないよう、腰のあたりでつがえ、弦に指をかける。

もう、殺すことを躊躇わない。殺さなければ誰も守れないのなら、やるしかない。

弓を持ち上げる勢いのまま弦を引き、ろくに狙いもつけずに放つ。

矢は、秀吉の兜を弾き飛ばした。よろめいた秀吉の頬から血が飛ぶ。もう一矢。今度はしっかりと構えを取って放ったが、強い風で狙いが逸れ、秀吉の左肩に当たった。到底、致命傷にはならない。さらに矢筒に手を伸ばした時、別の将が下知を飛ばした。

「放てぇ！」

再び、激しい筒音と無数の弓音が響く。結衣は身を翻し、矢玉が頬をかすめるのを感じながら、城内に向かって飛び降りた。塀を越えて降り注ぐ矢で、門の内側の広場は針山のようになっている。

「結衣！」

兵太の声に振り返った。鉄扉の内側で、中津衆が身を寄せ合っている。

「他の人たちは？」

「みんな、勝手に逃げはじめた」

「あの……新八さんは？」

恐る恐るといった様子で訊ねる長吉に、首を振った。吐息がいくつか漏れ、手近な壁を殴りつけている者もいる。

落胆している暇はなかった。敵はすぐに攻め寄せてくる。

「とにかく逃げよう。新八さんは最期に、『みんなを連れて逃げろ』って言うてた」

「ほうか。新八さんは、おめえに後を託したんか」

兵太に頷きを返した。たまたま側にいたのが自分だったというだけかもしれない。それでも、お前が村を守れと新八は言っていた。

「女に指図されるのは嫌かもしらんけど……」

一人一人の顔を見回し、結衣は続けた。

「みんなで、村に帰ろう」

四

高い塀を乗り越え、急な斜面を滑るように下りた。

結衣が読んだ通り、敵の姿はない。狭い尾根は木々が鬱蒼と生い茂り、陽の光もほとんど届かない。

結衣の合図で、村人たちも後に続いてくる。全員が揃ったのを確かめると、結衣は先頭に立って歩き出した。

敵は、西の大手門と南の搦め手門に兵力を集中している。結衣は、東の尾根伝いの道を選んだ。北へ行けば府中だが、すでに織田軍の一手がそちらに向かっている。

敵はまだ、城内に矢玉を射《う》ち込んでいる。中にどれほどの兵がいるのか把握していないのだ。この間にどれほど距離を稼げるか。

結衣は歩きながら、久蔵の屋敷で見せてもらった絵図を思い起こした。

このまま敦賀街道に出て北上すれば、府中の手前で北陸道に合流する。そこからさらに東に向かって山を越えれば、池田村だった。およそ五、六里（約二十〜二十四キロメートル）の道のりだが、険しい山を越えなければならないので、実際はその倍近くになるだろう。

しばらく歩くうちに、戦場の喧騒は徐々に遠くなり、やがて聞こえなくなった。

起伏の激しい、道とも呼べないような道だ。しかも、降り続いた雨のせいで地面はぬかるみ、歩くだけで体力を消耗してしまう。村人たちの息遣いはかなり荒くなっていた。喜助のように、山歩きに慣れていない者も多くいる。それでも結衣は、足を止めなかった。

「お、おい。少し、急ぎすぎでねえか？」

すぐ後ろを歩く兵太が、喘《あえ》ぐような声で訊ねた。

「今のうちに少しでも進んでおかんと」

歩きながら、それだけ答えた。木ノ芽口が落ちれば、北陸道は敗走兵とそれを追う織田兵でごった返すことになる。その前に街道を越えなければならない。

さらに一刻以上も歩き続けると、ようやく北陸道に出た。

「まだ、木ノ芽口は持ちこたえてるようやな」

人気《ひとけ》のない街道に目を凝らし、兵太が言う。

「よかった。急ごう」

広い道を横切ると、街道脇を流れる日野川が見えてきた。昨夜の雨のせいで川面は濁り、水嵩《みずかさ》は増している。

無人の小屋で小舟を見つけられたのは幸運だった。何度か往復して対岸に上がり少し歩くと、再び目の前に川が現れる。日野川から分かれて東へ流れる牧谷川《まきだにがわ》だ。この川に沿って歩けば、中津村はもうすぐだった。

「だいぶ歩いたね。ちょっとだけ休もう」

周囲の気配を窺ってから言うと、村人たちは力が抜けたように腰を下ろした。

陽はすでに中天に達しているはずだが、雲は相変わらず厚く、光は射してこない。吹く風は湿り気を帯びていて、またすぐに降り出しそうだった。

「水は飲みすぎたらあかんよ。動けなくなるさかい」

竹筒に口をつけている村人に声をかける。

みんなを村に連れて帰ると決めてから、自分でも不思議なほど頭が冴《さ》え渡っていた。進むべき方向も、取るべき手段も、全て感覚でわかる。これもたぶん、子供の頃に叩き込まれたことなのだろう。

四半刻（約三十分）ほど休息し、再び出発した。道は徐々に狭まり、両側には山が迫っている。

見られている。足を止めず、右手の森に顔を向けた。五感を研ぎ澄まし、気配を探る。

「どうした、結衣」

怪訝な顔の兵太に向かって、声を潜めて言った。

「十人くらい、森の中に隠れてる」

「なんやって？」

「織田の兵やない。たぶん、野伏せりかなんかや」

「ほやけど、他の村の連中かもしれんやろ」

「ほやったら、隠れる必要なんかないよ。たぶん、もうじき襲ってくる」

「なんで、そこまで……」

「なんでかは知らんけど、わかるんや」

十人ほどの相手に対し、こちらは三倍近い。だが、狭い河原のことで列は長く延びている。加えて、こちらは戦に敗れて落ち延びる途中の、疲れきった敗残兵だ。不意を打てば勝てると踏んだのだろう。

まだ半信半疑といった様子の兵太に体を寄せ、囁いた。

「合図したら、みんなを連れて走って。十人ぐらいなら、わたしが食い止めるさかい」

「ほやけど……」

言いかけた兵太に構わず、結衣は前方の川面を指した。

「あそこに浅瀬があるの、わかる？」

「あ、ああ」

十間ほど先に、水面から岩がいくつか顔を覗かせている。

「あの浅瀬から、川を渡って。それから目の前の山を登るとそこに小さいお寺があるさかい、そこで待ってて。一刻経っても来なかったら、先に行って」

「……わかった。必ず来いよ」

「うん。みんなをお願い」

兵太が頷きを返した時、殺気が肌を打った。

森の中から、長く延びた列の中ほどに向けて矢が放たれた。いくつか悲鳴が上がる。三人倒れたのを見て取った結衣は、矢をつがえながら叫んだ。

「みんな、走って！」

「急げ、俺について来い！」

先頭に立って駆け出した兵太が、一瞬足を止め、こちらを振り返った。目が合う。それからすぐに、他の村人たちを促して走りはじめる。その間にも、逃げ遅れた一人が矢を受けて倒れた。

「喜助さん！」

森から、敵が飛び出してきた。ちょうど十人。汚れてはいるがしっかりと具足を着込んでいる。たぶん、山に潜んで功名の機会を窺っていた朝倉家の旧臣だろう。弓を持っているのは四人。残りは槍や刀だ。

結衣は弦を引き絞り、立て続けに矢を放った。弓を持つ四人が、胸や喉を押さえて倒れる。

敵の足が止まった。その隙に、倒れた喜助に駆け寄る。

左の肩口が血に染まっているが、命に別状はないだろう。視線を左右に走らせた。最初に倒れた三人は、もう手遅れだった。怒りを押し殺し、新たな矢をつがえる。

「喜助さん、走れる？」

散った敵に鏃を向けながら訊ねた。

「ああ、なんとか大丈夫や……」

「ほんなら、みんなを追っかけて！」

剣幕に押されたように、喜助は走り出した。兵太たちはすでに浅瀬から対岸へと渡りつつある。

「おい、女やぞ」

「ああ。なんでこんなところに女子がいるんじゃ」

野伏せりたちが言い交わすのを聞きながら、結衣も立ち上がった。鏃で威嚇しながら、じりじりと後退する。

距離は五間足らず。全員を相手にするのは無理があった。以前戦った野伏せりとはまるで違う。たったの十人で襲ってくるだけあって、一人一人がかなりの腕を持っている。形勢は圧倒的に不利だった。

「構うな、かかれ！」

一人がしびれを切らしたように叫んだ。雄叫《おたけ》びとともに、六人が一斉に飛び出す。

先頭の男に向けて弓を引き絞った瞬間だった。音を立て、弦が切れた。

「よし、生け捕りにせえ！」

弓を投げつけて身を翻したところで、前を行く喜助の姿が目に入った。咄嗟に、森の中に飛び込む。

木立をすり抜けながら、ゆるい傾斜を上に向かって進む。細い枝が全身を打つ痛みに耐えながら振り返る。案の定、敵は全員がこちらに向かってきた。

駆けながら、胴丸を脱ぎ捨てる。いくらか体が軽くなった。

いつの間にか、細い雨が降り出している。ぬかるんだ地面に足を取られないよう注意しながら、ひたすら足を動かし続けた。木々の合間を縫い、倒木を飛び越える。気づくと上りが終わり、道は平坦になっていた。どこをどう走ったのか、すでに方角も見失っている。息が上がりかけていたが、止まるわけにはいかない。敵はまだ、結衣を追ってきている。よほど女に飢えていたのか、諦める気配はなかった。

不意に木々が途切れ、視界が開けた。

「あ……」

思わず、声が漏れた。地面が切れ、暗い空の下に山並みが広がっているのが見渡せる。

そこは、高さ二十丈（約六十メートル）はありそうな谷だった。視線を下に落とすと、むき出しの岩肌に、ところどころ松の木が斜めに生えている。崖はほぼ垂直に、眼下を流れる川まで続いていた。

泥を踏む不快な音に振り返る。木立の中に、それぞれの得物を手にした六人が立っていた。

「ずいぶんと、手間をかけさせてくれたな」

荒い息を吐きながら、一人が言う。

「もう逃げられまい。大人しくいたせば、命までは取らんぞ。得物を捨てて、こちらへ来い」

口の端を持ち上げて笑いかけているくせに、男の手にはしっかりと刀が握られている。

この人たちも、力さえあれば、人に言うことを聞かせられると思っている。自分よりも弱い相手は、力ずくでねじ伏せてもいいと思っている。孫一郎や喜兵衛を殺した坊官や、織田信長という大将も同じだ。

「嫌や」

言い放ち、鞘を払った小太刀の切っ先を向けた。

「わたしは、あんたらみたいな人の言いなりにはならん。絶対に」

男たちの顔から、すっと笑みが消える。

「そうか、残念や。手荒な真似をしとうは……」

男の言葉が、途中で途切れた。そのまま地面に両膝をつき、前のめりに倒れていく。

ほぼ同時に、別の三人が白目を剝いてその場に崩れ落ちた。

「なんや、どうした！」

色めき立つ残りの二人に向かってなにかが飛ぶのを、結衣の目は捉えた。倒れた男たちのうなじや眉間には、五寸（約十五センチ）ほどの棒のような物が突き立っている。

棒手裏剣。いつか見た夢の中で、結衣が使っていた武器。

結衣はその場に立ち尽くしたまま、身動《みじろ》ぎ一つできなかった。

影が一つ、木々の合間にゆらりと立っている。ほんの数間先にはっきりと姿を晒しているにもかかわらず、幻でも見ているのかと思うほど、気配が感じられない。

それは、一人の小柄な僧侶だった。自身の身の丈より長い、六尺（約百八十センチ）近い錫杖を手に、無言でその場に佇《たたず》んでいる。目深にかぶった笠で顔は見えないが、もうずっとそこにいるのではないかと思うほど、薄暗い周囲に溶け込んでいた。

結衣は、全身が粟立っていくのを感じた。味方ではない。肌がそう感じている。小太刀を握る手に、力を込めた。

くつくつと、くぐもった音がした。笑ったのだと、一拍の間を置いて理解する。

「面白い女子がいると聞いて追うてはみたが、まさかそなたに出会おうとはな」

僧侶の声を耳にした途端、なぜか、両のこめかみに鋭い痛みが走った。小太刀を取り落としそうになるほどの激痛。歯を食い縛って堪え、僧侶の視線を受け止める。

「……あんた、誰？」

「ほう、俺がわからんか。まあ、三年ぶりともなれば致し方あるまい。あの時のそなたは、まだ幼かったゆえな」

僧侶の手が、笠を押し上げた。鋭い双眸に尖った顎。整った顔立ちだが、左の頬から首筋にかけて、醜い火傷《やけど》の跡が広がっている。

露わになった僧侶の面貌を、結衣は凝視した。意思に反して、構えた小太刀の切っ先が小刻みに震え出す。頭の奥底が激しく脈打っている。記憶を封じた瓶には無数の亀裂が走り、砕け散る寸前だった。

「久しいな。会いたかったぞ、結衣」

火傷跡を生き物のように蠢《うごめ》かせ、僧侶が笑った。

「そなたの師、曾呂利新左衛門《そろりしんざえもん》じゃ」

その名を聞いた瞬間、視界の全てが色を失くした。

目の前に、いつか見た光景が広がっている。

細く、薄暗い山道。顔を上げる。木々の合間に見えるのが、飯道山だった。

右手が温かい。十二歳の結衣にとって、握り締めた姉の掌の感触だけが頼りだった。

姉妹の数間先を行く男は、こちらを振り返ることなく、軽々と歩を進めていく。丸一日歩き続けた結衣と真矢は口を利くこともできず、男に遅れないよう必死に足を動かしていた。

曾呂利新左衛門というおかしな名の男に出会ったのは、生まれ育った村が焼かれ、父と母が殺された直後だ。

その時、曾呂利の顔に火傷の跡はない。整った目鼻立ちは、死んだ父にどことなく似ていた。見知らぬ男について行こうと決めたのも、そのことがあったからかもしれない。

二日間ひたすら歩き続けた末に辿り着いたのは、飯道山の麓にある狭い小屋だった。旅の間、曾呂利は必要なこと以外はなにも口にはしなかった。

小屋の中には、結衣たちと変わらない年頃の子供たちが十人以上もいた。身なりは貧しく汚れきってはいるが、目つきだけは異様に鋭い。後で聞くと、全員が孤児や捨て子で、結衣たちと同じ境遇にある者たちだった。

「これより、お前たちに忍びの術を伝授いたす」

曾呂利が言った。なにも知らされていなかったのは、他の子供たちも同じらしい。誰もが無言のまま、曾呂利を見つめている。

「修行は過酷だが、わしの教えを全て会得すれば、お前たちが心の底から望むものが得られよう」

「望むもの？」

疑問を口にした結衣に、曾呂利は微笑を向けてきた。

「すなわち、力じゃ。力さえあれば、誰にも虐げられず、大切なものを奪われることもない。ひもじさに泣くことも、理不尽な世の仕組みに膝を屈することもない」

脳裏に、さまざまなものが浮かんだ。侍たちに斬られ、人形のように倒れる村人たち。黒焦げになった父と母の遺骸。震えながら見ているしかなかった、自分と姉。

「これは命じているのではない。去る者があれば、止めはせぬ。だが、知っての通り、外の世界はお前たちのような幼い者にも容赦はない。人の顔色を窺って怯えながら生きるか、力を手にして己の足で立つか。好きな方を選ぶがいい。明日の夜明けまでに考えておけ」

そう言い残し、曾呂利は出ていった。

姉と話し合う必要はなかった。目を合わせただけで、互いがどちらを選ぶかわかる。力さえあれば。その夜、結衣は口の中で何度も唱えた。

翌朝、再び小屋を訪れた曾呂利に対し、全員が忍びとなる誓いを立てた。脱走は死。それが、唯一の掟《おきて》らしい掟だった。

曾呂利の言葉通り、修行は過酷なものだった。指南役は曾呂利の使っている下忍《げにん》で、年端もいかない子供を相手にしても、情けなど一切かけなかった。

武術と最低限の読み書きにはじまり、変装や潜入、尾行、天候の読み方に加え、薬や火薬の調合。忍びに必要な全てを、昼夜の別なく叩き込まれた。特に武術の鍛錬では、命を落とす者が出ることも珍しくはなかった。

読み書きも薬作りも苦手だったが、武術には自信があった。仲間の中では結衣が最も幼く、力こそ男子には敵《かな》わないが、身のこなしと技で対抗した。剣や弓、体術でも、指南役の下忍は別として、仲間に負けることはほとんどない。

自分の腕が日に日に上がっていくのは、新鮮な喜びだった。それまでかすりもしなかった的に、手裏剣が当たる。飛べるはずもないと思っていたところまで飛べるようになる。そんなことがあるたびに声を上げてはしゃぎ、下忍から叱責を受けた。

時々だが、曾呂利がふらりとやって来て、修行の成果を確かめるように自ら武術の稽古をつけることがあった。行商人の格好で現れることもあれば、修験道の行者《ぎょうじゃ》に身をやつしていることもある。

木剣を手にした結衣に、曾呂利は徒手で向かい合う。打ち込んだ斬撃はことごとく空を斬り、立て続けに放った手裏剣はかすりもしない。手刀で手首を打たれ、木剣を取り落とす。投げ飛ばされ、腕をねじ上げられる。まるで、幻術を使う天狗《てんぐ》でも相手にしているようだった。

「お前の目と耳の良さは、他の者と較べて頭抜《ずぬ》けている。だが、それだけに頼ってはならん。目で見えるもの、耳で聞くものには多くの偽りが隠れている」

ある日、何度も投げ飛ばされ、地面に大の字になった結衣を見下ろしながら曾呂利は言った。

「とはいえ、その歳でこれだけ戦えるのはたいしたものだ。お前はきっと強くなる。励め」

父と母が死んでから、人に誉《ほ》められたのははじめてだった。誉められるのが嬉しいことだというのも、とうに忘れていた。

それからは、曾呂利の言葉が全てになった。強くなれ。他者を当てにするな。仲間と馴れ合うな。一言一言を胸に刻みつけ、己の技を磨くことだけに心を砕いた。

似てはいるが、父と曾呂利はまるで別人だ。頭ではわかっていても、誉められたいという思いは抑えることができなかった。

忍びの素質は結衣だけでなく、姉にもあったらしい。むしろ、結衣のように武術に偏りがあるわけでもなく、他の技でも非凡な才を示し、見る見る知識を吸収していった。

姉は修行がはじまってすぐに、仲間や下忍たちからも一目置かれる存在になっている。だが、姉は結衣のように、忍びになる定めを進んで選び取ったのではなく、やむなく受け入れたというようなところがあった。

二年の歳月が流れる間に、ともに修行に励んだ仲間は半分ほどに減っていた。はじめのうちは仲間が命を落とすたびに打ちひしがれ、落ち込んでいたが、その頃には感情を乱すことはなくなっていた。

そして、脱走した兵衛という下忍を曾呂利の命で追い、討ち果たした。

人を斬ることへの恐れよりも、曾呂利に誉められたいという思いの方が強かった。自分の腕が、実戦で十分役立つこともわかった。

褒美を与える。後で我が庵《いおり》に参れ。持参した兵衛の首を見せると、曾呂利は満足げに言った。

結衣たちの暮らす小屋から四半里ばかり離れた場所に、曾呂利の庵はある。曾呂利がここにいるのは月にほんの二、三日で、どこか別のところに領地や屋敷があるという話だったが、結衣にとってはどうでもいいことだった。

本人が戯言めかして語ったところによれば、曾呂利は堺《さかい》という大きな町で、鞘細工の店を営んでいた。その鞘には刀が音もなくそろりと納まるところから、曾呂利というおかしな姓を名乗っているのだという。

本当のところは誰にもわからない。それ以来、曾呂利が自分のことを語ることはなく、下忍たちも修行に必要のないことは一切話そうとはしない。

だが結衣は、曾呂利の素性に関心などなかった。磨きに磨いた腕を認め、誉めてくれさえすればいい。

返り血を井戸水で洗い流すと、柿渋色の忍び装束から木綿の小袖に着替え、小屋を出て俺に向かった。仲間たちのどこかよそよそしい視線を背に感じたが、気にもとめない。姉が言葉をかけてくることもなかった。そういえば、兵衛の首を持ち帰った時も、姉はなぜか悲しげな顔をしていたと思い出す。

なぜだろうという疑問も、すぐに褒美はなんだろうという弾んだ気持ちに取って代わられた。

「入れ」

板戸の外に立つと、中から声がかかった。板葺《いたぶ》きの質素な庵で、中は十畳程度の板間に、六畳ほどの土間があるだけだ。

入ると、曾呂利は酒を呑んでいた。そんな姿もはじめて見る。言われるがまま、瓶子《へいじ》を取って曾呂利の盃に注いだ。作法や酌のやり方は、女の下忍から教え込まれている。

「お前はええ忍びになった。俺の睨んだ通りや」

酔いが回っているのか、曾呂利の口調はこれまで聞いたことがないほどくだけている。

死んだ父も、こんなふうに酒を呑みながら結衣や姉に話し相手をさせていた。もう取り戻すことのできない日々の記憶が蘇り、かすかに胸が痛んだ。

「これからは、兵衛の代わりに、我が手足となって働いてもらうぞ」

「兵衛さまは、なんで逃げたんですか？」

「あれは、元々心の弱さを抱えとった。とある武家の幼い跡継ぎを殺すという役目にしくじったんや。その跡継ぎというのはまだ五つでな、つまらん情に流されおった」

意外だった。兵衛とは、稽古の時以外に言葉を交わすこともなく、親しみを抱いたこともない。

「お前なら、どれほど困難な仕事も果たせる。これからは忙しくなるぞ。我らの力に銭を払おうという侍どもは、掃いて捨てるほどおるからな」

「銭？」

「そうや。俺の言う通りに仕事をこなせば、いくらでも銭が手に入る。百姓の娘などには一生縁のない贅沢な暮らしができるわ」

なにかが違うという気がした。力が欲しい。強くなりたい。だがそれは、銭のためでも、贅沢がしたいからでもない。だが、それを伝えようと思っても、うまく言葉にできる自信がなかった。

いつになく饒舌《じょうぜつ》に、曾呂利は語り続ける。

「俺は、こんなところで終わるつもりはない。陽の当たる場所に出て、俺を穢《けが》れたものでも見るような目で見、恐れながらも虐げ続けた連中に思い知らせてやるのよ」

呪詛《じゅそ》のような言葉を並べながら、曾呂利はぞっとするような笑みを浮かべていた。

この人の顔は、こんなにも醜かっただろうか。そんなことを考えていると、いきなり手首を摑まれた。逆らう間もなく、床に組み伏せられる。

「これより、褒美を与える」

改められた口調に、体が強張った。底深い淵を思わせる二つの目が、真っ直ぐに結衣を見つめている。背筋に冷たいものが走り顔を背けかけたが、両目は意思に反して曾呂利の双眸を捉えたまま動かすことができない。

小袖の懐に差し入れられた手が胸を撫で、悪寒が全身を貫いた。暴れようとしても、なぜか体に力が入らない。声を出すことさえままならなかった。

「女が忍びとして生きようと思うたら、いずれは通らねばならん道や。その手助けをしたる。それが、俺からの褒美や」

生温かい舌が首筋に触れた瞬間、村を焼かれたあの日目にした光景が脳裏をよぎった。力ずくで組み敷かれ、泣き叫ぶ村の娘たち。その上に跨《またが》った侍たちは、剝き出しの腰を激しく振っている。その時はなにをしているのかわからなかったが、なにか大切なものが踏み躙《にじ》られているのだということは、幼い結衣にも理解できた。

「お前は、俺の最高傑作や。もっともっと、強うなる。その力を、俺に預けろ。二人で、俺たちからなにもかも奪《うば》うた連中に復讐《ふくしゅう》するんや」

違う。今度ははっきり思った。この人も、村を襲った侍たちとなにも変わりはしない。力があれば、なにをしても許されると思っている。

激しく湧き上がった失望と嫌悪が、四肢を縛める得体の知れない力を断ち切った。ぴくりとも動かなかった腕に力を籠める。動かせることを確かめると、傍らに見えた瓶子を摑んだ。力任せに、胸元を這う頭の後ろに叩きつける。瓶子は砕け散り、血が飛んだ。足で曾呂利の体を撥ね飛ばし、両手を使って飛び起きる。

曾呂利はゆらりと立ち上がり、にやりと笑う。

「これは驚いたな。少しばかり、油断が過ぎたようや」

結衣は、左右に視線を走らせた。

得物はすべて、小屋に置いてきた。刀懸けは、曾呂利の背後にある。瓶子も粉々に砕けていて使えない。素手で立ち向かうしかなかった。

覚悟を決めて低く構えを取った時、一歩前に踏み出した曾呂利の体が、ぐらりと横に傾いだ。瓶子の一撃がそれほど効いたとも思えない。それでも、曾呂利はたたらを踏み、壁に手をついた。

「おのれ……毒、か」

曾呂利が吐き出すように言った瞬間、いきなり入り口の板戸が荒々しく開かれた。

「結衣、走って！」

姉の声。忍び装束に身を包み、手には抜き身の小太刀を提げている。なぜ、真矢がここに。考える余裕もなく、戸口に立つ真矢の方へ向かって駆ける。背後から追ってくる気配を感じながら土間に飛び降りた。

「お姉ぇっ！」

伸ばした手を握った真矢に、強く引き寄せられた。庇うように後ろに回り、結衣を後ろから抱きすくめる。

直後、ふわりと体が浮き、追いかけるように轟音が響いた。

視界の隅で、激しい炎と風が巻き起こり、板戸、壁、屋根を引きちぎっていく。地雷《じらい》火《び》。宙を舞いながら、結衣は一月ほど前に習ったばかりの術の名を思い出す。地中や床下に火薬を仕込み、敵を吹き飛ばす技法だ。

二間近く飛ばされて俯せに倒れた結衣の背中に、真矢の体がのしかかる。真矢はすぐに立ち上がり、結衣の手を取って立つように促した。大きく口を開けてなにか叫んでいるようだが、まるで聞こえない。真矢の背中の向こうにあるはずの庵は、跡形もなく消え去っていた。煙と炎。辛うじて残った柱の影。見えるのはそれだけだ。

ふと視線を転じると、他の場所からも黒煙が上がっているのが見えた。下忍たちの長屋があるあたりだ。真矢一人で、これだけのことができるはずがない。他にも仲間がいるはずだ。曾呂利にも気づかれないほど巧妙に毒を盛るのも、これだけの量の火薬をひそかに集めるのも、一朝一夕でできることではない。たぶん自分の知らないところで、ずいぶん前から企てられていたのだろう。

「……結衣、聞こえる？」

ようやく、音が戻ってきた。頷きを返し、真矢の手を握って立ち上がる。

「どこか痛いとこはない？ひどいこと、されんかった？」

もう子供じゃないのにと思いながら、「助けに来てくれたの？」と声を絞り出す。「そう」と首肯し、真矢は続ける。

「ごめんね、遅うなって。早う逃げ出したかったけど、強うならんと、結衣を連れては逃げられんさかい……」

恥ずかしさが湧き上がり、結衣は俯いた。この二年間、結衣は曾呂利の言葉だけを信じ、強くなることばかりを考えていた。無意識に父親を求め、自分勝手に曾呂利を死んだ父と重ね合わせていた。そしてその間、姉は歯を食い縛り、妹のためにこの過酷な修行に耐え続けていたのだ。

父も母も、もういない。だが、自分には真矢がいた。そのことに今さらながら気づいた途端、視界が霞み、嗚咽が込み上げてきた。堪えきれず、真矢の胸に顔を埋める。

「みんなは、ばらばらになってもう逃げてる。生き残った下忍が追うてくるかもしれんさかい、わたしたちも急ごう」

「うん」

顔を上げ、差し出された手を握り返した。やわらかかった姉の手は、あちこちにまめや胼胝《たこ》ができて固くなり、厚さも増している。それでも、温かさだけは昔と変わらない。

「さあ、行こう」

どこへ向かうのかもわからないが、不安は感じない。姉に手を引かれるまま、結衣は走り出した。

五

降りしきる雨は、さらに強くなっていた。

「思い出してくれたようだな。嬉しいぞ、結衣」

曾呂利の口から出た自分の名に、結衣は怖気《おぞけ》をふるった。今しがた波のように押し寄せてきた記憶は、白昼夢でもなんでもない。全て事実なのだと理解する。

「気安う……呼ばんといて」

頭痛の余韻が消えない中、なんとかそれだけ言った。

「相変わらずだな。せっかくこうして会えたというのに、そのように怖い顔をすることもあるまい」

　飯道山を下り、当てもないままとりあえず北へ逃げると決めた道すがら、姉は何度か呟いていた。あの程度で曾呂利が殺せたかどうかはわからない。しっかりととどめを刺しておくべきだった。その不安は、すぐに的中したとわかった。

　曾呂利の放った追っ手の追跡は執拗で、真矢は何人かを倒したものの深い傷を負い、足に手裏剣を受けた結衣は、崖から転げ落ちて意識を失くした。目を覚ました時、真矢は妹を源吾に託し、息を引き取っていた。

「真矢はいかがした。俺に毒を盛るだけでもたいしたものだが、さらに地雷火まで仕込んでおったとはな。おかげでこのような醜い顔になってしまったわ」

「あんたが醜いのは、元からやろ」

　ありったけの憎悪を籠めた言葉を、曾呂利は冷笑で受け流した。

「確かにそうかもしれんな。だが、見た目が醜いのは困る。仕事の口は減り、下忍どももほとんど殺された。羽柴筑前に取り入り、再び下忍を育て上げるまでにはずいぶんと苦労したぞ」

　またどこかから捨て子や孤児を拾ってきたのだろう。結衣は全身を耳にして、周囲を探った。

　雨音の中、耳朶《じだ》に触れるか触れないかのかすかな足音。慎重に数を数える。曾呂利の抱える下忍に違いない。曾呂利の向こうに広がる森の中に、三人が潜んでいる。

三人とも、気配を消しきれていない。結衣たちが脱走した後に修行をはじめたのなら、せいぜい十五、六歳。まだ経験も浅いのだろう。

「いかがじゃ。互いに過去は水に流し、再び俺の下に戻らぬか。お前と真矢がおれば……」

「お姉は死んだ。生きてても、絶対にあんたのところなんか戻らん！」

「そうか。ならばいたし方あるまい。他の者たちと同じように、俺に背いた報いを受けてもらうとしよう」

「あんた、まさか……」

「この三年で、お前たちとともに俺に背いた愚か者どもは、全て始末した。だが、お前たち姉妹の行方だけはどうしてもわからなかった。まさか一向門徒の中に紛れ込んでいようとはな」

低い、くぐもった声で笑う。

「真矢が死んだのは残念だな。生きておれば、お前の目の前で気のすむまで犯し、それからゆっくりと斬り刻んでやったものを」

全身の血が逆流し、憎しみが背筋を突き抜けていく。

「……決めた」

怪訝そうに、曾呂利が眉を動かした。

「あんたを殺す。中津村に帰るのは、それからや」

相手は四人で、背後は崖。しかも、こちらはほとんど力を使い果たしている。だが、目の前にいるのは姉の仇だ。許すことはできない。

「よかろう。やってみよ」

冷笑を受け流し、小太刀を腰に引きつけて低く構える。

次の刹那、矢筒から矢を引き抜き、そのまま投げつける。半身を開いて難なくかわした曾呂利に向かい、地面を蹴って高く跳んだ。

不意に、左の頭上から殺気が降ってきた。

木の上にもう一人いる。ほんの一瞬、樹上の敵に意識が向いた。次の瞬間、曾呂利の腕がぶん、と振られる。咄嗟に左腕を畳んで防御した。直後、二の腕に棒手裏剣が突き刺さる。

脳天を貫く激痛に構わず、空中で小太刀を振り上げる。相討ち狙いの一撃を放つ寸前、曾呂利がまた腕を振った。

腕の動きを見極め体を捻ったが、放たれたのは手裏剣ではなかった。脇腹に硬い物がぶつかり、凄まじい衝撃が走る。

曾呂利の袖口から、一本の鎖が延びている。その先についた分銅が、脇腹にめり込んだのだ。理解した時には、ぬかるんだ地面に叩きつけられ、息ができなくなっていた。

二度、三度と咳き込むと、ようやく肺に空気が入ってきた。手をついて体を起こし、ゆっくりとこちらに歩み寄る曾呂利を睨みつける。立ち上がろうとしたところで腹を蹴り上げられ、結衣は泥の上を転がった。

「腕が落ちたな」

冷え冷えとした声が落ちてきた。

「教えたはずだ。見えるもの、聞こえるものに捉われるなと。目や耳に頼りすぎるがゆえに、敵の数を読み間違えるという初歩的な過ちを犯す」

見下ろす顔に、はっきりと失望の色が浮かんでいる。かっと頭に血が上り、痛みを堪えて立ち上がった。右腕一本で振り回す小太刀が、何度も空を斬る。曾呂利は舞うように斬撃をかわしながら、弟子に稽古をつける師の口ぶりで叱責する。

「憎しみの籠ったいい目だ。だが、感情を支配できんようでは俺には勝てん」

いきなり、小太刀が弾け飛んだ。右手がびりびりと痺《しび》れる。鍔元《つばもと》に分銅を受けたと察したが、結衣はまるで捉えることができなかった。

崖の手前に落ちた小太刀を拾おうと体を投げ出すが、柄を掴む寸前にまた分銅の一撃が来た。伸ばした手のわずか向こうで泥が跳ね上がり、弾かれた小太刀が崖の向こうに消えていく。

素早く跳ね起き、徒手で向かいあった。曾呂利は余裕の表情を浮かべ、獲物を弄《もてあそ》ぶ獣のように分銅をゆっくりと振り回している。

勝てない。その通りだった。他の四人が手を出すまでもない。曾呂利に傷一つつけることができないまま嬲《なぶ》り殺される。思い至り、恐怖が憎しみを上回った。

怖い。痛い。悔しい。様々な感情が入り乱れる。

このまま曾呂利の思い通りに殺される。それだけは我慢できなかった。どうせ殺されるなら、最期まで逆らってやる。

姉の顔が、目蓋の裏に浮かぶ。ごめん。仇、討てそうにないわ。胸の内で謝った。

意を決し、目を開けた。地面を蹴り、高く跳ぶ。前ではなく後ろへ。

足元の地面が消えた。崖下から吹き上げる強い風が全身を包む。はじめて驚きの表情を浮かべる曾呂利に、にやりと笑ってみせた。

「おのれ……！」

曾呂利が分銅を手繰り寄せる。結衣の体に巻きつけ、引き寄せるつもりだろう。時の流れ方が変わったように、目に映る全てがゆっくりと動いていた。雨の一粒一粒までが、はっきりと見える。

分銅が放たれようとした刹那、結衣は腕に刺さった棒手裏剣を引き抜き、残る全ての力を籠めて放つ。

完全に曾呂利の意表を衝いた。分銅とすれ違いに飛んだ手裏剣が顔面に突き立ち、声にならない悲鳴を上げた曾呂利は仰向けに倒れていく。

見えたのはそこまでだった。視界が回り、黒く厚い雲が目の前に広がる。雷鳴の轟き。雲間に走る閃光《せんこう》。見る見る遠ざかっていく。

もうすぐそっちに行くよ、お姉。声に出して呟いた。

死んだ後にはなにがあるのだろう。みんなが言うように、極楽や地獄があるのだろうか。だとしたら、たくさんの人を殺し、念仏を唱えることもやめてしまった自分の行きつく先は、きっと地獄だ。曾呂利の下忍を何人も殺《あや》めた真矢も、今頃は地獄で苦しんでいるかもしれない。

極楽なんて、行けなくていい。真矢に、父と母に、会いたい。

深い深い場所へ落ちていくのを感じながら、結衣は目を閉じた。

第四章　父　と　子

一

木ノ芽口危うしとの報を受け、今庄城には混乱が広がっていた。

まだ日没前だが、空には厚い雲が垂れ込め、時折雷鳴も轟いている。降りしきる雨の中、いち早く退却の仕度にかかる雑兵《ぞうひょう》たちの間を使い番が駆け回っていた。徹底抗戦を呼びかける僧侶の声は足音と物具の音に掻き消され、耳を貸す者はいない。

有坂源吾は、他の多くの雑兵たちと同じく、野良着にあちこちがへこんだ胴丸をつけ、陣笠をかぶっただけの格好だった。腰に差した刀がいかにも不釣り合いだが、以前の戦で分捕った物だということにしてある。

杉津口へ向かった結衣たちを追うように村を出て、今庄に着いたのが一昨日のことだ。士気も統制も緩みきっていて、雑兵として紛れ込むのはいとも容易かった。

他人と交わることは、徹底して避けた。城にいた三千ほどの兵は寄せ集めで、六十を過ぎていると思える老兵も珍しくなく、四十三になった源吾が目立つことはない。

織田軍の侵攻がはじまったのは今日の未明で、すぐに南の木ノ芽口から煙が上がりだした。木ノ芽城をはじめとして、観音丸城、鉢伏城、西光寺城といった城塞群が築かれているが、兵力も士気も劣る一揆勢がそれほど長く持ちこたえられるはずもなかった。諸城の陥落が次々と伝えられ、援軍として出ていった隊からの連絡も途絶えた。

織田軍がいまだ姿を現していないところを見ると、幾つかの城がいまだ持ちこたえているようだが、今庄城にはすでに、一千ほどの兵しか残っていない。

戦闘は杉津口でもはじまっていた。杉津砦や河野新城のあたりからは、昼前から幾筋かの煙が立ち上っている。

軍勢の配置を聞いた時、源吾は初手から負けていると思った。諸方に目配りするあまり、ただでさえ不足している兵力を分散しすぎている。案の定、一揆勢は後手に回り、地の利を生かすこともできずにいる。

敗北は織り込み済みだった。問題は、どうやって坊官に近づくかだ。一昨日から機会を窺ってはいるが、坊官たちのいる本丸はさすがに警戒が厳重で、近づくことはできなかった。

村を救うには、坊官の首が必要だった。杉津口の結衣と新八も、可能であれば坊官の首を獲る動きに出るはずだが、無理はするなとも言い含めてある。源吾は村を出る結衣に、生きて帰ることを第一に考えろと諭していた。結衣の力をもってしても、敗走の混乱の中では、無事に村へ戻れるかどうかもわからないのだ。

結衣たちを送り出した時には、源吾は今庄へ行くことを決めていた。血が繋がらないとはいえ、娘を戦場に送り出して一人のうのうと村で待っていることなどできはしない。それに、今庄には下間頼照をはじめとして、高位の坊官が数多くいる。首を獲る機会も増えるはずだ。

今庄へ行くと告げても、久蔵は引き止めはしなかった。ただ黙って頷いただけだ。はじめて久蔵に出会った時のことを思い起こし、人と人との縁というのは不思議なものだと苦笑を漏らす。

源吾は加賀江沼《えぬま》郡に小さな所領を持つ地侍の嫡男として生まれた。父は熱心な一向門徒で、源吾も物心ついた頃から朝夕の勤行を欠かすことはなかった。その一方で、武士の子として人並みに立身出世を夢見、ひたすら武芸に打ち込んだ。戦で手柄を立てて名を挙げ、新たな所領を得る。それが侍の果たすべき務めであり、人生の全てだった。

越前の朝倉家をはじめとして、能登《のと》の畠山《はたけやま》、越中《えっちゅう》の神保《じんぼう》と、加賀一向一揆には敵が多い。それだけ戦場に立つ機会も多く、十五の初陣《ういじん》以来、何度か手柄首を挙げた源吾の名はそれなりに知られるようになっていった。

念仏を唱えて後生を願うことと、現世での栄達を望み戦に出ることに矛盾はない。本願寺の敵は、すなわち仏法の敵である。戦で敵を斬れば斬るほど、功徳を積むことにもなるのだ。

二十歳の時に父が病で没し、源吾は家督を継いだ。その前年には近隣の地侍の娘を娶り、自分が一族郎党を養わねばならないという自覚も芽生えはじめていた。

そうした折、川瀬久蔵に出会った。

当時、久蔵は朝倉軍で足軽小頭を務めていて、国境で繰り返される小競り合いの中で何度か槍を交え、互いの名と顔を認識するようになったのだ。

一対一で向き合って倒せなかったのは、後にも先にも久蔵一人だけだ。これまで磨いてきた技を、思いきりぶつけられる。手柄云々《うんぬん》ではなく、武人としての本能を満たしてくれる。まさに、得難い好敵手だった。

ある時、敗走した朝倉軍を追っていた源吾は、茂みの中に隠れる久蔵を見つけた。傍らには、足から血を流した若い雑兵が倒れている。配下を見捨てることができず、ここに残ったのだろう。

小頭の首など、討ち取ってもたいした手柄にはならない。それよりも、この男と戦うならば、尋常に勝負を挑みたいという気持ちの方が強い。囲んで討ち果たすような真似はしたくない。

しばらく無言で視線を交わすと、源吾は何事もなかったようにその場から立ち去った。

だがそれからは、戦場で久蔵と出会うことはなくなり、その名を耳にすることも絶えた。

やがて、越前と加賀の間で和睦が成立し、戦場に立つ機会は大幅に減った。時折思い出したように小戦は起こったが、これといった手柄を挙げることもないまま、歳月は概《おおむ》ね平穏に流れていく。

三十代も半ばを過ぎた頃には、立身出世はほとんど諦めていた。

妻は、器量も気立ても自分などには不釣り合いなほどだった。たった一人の娘も、妻に似て美しく、優しい女子に育ってくれた。妻子とともに過ごしているだけで、ささやかな幸福を感じることができる。男子には恵まれなかったが、側室を迎えようという気にはならなかった。いずれどこかから養子を迎えればいい。

分不相応な野心は抱かず、家名と領地を後の世に残し、妻と穏やかに余生を過ごす。武芸の他にこれといった取り柄もない自分には、それだけでも出来すぎた人生だろう。

そんな心境に至った頃、加賀の平穏は破られた。

大坂本願寺と織田家との間ではじまった合戦の余波は、すぐに遠く離れた加賀にも及んできた。

本願寺は平素から本山の警固のため、諸国から門徒を呼び集めている。番衆《ばんしゅう》と呼ばれているが、実際は軍役にも等しい。加賀にも、もっと多くの番衆を大坂へ上らせろという命が来るようになった。

加賀は〝百姓持ちの国〟などと言われるが、実際は本願寺という大大名の領国にすぎない。郡ごとに一揆の代表が寄合を作って仕置きを行ってはいるが、それを統括するのは大坂から派遣された坊官たちだ。武力を背景に年貢を納めさせるだけでなく、逆らえば地獄に落ちると信じる領民は、進んでその支配に服する。後生という一人一人の内面の問題にまで踏み込んでくるだけ、他の大名よりも質が悪かった。

織田家との戦が激しさを増すにつれ、大坂が要求してくる番衆の数は増加していった。源吾も郎党や領民を引き連れ、幾度か大坂へ上って戦に出た。そこで命を落とした者も数多い。

番衆だけでなく、兵糧や矢銭の徴収もたびたび行われた。元々貧しい農村に過ぎない源吾の領地は痩せ細り、働き手を戦に取られた民はさらなる貧苦に追い込まれていく。坊主たちの説く仏法にそこまでの価値があるのか。生じはじめた疑念は日に日に募り、冬を越せなかった領民が一家揃って凍え死んでいるのを目にした時、ついに頂点に達した。

これ以上の苦役には耐えられない。源吾は近隣の地侍数人と語らい、大坂から加賀の支配を委ねられた坊官に負担の減免を訴え出た。全員がいざとなれば坊官の目の前で腹を切る覚悟だったが、訴えは拍子抜けするほど簡単に認められた。

「貴殿らの民を思う気持ちには感じ入った。仏法護持のためとはいえ、貧しき民を苦しめるは、我ら本願寺の本意ではござらぬ」

源吾と同年輩のその坊官は、柔和な笑みを浮かべてそう言った。

「しばらくは番衆も兵糧、矢銭も免除いたそう。早速に領地に戻り、その旨を領民に伝えられるがよい」

館が襲われ、一族郎党を皆殺しにされたのは、源吾が領地に戻ったその夜のことだった。

ありもしない謀反の計画をでっち上げ、反抗的な者を見せしめとして処断する。坊官たちの考えそうなことだった。自分が選ばれたのは、戦場の勇士としてそれなりに名を知られていたからだろう。

最後に残った仏法への信頼は、跡形もなく吹き飛んだ。弥陀などいない。いたとしても、坊主たちの語る弥陀はまやかしだ。あの坊官を討つまでは死ねない。妻子も一族郎党もことごとく失った源吾は追っ手を振りきり、加賀から逐電した。

そして、復讐を誓った暗い旅の途中、源吾は傷ついた姉妹と出会う。姉は源吾に妹を託して力尽き、妹は姉妹を追ってきた忍びを瞬く間に倒し、常人離れした力の片鱗《へんりん》を見せつけた。

全てを失った途端、大きなものを背負わされてしまった。だが、そのまま置き捨てるには、昏々《こんこん》と眠る結衣の寝顔は純真に過ぎる。死んだ娘の面影を重ね合わせ、誓ったばかりの復讐は早々に断念した。

結衣を連れて落ち着く先を探している時、久蔵の名を小耳に挟んだ。会うのは二十年ぶりで、しかも、ろくに言葉を交わしたこともない。それでもいきなり現れたかつての敵を、久蔵は受け入れてくれた。

村は平穏そのもので、突然できた娘との暮らしも、悪いものではなかった。久蔵の願いで村の子供たちに読み書きを教えることで、生計も立つようになった。

自分の中から武士としての猛々しい部分が失われていくのを感じたが、惜しいとも思わない。本願寺や坊官たちに対する恨みや憎しみも、死に損なってしまったという思いも、時が経てば薄れ、やがては溶けてなくなるだろう。

結衣が記憶を失くしているのも好都合だった。生来の闊達さで周囲に溶け込み、すぐに仲のいい友人も作った。このまま、十四歳の若さで死んだ娘の分まで生き、つつましくとも人としての幸福をつかみ取ってほしかった。

中津村に来て三年ほどで、越前の支配者は朝倉から織田、本願寺へと目まぐるしく変わった。

本願寺の思惑は見え透いていた。加賀や大坂から派遣した坊官の下に越前の大坊主と門徒を組み込み、織田との戦の尖兵《せんぺい》にしようというのだ。極楽への通行手形を質に取り、拒めば地獄に落ちると脅しつけて、門徒を戦へ駆り立てる。それが、本願寺のいつものやり方だった。

あの連中の唱える仏法という名の欺瞞《ぎまん》に、これ以上大切なものを奪わせはしない。過酷な運命を否応《いやおう》なく背負わされた娘がようやく手にした居場所を、なんとしても守る。そのためなら、この命も惜しくはない。

大手門の外が騒がしくなり、源吾は顔を上げた。

木ノ芽口からの敗走兵だ。門が開かれると、混乱はさらに大きくなった。

城内は人で溢れ返り、撤退と徹底抗戦という異なる下知が飛び交っている。駆り出された雑兵と、坊主や侍との小競り合いも方々で起こっていた。

「おい、聞いたか？　坊官どもは、てめえらだけでさっさと城を抜け出したらしいぞ！」

誰かが叫ぶと、混乱は頂点に達した。怒号が飛び交い、雑兵たちは北の搦め手門へ向かって殺到していく。坊主と侍が押し止《とど》めようと立ちはだかるが、たちまち人波に飲まれて見えなくなった。

源吾も抗わずにその波に乗った。押し出されるように門をくぐり、街道を北へ向かう。

このまま北上すれば、府中までは三里（約十二キロメートル）ほどだ。

近くを歩いていた男を摑まえて訊ねた。

「坊官を見なかったか。下間でも、七里でも、誰でもいい」

「知らねえよ。大方、この行列の先頭にいるんじゃねえのか？」

源吾がいるのは、行列の中ほどだった。数千人がひしめく狭い街道では、身動きもままならない。

雨はようやく止みつつあるが、道はぬかるみ、足元も悪い。背後からは、いつ織田軍が追いついてくるかもわからない。苛立ちから、そこここで喧嘩騒ぎが起こっていた。殿軍《しんがり》はおろか、大将さえ不在の軍だ。統制などあるはずもない。

城を出て半里も進まないうちに、それまでもたびたび滞っていた行列が完全に止まった。

「府中が落ちたらしいぞ！」

「杉津口を抜いた敵が攻め込んだんじゃ！」

城将三宅権丞は討ち死に、織田軍は町に火をかけ、女子供まで撫で斬りにしている。行列の先頭に待ち伏せていた織田軍が襲いかかり、激しい戦になっている。真偽の定まらない情報が飛び交い、兵たちは恐慌に陥った。陽はすでに没しかけていて、あたりを包みはじめた闇が、さらに不安を煽《あお》り立てる。

坊官たちが織田軍の手で討ち取られれば、村を守る手立てはなくなる。焦燥を募らせながら、源吾には取るべき手段がない。

「前も後ろも敵じゃ。どうしたらいいんじゃ！」

「山じゃ、山へ逃げろ！」

一人が街道を外れて右手の山へ向かうと、他の者もそれに倣って走り出した。山の手前には、雨で水嵩が増した日野川がある。それでも雑兵たちは、戦うよりもましとばかりに川へ飛び込んでいく。

流れに乗らずその場に踏みとどまった源吾の前に、道ができていた。前を塞ぐ兵たちは山へ流れ、見通しのよくなった街道には、得物や脱ぎ捨てられた胴丸、陣笠が散乱している。

行列の中には士分の者も紛れ込んでいたのか、乗り捨てられた馬が所在無《な》げに佇んでいた。載せている鞍は立派なもので、馬格もいい。

俺の運も、捨てたものじゃないな。胸の内で呟き、駆け寄って鐙《あぶみ》に足をかける。鞍に跨り、ぽんぽんと首を叩いた。

「頼むぞ。仲間のところまで連れて行ってくれ」

手綱を握り、馬腹を蹴った。泥を跳ね上げ、転がった具足を避けながら馬を駆けさせる。馬に乗るのは久しぶりだったが、感覚は体が覚えている。

やがて、喚声と筒音が聞こえてきた。府中の手前に広がる平野で、合戦が行われている。いや、合戦ともいえない。一揆勢はすでに総崩れで、織田軍が一方的に矢と鉄砲を射ちかけている。逃げ惑う雑兵を掻き分けながら、大声で叫ぶ。

「誰ぞ、坊官の方はおられるか！」

「ここじゃ。ここにおるぞ！」

声のした方に進み、馬を下りた。

周囲に従者らしき数人の兵を従え、泥に汚れた袈裟の下に具足を着込んだ僧形の男。

その顔を確かめ、源吾は内心で笑いを噛み殺した。

「そなたの馬か。貸せ！」

答える間もなく飛び乗り、覚束ない手つきで手綱を握る。

「手前が、轡《くつわ》を」

「うむ。頼むぞ」

源吾が轡を取って駆けはじめると、他の兵も後を追ってきた。増水した川を苦心して渡り、対岸に広がる林の中に飛び込む。坊官は必死で馬の首にしがみつき、念仏を唱えている。

戦場の喧騒は後方に流れ去り、やがて聞こえなくなった。渡河の途中で足を滑らせたのか、従者は二人にまで減っている。

「これより、山中を進みます。馬はお捨てください」

「それで逃げきれるのか？」

「手前は山に慣れております。織田勢の手の及ばない場所まで案内仕《つかまつ》りましょう」

はじめて、坊官が安堵の表情を見せた。

「そうじゃ、まだ名も聞いておらなんだな。なんと申す？」

「は、吉岡善兵衛《よしおかぜんべえ》と申しまする」

かつての郎党の名だった。幼い頃から兄弟のように育ったが、加賀を逐電する際に源吾の妻子を庇い、全身に矢を受けて死んだ。

「聞かぬ名だな。どこから参った？」

「仏敵信長の魔手から弥陀の教えを護らんと、加賀より馳《は》せ参じましてございます」

「ふむ、殊勝な心がけや。そなたとそなたの一族の極楽往生は、わしが請け負おう」

「はっ。ありがたき幸せ」

それからは、ひたすら山中を進んだ。数年間の山村暮らしで、夜目もそれなりに利くようになっている。坊官は四半里も歩かないうちに音を上げ、若い従者たちに代わる代わる自分を背負わせている。万一敵に遭遇した時のことを考えてか、袈裟の下の具足を脱ごうともしない。従者は疲労困憊《こんぱい》の態《てい》だが、坊官は気にする素振りも見せない。

口を開けば休みたい、腹が減ったと喚く坊官をなんとか宥めすかしながら歩き続けると、小さな家が数軒あるだけの集落に出た。織田軍の侵攻を聞きすでに逃げ散ったのか、人の姿は見えない。

「ここまで来れば、ひとまずは安心です。しばし、ここで休息いたしましょう」

「うむ。ようやったぞ、吉岡。ここを落ち延びた暁には褒美を与えよう」

一軒の小屋に腰を落ち着けると、坊官は従者たちに食糧を探してくるよう命じた。

二人が出ていくと、源吾は立ち上がり陣笠を外した。

「さて、邪魔者がおらぬうちに片付けてしまいましょうか」

板の間に胡坐を掻いた坊官が、怪訝な顔で見上げてくる。

「名のある坊官なら誰でもよかったが、まさかあなたと出会えるとは思わなかった。久しぶりに、神仏を信じる気になりましたぞ」

「なんじゃ。なんの話じゃ？」

「まだ、おわかりになられませぬか。杉浦玄任殿」

「なにを申しておるのじゃ、吉岡。そなたは……」

「あなたにとっては、道端の小石程度のものでしょう。謀反の濡《ぬ》れ衣《ぎぬ》を着せ、討手を差し向けた加賀の地侍など」

そこでようやく、玄任は目を見開いた。なにか言おうとしているが、唇が震え言葉は出てこない。構わなかった。愚にもつかない言い逃れなど、聞きたくもない。

刀の柄に手をかけ、一歩近づく。腰が抜けているのか、玄任は尻餅をついたまま後ずさった。

「どうした。念仏は唱えないのか？」

「頼む……い、命だけは……」

「あんたたちが勝手にはじめたこの馬鹿げた戦で、これまで多くの人間が死んだ。自分だけ助かろうというのは、少し虫がよすぎるんじゃないのか？」

鞘を払い、切っ先を突きつけた。玄任の股のあたりが濡れていく。怒りすら通り越し、源吾は憐れみの目を向けた。

「仏敵と戦って死ねば、極楽へ行けるのだろう。なにを恐れる必要がある？」

「あ、あんなものは、門徒を戦わせるための方便じゃ……！」

何千、何万の命を奪ってきた教えの正体を、玄任はあっさりと口にした。聞かされてみても、これといった感情は湧いてこない。やはりそんなものかと思うだけだ。

これ以上話す気力が失せ、源吾は刃を一閃させた。切り離された首がごとりと落ち、続けて激しく鮮血を噴き出しながら胴が横倒しになった。

恐怖に引き攣ったままの玄任の首が、血の海に沈んでいた。その様を冷めた目で見下ろしながら、刃の血を拭う。

と、背後で足音がした。従者たちが呆然とした面持ちで、土間に立ち尽くしている。

「見ての通り、杉浦玄任の首はもらった。仇を討ちたければ、相手になるぞ。その気がないのなら、早々に立ち去れ」

二人は顔を見合わせ、すぐに背を向けて駆け出した。

こんなものか。呟きながら首を拾い、脱がせた袈裟で包む。玄任の顔を見た時は僥倖《ぎょう》だと思ったが、仇を取ったところで虚しさが広がるばかりだった。

ともかく、この首を織田軍の将に差し出せば、村は救われる。過去に拘泥している暇などなかった。

そろそろ、府中の戦も終わっているだろう。今から発てば、夜明け前には府中に戻れる。中津村が襲われる前に、乱暴狼藉を禁じる書付を得なければならない。

残された血塗《ちまみ》れの胴を一瞥し、小屋を後にした。

二

朽ちかけた古い寺の本堂は、二十人以上の男が息を潜めるにはいかにも手狭だった。

時折思い出したように吹きつける風が閉めきった雨戸をがたがたと鳴らし、先刻まで降り続いていた雨は穴だらけの天井から漏れ滴り、そこここに水溜まりを作っている。

本堂に籠る男たちは胡坐を掻き、それぞれに弓や槍を抱えたまま、誰も口を開こうとはしない。

城を抜けて山道を歩き続け、野伏せりの襲撃から逃れるためひたすら走って山を登った。この雨で喉を潤し、干《ほ》し飯《いい》を齧って空腹をごまかしはしたが、ここでは膝を伸ばすこともままならず、力を取り戻したというにはほど遠い。

兵太は自分の槍と片膝を抱え、じっと足元に視線を落としていた。ほとんど暗闇に近い本堂だが、そこに小さな水溜まりがあるのは見て取れる。雨が止んでしばらく経つが、まだ時々、ぽちゃりと滴の落ちる音が聞こえる。

結衣と別れて、一刻（約二時間）どころか、もう三刻近くが過ぎている。

一刻経っても現れなかったら、先に逃げろ。結衣はそう言ったが、約束の刻限を過ぎてもここを立ち去ろうと言い出す者はいなかった。

自然と一行の舵取《かじと》り役におさまった兵太は、足腰の強い者を二人ずつ組ませて結衣を探させた。そのうち四組はすでに戻って、なんの成果もなかったことを報告し、残るはあと一組を待つだけだった。

あの時、全員で残って野伏せりを迎え撃つべきだったのではないか。数ではこちらが勝っていたのだ。手負いや死人が出たかもしれないが、一丸となって立ち向かえば、打ち払うことくらいはできたはずだ。何度目かもわからない自問がまたぞろ頭をもたげ、兵太は唇を噛んだ。

答えはとうに出ている。怖かったのだ。野伏せりが襲ってくると結衣が言い出した時、脳裏に血溜まりの中に沈んだ新八や、戦で死んだ村人たちの姿がよぎった。結衣ならば、十人くらいはどうとでもなる。自分たちがともに戦って足手まといになるより、任せた方がいい。そう、都合よく考えた。

いくら結衣でも、十人を相手にするなど無謀なのではと思い直したのは、必死に山を登りこの寺に辿り着いてからだ。それ以前に、どれだけ強くても、結衣は女子だ。まだ十七の娘に戦を押しつけ、男の自分が先に逃げた。どう繕っても、それが事実だった。

結局、俺は口先だけの臆病者だ。坊主どもが戦に負けるのはいい気味だが、いざ自分の身に危険が及べば腰が引ける。一度や二度戦に出たくらいではなにも変わりはしない。今も、すでに織田軍が山狩りをはじめていたらと想像するだけで足が竦《すく》んでしまう。

不意に雨戸ががたりと音を立て、兵太は体を震わせた。

開いた雨戸の向こうに影が並んでいる。物見に出した二人だと確かめ、胸を撫で下ろす。

「どうでした？」

長吉の声に、二人は首を振る。

「あかん。襲われた河原まで足を延ばしたけど、結衣はおらんかった。死体がいくつか転がってただけや」

「ほうですか」

「ほれと、府中の方角に煙が上がってた。たぶん、城はもう落ちてるぞ」

落胆が広がる本堂の隅に二人が腰を下ろすと、誰かが口を開いた。

「もう、あかんのやないか。いくら結衣でも……」

「待てや」

兵太は自分でも意外なほどの大きな声で、その先を否定した。

「結衣が野伏せりを何人か倒したってことがわかっただけやろ。あいつがそんな簡単にくたばるか！」

「ほやけど、これ以上ここにいても……。いつ織田軍の山狩りがはじまるかもわからんのやぞ」

やがてはじまるであろう山狩りを恐れているのは、ここにいる誰もが同じだった。ざわめきはじめた一同を制して、この中で最も年嵩の安兵衛《やすべえ》という猟師が言った。

「もう約束の刻限はとうに過ぎた。ここで時を無駄にして織田の兵に襲われるのは、結衣も本意やないやろ」

安兵衛は不惑を間近に控え、村の乙名衆にも名を連ねている。兵太が舵取りなら、ご意見番の長老といったところだ。その言葉には兵太の倍以上を生きてきただけの重みがある。

「ほんなら、どうしたらいいんや」

「諦めて、村へ帰るんじゃ。一人でも多く、村へ辿り着く。わしらにできるのはそれしかない」

「俺はこれまで、あいつに何度も助けられたんや。置いてなんて行かれん」

「兵太の言う通りや」

助け舟を出したのは、喜助だった。矢を受けた腕に血の滲んだ晒しを巻きつけ、布で吊っている。

「結衣がいなんだら、わしはとうに死んでた。そりゃ、早《はよ》う村に帰って女房子供に顔を見せてやりてえけど、ほやさけっちゅうて、あいつを置いて行くわけにはいかん」

「結衣さんは、俺らを逃がすために一人で野伏せりと戦《たたこ》うてるんや。それを見捨てて行くんですか？」

喜助の後を受けた長吉に、「待てや」と別の一人が食ってかかる。

「あいつが生きてるかどうかもわからんのやぞ。相手は十人もおったんや。ここでいくら待ってたって、どうせもう……」

「ふざけんなや！」

激昂に任せて身を乗り出し、相手の胸倉を掴もうと手を伸ばした兵太を、安兵衛は「やめんか！」と鋭く制した。

「気持ちはわかる。ほやけど、おめえは結衣からみんなを頼むと言われたんやろが。ここにいる全員を危険に晒すことを、結衣が望むと思てるんか」

兵太は返す言葉に詰まり、本堂を見回した。闇の中でも、全員の目が自分に向けられているのがわかる。誰もがそれぞれの葛藤の末に、自分に決断を委ねていることが、黙っていてもひしひしと伝わってきた。

なんでみんな、そんなに薄情なんや。口にしかけた言葉を、兵太は呑み込んだ。いくつかの顔が頭に浮かぶ。父と母、妹に弟。六郎や糸、そして幸。

「いつ、村に織田の軍兵が襲いかかってくるかわからん。わしらは、その前に生きて村に戻り、家族や想《おも》い人を守らなあかんのや。わかるな?」

安兵衛の問いに、兵太は唇を引き結んで俯いた。父も母も、もう歳だ。小夜と太一は自分が守らなければならない。

安兵衛が言っていることはわかる。だが、ここを発って村へ戻るのは、結衣が死んだと認めるのと同じだ。まだ、自分たちを逃がすために野伏せりたちと戦っていたら。傷つき、どこかで動けないまま助けを待っていたら。

新八だったらどうするだろう。昨年の戦では、進むも退《ひ》くも、新八の言うことを聞いていればそれでよかった。あの時は楽だった。なんの責任を感じることもなく、ただ手柄だけを求めて槍を振るっていればよかったのだ。新八が生きてさえいてくれたら。

新八さん、なんで死んでしもたんや。俺なんかには、どうにもできん。

「兵太」

安兵衛の声に、慌てて顔を上げた。

そうや、結衣は、誰でもないこの俺に後を託したんや。思い至り、大きく首を振って弱気の虫を振り払った。新八はもういない。自分の頭で考え、決断するしかない。束の間、考えを巡らせる。決めると、絶対に後悔はしないと胆《きも》に銘じた。再び全員の顔を見回し、口を開く。

「みんな、聞いてくれ」

三

なにかが手を撫でる感触に、薄っすらと目を開けた。蟻《あり》が一匹、投げ出した右手の甲を這い回っている。追い払う気にもなれず、そのままにしてまた目蓋を閉じた。

濡れた小袖が背中に張りついている。腰から下は冷たい水に浸かっていて、上体は硬い砂利の上に俯せになっている。

なんで、こんなとこで寝てるんやろう。頭の中に濃い靄《もや》がかかったようで、上手く考えることができない。だったら体を動かそうと思っても、指一本どころか、目蓋を押し上げる力さえ残っていない。

聞こえるのは水の流れる音ばかりで、昼なのか夜なのかも判別できなかった。ひどく寒いが、体のどこにも痛みは感じない。特に左腕は、感覚自体がほとんど消え失《う》せている。

このまま死ぬのかな。ぼんやりとした頭で思い、それもいいかと納得する。どこか心地よくさえあるまどろみの中で、結衣はやがて訪れるだろう死をじっと待った。

と、どこかから足音が聞こえてきた。人の声がするが、なにを言っているのかはわからない。砂利を踏む音は複数で、次第に近づいてきた。

敵の追っ手かな。思ったが、確かめようという気力さえ湧いてこない。

いきなり体を摑まれ、仰向けにされた。頰を何度か軽く叩かれ、生きているかどうか確かめている。敵ではない。耳元で何事か呼びかける声を聞いてそう感じたが、答える力はなかった。もう、放っておいてくれていいのに。全身を包む気だるさに身を委ねていると、背中に手を差し入れられ、強引に引き起こされた。

ふわりと体が浮くのを感じ、ああ、おんぶされてるんやと理解する。

自分を背負う誰かの髪が顔をくすぐり、甘く涼やかな香りが鼻腔《びこう》をくすぐった。冷えた背中と対照的に、胸から腹にかけて温もりを感じる。

目蓋を押し上げると、黒く長い艶のある髪が見えた。

「……お姉」

自然と、唇が動く。

「早《はよ》う、逃げんと……あいつらが、来る、よ……」

姉はなにか答えたようだが、頭には入ってこない。

そうだ。真矢も深手を負っているはずだ。甲賀の飯道山を逃げ出した後、近江と越前の国境を越えたあたりで追っ手に追いつかれ、斬り合いになった。その時、真矢は脇腹に敵の矢を受けた。その直後、結衣は足に手裏剣を受け、急峻な崖から転げ落ちたのだ。

「お姉も、痛い、やろ。先に……」

逃げていいよ。そう続けようとして、「ええから」と鋭く遮られた。

「ええから、黙って寝とき」

その声の力強さに驚きながら、結衣は「うん」と答え、目を閉じた。

再び目覚めた時、暗闇の向こうに、ぼんやりと低い梁《はり》と天井が見えた。身動ぎして、首を捻って左右を見回す。枕元には燭台があり、灯りが点されている。窓は閉めきられているが、小屋の中を見て取るのに不自由はなかった。

筵の上に寝かされているらしいと悟る。

土間と板の間があるだけの、狭い小屋だった。中津村の猟師の家によく似ている。壁には草鞋や毛皮の羽織がかけられ、土間の棚には革をなめすのに使う道具が雑然と置かれていた。

結衣の寝ているすぐ横には、囲炉裏も切ってあった。そこには鍋がかけられ、火も入っている。蓋がされていて中身は見えないが、かすかに漂う味噌の香りがどこか懐かしい。

知らないうちに、村まで戻ってきたのだろうか。いや、そんなはずはない。

記憶が混濁していた。先ほど目にしたものは、夢なのか現実なのか。ここがどこなのか、なぜこんなところに寝ているのか、まるでわからない。

高い崖から、身を投げたはずだった。だとすると、自分はもう死んでいるのだろうか。そう考えて体を起こした途端、全身を激しい痛みが跳ね回った。棒手裏剣を受けた左の二の腕と、分銅の一撃を浴びた右の脇腹。息をする度に痛む。あばら骨にひびでも入っているらしい。

死んでいるにしては、この痛みは生々しすぎる。そこではじめて、腕の傷口に晒しが巻かれていることに気づいた。

ぼんやりとだが、崖から飛んだ後のことが蘇ってきた。曾呂利に向かって手裏剣を打った直後、なにかが背中に当たり、激しい痛みとともにばきばきという音が聞こえた。たぶん、崖の途中に生えていた松の木だ。あれで勢いが殺《そ》がれ、下を流れる川が水嵩を増していたことも手伝って、死なずにすんだらしい。

戸が開き、土間に人影が浮かび上がった。脳裏に姉の姿がよぎり、心臓がどきりと高鳴る。だが、続いた声は姉のものとはまるで違った。

「おっ、目ぇ覚ましたね。具合はどう？」

どこかで聞いたことがあるような気がした。それほど遠い昔ではない。記憶を探り、結衣は「あっ！」と声を上げた。

「お駒、さん？」

北ノ庄で出会った、遊女屋の女主人。なぜここに。その疑問を口にする前に、笊《ざる》を手にしたお駒が板の間に上がってきた。

「お腹空いてるやろ。たいした物やないけど、もうじきできるさかい」

そう言って、どこかから摘んできたらしい野草を鍋に放り込んでいく。

「あの、ここはどこ？　なんで、お駒さんが？」

鍋の様子を見ながら、お駒は少し困ったような顔をした。

「どっかの山の中の、猟師小屋。場所は、って訊かれると、実はうちにもようわからんのよ。必死で逃げてきたさかい」

「逃げてきたって、どこから？」

「木ノ芽城や。仏敵と戦うための大事な戦やさかい矢銭を出せ。銭がないなら、城まで出向いて兵たちの相手をしろって、糞坊主に言われてね」

「……ひどい」

眉を曇らせた結衣に向かって、お駒は「喉、渇いてるやろ、飲みな」と、脇に置いた竹筒を押しつけた。受け取り、礼を言ってから口をつけた。

「うちの店だけやあらへん。他の店や一人でやってる遊女たちも戦場に駆り出されたいう話や。まあ、戦場まで出かけて稼ぐなんてのは、昔はようやっとったさかいね。あの店も、そうやって儲けた銭で開いたようなもんや」

そう言ってからからと笑う。

「そやけど、ろくに稼がれんうちに戦んなって、店の若い娘たちと一緒になんとか逃げてきたっちゅうわけや」

「じゃあ、お店の人たちもここに?」

訊ねると、お駒は首を振り、「先に逃がしたわ」と答えた。

「逃げる途中で、川岸にあんたが倒れとるのを見つけてな。近づいてみて驚いたわ。放って行くわけにもいかへんから、みんなで交代で背負うて歩くうちに、この小屋を見つけたんや」

森の奥深くにある小屋は無人だった。たぶん、戦がはじまったと聞いて逃げ出したのだろう。

だが、ここもいつ敵に襲われるかわからない。お駒は他の娘たちを先に逃がし、自分は結衣が目覚めるまで待つことにした。

「そうやったんですか、ありがとうございます。けど、お駒さんとはだいぶ前に一度会《お》うただけなのに、なんでそこまで？」

「そりゃ、目の前に女の子が血だらけで倒れとったら、置いては行けへんやろ」

軽く言いながら、鍋の中身を椀によそう。

「これは？」

訊ねると、「たぶん、急いで逃げたんやろな、台所に色々と残っとったわ」という悪びれない声が返ってきた。

「この小屋の主には申し訳ないけど、こんな時やから大目に見てもらおう。あ、言うとくけど、味には自信ないさかい」

野草と稗や粟を味噌で煮込んだだけの粥だったが、目にした途端、ひどい空腹を覚えた。昨日、野伏せりに襲われる直前に干し飯を少し齧っただけで、それからなにも口にしていない。

箸は見つからなかったらしく、細い枝を二本使って粥を掻き込んだ。お駒が言うほど、味は悪くない。腹の底が温かくなり、少しだけ体に力が戻ってきた気がする。

「今度は、こっちが訊く番。あんた、なんであんなとこで倒れてたの？　お姉とか、あいつらが来るとか、だいぶうなされてたけど」

箸を止め、どう答えるべきか考えた。

適当に取り繕おうかとも思ったが、うまく嘘をつける自信がない。結局、ありのままを全て話すことにした。

「わたしは、十二歳の時から二年間、近江の甲賀にある飯道山というところで、忍びとして修行を積みました」

お駒は少し目を大きくしたが、黙って先を促す。

曾呂利という男のこと、姉のこと、失くしていた記憶が戻ったこと。その一つ一つを確かめ、自分の中にもう一度受け入れ直しながら、訥々《とつとつ》と語った。時折言葉が出てこなくなると、お駒が助けるように上手く質問して、先へ進ませてくれる。

長い話を聞き終えると、お駒は大きく息を吐く。

「そうか。辛かったやろうね」

これまでと違った優しい声音に、結衣は俯き首を振った。

「辛いのは、今までわたしが殺してしもうた人たちです。家族とか好きな人とか、きっといたのに……」

言い終わる前に、「それは違うで」という声に遮られた。鋭い口調に顔を上げると、お駒は結衣の両肩に手を置いて力を籠めた。

「そんなこと、考えんでええ。あんたが斬ったのは、村を襲った野伏せりとか、曾呂利とかいう奴の家来やろ。殺さなんだら、あんたや、あんたの大事な人たちが殺されてたかもしれん」

「ほう、かもしらんけど」

「こんな世の中やから……違うな、どんな世の中であっても、誰も傷つけずに生きてくのは難しいもんや。大事なもんを守るためには、誰かの命を奪わなあかん時もある。あんたのやってきたことは、間違いやない」

真っ直ぐにこちらを見つめる目と、両肩を摑む力の思いがけない強さに気圧され、結衣は頷いた。

「みんながおる村を守りたいんやろ？　それなら、しっかり立って、歩かなあかん。せっかくそんな力を持ってるんや、投げ出したらあかん」

「……ほうですね。きっと、ほうや」

答えながら、本当は誰かに聞いてほしくて仕方がなかったんだと感じた。苦しかったこと、悲しかったこと。全てを言葉に変えて吐き出してしまうことで、心がほんの少し軽くなった。

「そろそろ明るうなってきたな。長居は無用や、さっさと行こう。立てる？」

「はい」

立ち上がり、自分の体を確かめた。左腕は、思うように動かせない。脇腹もかなり痛むが、それ以外は大丈夫だ。ちゃんと歩くこともできる。

兵太たちは、無事逃げおおせただろうか。約束の刻限はとうに過ぎているから、すでに中津村へ向かっているはずだ。

「北ノ庄へ戻るんですか？」

　訊ねると、お駒は首を振った。

「店の娘らには、自分の家に帰るように言うた。北ノ庄は今頃火の海かもしれんさかい。うちはとりあえず、戦が治まるまではあんたと一緒におるわ。しっかり守ってや」

「はあ……」

　守るといっても、もしもなにかあった場合、ろくに戦えるかどうかわからない。なにか武器になるものはと考え、真矢の形見の小太刀を失くしてしまったことを思い出す。懐にしまった新八の遺髪も失くなっている。ちくりと胸が痛んだが、どうしようもなかった。

　あたりを見回し、棚に置いてある山刀を摑んだ。後で必ず返しますから。心の中で謝り、山刀を腰に差す。弓矢があればなおよかったが、そこまで望むのは贅沢というものだろう。壁にかけてあった草鞋も拝借し、仕度は整った。

　お駒も、「役に立たんとええけど」と笑いながら、晒しを巻いた包丁を帯に差している。

「さあ、行こうか」

　頷き、小屋を出た。あたりは深い森だが、小屋の周りだけはぽっかりと開けている。

払暁の澄んだ気を吸い込むと、濡れた土と緑の匂いが胸を満たした。

木々の影に縁取られた空を見上げる。一昨日から降っては止むことを繰り返していた雨雲は、東の空にわずかにとどまっているだけだ。残りの空にはぼんやりとおぼろな月が浮かび、その周りで無数の星々が輝きを放っている。

今にしてわかる。崖から身を投げた時、自分は逃げ出した。村を守りたいと言いながら、生きようと足掻《あが》くことを諦めて、全てを放り出してしまったのだ。早くあの世に行って楽になろうとするのは、怠け者の逃げ。前に会った時に聞いたお駒の言葉が、耳に蘇った。

でも、もう逃げない。声に出さずに呟き、暗い森に向かって歩き出す。

梢の合間からわずかに射し込む月明かりを頼りに、東へ向かって進んだ。方角は、星を目印にして決める。山をいくつか越えれば、池田村が見えてくるはずだ。険しい道だが、街道や川沿いを進んで目立つことは避けたい。

しばらく歩くと、勾配がきつくなってきた。手近な木の幹を摑み、滑りやすい地面に気をつけながら急な斜面を登って行く。

少し後ろを進むお駒は、息を切らしながらなんとかついてきている。結衣も、背中に汗が滲むのを感じていた。動いたせいか、腕と脇腹の傷が痛みを増している。

上りが終わると、眼下のやや開けた場所に、小さな社が見えた。距離は七、八間（約

十三、四メートル）。入り口の木戸は破られ、破片が散乱している。
「結衣ちゃん、ちょっと歩くの速いわ……」

追いついてきたお駒を「静かに」と鋭く制した。お駒の手を引いて、大きな欅《けやき》の木の陰に隠れる。

血の臭い。確かに感じる。木陰からわずかに顔を出し、様子を窺う。耳を澄ますが、物音は聞こえない。

「大丈夫。もう誰もいないみたい」

ゆっくりと斜面を下り、社に近づいた。お駒も後に続いてくる。臭いは強烈で、噎《む》せ返るようだ。

中を覗き、結衣は息を呑んだ。

六畳もない真っ暗な社の中に、いくつもの死体が散乱している。六つまで数えたところで、結衣はやめた。大人の体の下に、子供のものと思える手や足が見える。少なくとも、十人近い人間が殺されていた。

「なんや、これ……」

言いかけたお駒が、慌てて身を翻した。喉を鳴らし、嘔吐《おうと》している。結衣は吐き気を堪え、さらに目を凝らした。

女子供と、年寄りばかりだった。たぶん、戦から逃れてここに隠れていたところを織田軍の兵に見つかったのだろう。よく見ると、子供を除く全員に、顔の真ん中にぽっかりと穴のようなものが開いている。

鼻を削がれている。体中に粟が生じた。

「なんで、こんなこと……」

言いかけて、戦功の証として、首の代わりに鼻を持ち帰ることがあると聞いたことがあったのを思い出す。子供の鼻は小さすぎて手柄と認められないのだろうと、頭の中のどこか冷静な部分で理解する。

それ以上、正視することはできなかった。吐けば体力を失う。必死で耐えながら、死体の山から目を逸らした。

今は、弔ってやることもできない。心の中で詫びながら、その場を離れた。

再び山中に分け入った。饒舌なお駒も、無言のまま足を進めている。陽の光もほとんど届かない暗い森の中で、足音と荒い息遣いだけが響く。

時々、山狩りの織田兵を見つけては、岩陰や茂みの中に身を隠した。織田兵が通り過ぎた後には、だいたいいくつかの死体が転がっている。藪を掻き分けていると、落武者狩りに遭ったと思しき、首のない門徒兵が死んでいることもあった。数珠繋ぎにされた捕虜が連行されているところを目撃しても、ただ黙って隠れているしかない。

肉体的にも精神的にも疲労は増すばかりだった。吐き疲れたのか、お駒の顔は蒼白で、足取りも覚束ない。だが、猟師の小屋を出てから、まだ一里程度しか進んでいなかった。

「少し、休みましょう」

見かねて言うと、お駒は力なく頷いた。

一抱えはありそうな倒木が二本、折り重なっている。その傍らに小さな空間を見つけ、並んで腰を下ろした。背後は倒木で、三方は胸のあたりまである低い木々。ここなら外から見えることはない。

倒木に背をもたせかけ、竹筒の水を喉を鳴らして飲んだ。

気づくと、空が薄っすらと白みはじめていた。

空を見上げ、陽の位置を確かめる。東へ進んでいるのは確かで、もうすぐ池田村が見えてくるはずだ。だが、それまでにいったいいくつの死体を目にすることになるだろう。いや、織田兵に見つかれば、自分たちが死体の仲間入りすることにもなりかねない。

中津村に辿り着いたとしても、すでに村は焼き払われているかもしれない。六郎は、糸は、そして父は、無事だろうか。

「こんなことなら、みんなと離れるんやなかった」

ぽつりと、お駒が呟いた。店で雇っている遊女たちのことだろう。

「無事やといいですね」

「そうやな。坊主も念仏も大嫌いやけど、こんな時は、仏さんに祈るしかないのが悔しいわ」

お駒が、小さく乾いた笑いを漏らした。人が神仏に祈る気持ちが、結衣にもようやく理解できた。この世は、自分の力ではどうにもならないことだらけだ。だから、人ではない存在に願いを託し、祈りを捧げる。

それでも、と結衣は思った。神や仏の名のもとに人を戦に駆り立てるのは、絶対に間違っている。その結果が、今の越前の有り様だ。

祈るより先に、やることがある。一刻も早く村に戻り、みんなの無事を確かめなければならない。

そろそろ行きましょうかと声に出しかけて、結衣は口を噤んだ。

がさがさという音が、かすかに耳の奥に響いた。まだ遠いが、こちらに向かってくる。中腰になり、山刀の柄に手をやった。やや遅れて音に気づいたお駒も、緊張した面持ちで帯に差した包丁を確かめている。

真正面から聞こえる音は、ますます大きくなっていた。しかも、一つではない。少し離れた場所でも、草を掻き分ける音がしている。

目の前の枝が、小さく揺れた。距離は、もう二間もないだろう。結衣は山刀の鞘を払った。

「ここはわたしに任せて、合図をしたら後ろの木を乗り越えて逃げてください。すぐに追いつきます」

　声を殺して、お駒の耳元で囁く。

　正面の枝が大きく揺れ、その合間に槍の穂先が見えた。

「走って！」

　お駒が倒木に手をかけるのと同時に、わずかに見える槍の柄を摑んで強く引く。茂みの中から、陣笠と胴丸をつけた男が飛び出してきた。

「うわぁっ！」

　叫び声を上げる相手の背後に回り込む。汗ばんだ首に山刀の刃を突きつけた結衣は、そこで目を丸くした。

「……あれ？」

　首を捻ってこちらに目を向けた相手も、ぽかんと口を開けている。

「お、おめえ……」

「兵太……さん？」

　なんでこんなところに。そう訊ねようとした時、再び茂みが揺れて、見知った顔がひょっこりと現れた。

「長吉、あんたまで……」

　一瞬、結衣と兵太の顔を見比べ、長吉は顔をくしゃくしゃにした。

「結衣さん……よかった、無事やった……」

声を詰まらせながら、手の甲でごしごしと目を擦っている。

「な、なんで?」

「ほれは、あれや、おめえを置いて行ったりしたら、小夜と太一に叱られるさけな」

鼻を掻きながら、兵太がぶつぶつと答えた。

先に逃げてって言ったのに。怒ろうとしたが、声が出ない。代わりに、鼻の奥の方がつんと熱くなるのを感じた。視界が滲んで、長吉の顔が歪んで見える。

「……他のみんなは?」

「もう、村に着く頃です。兵太さんは一人で残るって言うたんやけど、俺も付き合うことにしました。この人だけやと、色々と心配ですから」

長吉が笑みを浮かべると、結衣もつられて笑った。

「結衣ちゃん、知り合い?」

倒木の上から、お駒が声をかけてきた。

「はい。同じ村の……」

少し考え、続けた。

「大事な、仲間です」

兵太の頭を抱えたまま答えると、下から不機嫌な声がする。

「なあ。いい加減この物騒な物、引っ込めろや」

言われて結衣は、兵太の首に山刀を突きつけたままだったのを思い出した。

四

半里を進むのに、一刻近くもかかっていた。

源吾が予想したよりも早く、山狩りがはじまっている。深い山の中にも織田軍の兵や追い立てられる門徒たちが溢れていて、そのどちらも避けるには、敢《あ》えて険しい道を選ぶしかなかった。

気の立った織田兵に見つかれば、問答無用で斬られるかもしれない。坊官の首を獲ったと話しても、首を渡したところで殺され、手柄だけ奪われる恐れがある。事が面倒になるので、一揆方の兵と出くわすのも避けたかった。

時折、女子供や老人の集団を見かけることもある。織田軍は一揆勢の籠る城砦だけでなく、方々の町や村も襲っているのだろう。実際、府中の方角以外にもいたるところで煙が上がっているのが見えた。

山の尾根に沿って、月明かりを頼りに進んだ。麓を見下ろせば、闇の中を漁火《いさりび》のような織田兵の松明《たいまつ》が無数に蠢いている。あの灯りの周辺でどれだけの人間が殺されているのかは、想像もつかない。

道がようやく下りにさしかかった頃には、夜が明けはじめていた。

休みなく歩き続けてきた体のあちこちが軋み、悲鳴を上げている。たった数年でここまで鈍《なま》るものかと苦笑しながら、灌木《かんぼく》の幹を伝うように急な斜面を下っていく。ここを下りきり、西にある小高い山を越えれば、府中はもう目の前だった。

ふと、人の声が聞こえたような気がして、源吾は手近な茂みに身を隠した。

斜面を数間下った先に、人ひとりがようやく通れるほどの細い道が見えた。その道を、源吾から見て左手、西の方角から誰かが駆けてくる。小柄な、まだ少女といってもいい年頃の娘だった。小袖の裾をたくし上げ、荒い息を吐きながら走るその顔には、はっきりと恐怖が貼りついている。

源吾が潜む茂みの正面まで来た娘は左右を見回し、こちらへ向かって斜面を登りはじめる。舌打ちしたが、どうにもならない。

やがて、がさがさと大きな音を立てて目の前の草が揺れた。顔を出した娘が源吾に気づき悲鳴を上げかける。その口を押さえ、襟首を摑んで茂みのこちら側に引っ張り込む。

「声を出すな。大人しくすれば、なにもせぬ」

口を押さえたまま低い声で言うと、目に涙を浮かべながら娘は何度も頷いた。

「よし、いい子だ」

言いながら口を塞ぐ手を離しかけた時、左手から複数の足音が聞こえてきた。体を強張らせる娘の口を再び押さえ、息を殺して様子を窺う。

やはり、織田の足軽だった。槍や弓を手に駆ける男たちの腰には、小ぶりな袋が括りつけられている。

源吾は眉を顰めた。袋からは血が滴り、道に点々と赤い染みを作っている。獲った首を入れているにしては、袋は小さい。たぶん、鼻だろう。

持ち運ぶにはかさばる首の代わりに鼻を削ぐことは珍しいことではない。だが、あの袋の数を見れば、門徒の兵だけでなく戦に関わりのない者まで殺して回っていることは明らかだ。

足軽たちは立ち止まることなく走り続け、やがて姿が見えなくなった。

「もういいだろう」

口から手を離すと、娘は大きく息を吐いて肩を上下させた。顔も着物も泥に塗れてはいるが、きれいな顔立ちをしていた。色は白く、睫毛《まつげ》が長い。大きな目は、少し結衣に似ている。年頃も同じくらいだろう。すっかり汚れ、あちこちが擦り切れた小袖は、赤地に色鮮やかな花柄をあしらった派手なもので、この娘にはどこか不釣り合いな感じがする。

「あ、あの……ありがとうございます、助けていただいて」

「別に、助けたわけではない。俺が隠れていたところに、お前が飛び込んできただけだ」

突き放すように言うと、娘は目を伏せた。

「それより、どこから逃げてきた？　親兄弟はどうした？」

訊ねると、俯いたまま首を振り、消え入りそうなか細い声で答えた。

「あたしはみなしごで、北ノ庄の遊女屋で働いていました」

それが、この戦で坊官に強要され、木ノ芽城へ行くことになったのだという。城が落ちる前になんとか逃げ出したものの、府中が落ち、北ノ庄へ向かう道は閉ざされた。店の女主人からばらばらになって逃げるよう言われ、仲の良かった遊女三人と大野を目指したが、途中で織田兵に見つかり、他の三人は捕らえられた。

「それで、あたしだけ逃げ延びて……。でも、これからどうしていいのか……」

目に涙を浮かべる娘に、源吾は「そうか」とだけ返した。

捕らえられた遊女たちは、足軽たちに犯された後で奴隷として人買い商人に売られる。よほど抗わなければ命まで取られることはないだろうが、それを言ったところで慰めになるはずもない。

「俺はこれから府中に行かねばならん。すまんが、一人で逃げてくれ」

源吾は、腰の竹筒と干し飯の入った兵糧袋を押しつけた。

「あ、あの……」

「それだけあれば、足りるだろう。すぐに行け。万一捕まった時には、決して逆らうな。そうすれば命だけは助かる」

それだけ言うと、なにか言いかけた娘から目を逸らした。周囲を窺い、腰を上げる。藪を掻き分け、振り返ることなく歩きはじめた。今は、村を守るのが第一だ。余計な荷を背負う余裕はない。

娘のことを頭から追い払い、源吾は戦況を考えた。

一揆勢は、すでに壊滅したと見ていい。府中から北にもそれなりの兵力を置いているはずだが、主力が敗退した以上、抗戦など望むべくもない。北ノ庄、一乗谷も落ちれば、中津村に織田兵が殺到するのも時間の問題だ。

間に合うかどうか、際どいところだった。足軽たちが通り過ぎて行った道を越えて再び登りにさしかかると、源吾は足を速めた。

その時だった。甲高い悲鳴が耳を衝く。反射的に振り返り、唇を噛んだ。

あの茂みのあたり、いくつかの人影が娘を囲んでいる。

くそっ。だから、早く行けと言ったのだ。胸中で吐き捨てながら、源吾は駆け出していた。飛ぶように斜面を下り、また駆け登る。相手を数えた。四人。織田軍ではない。一人は僧形で、袈裟の下に具足を着込んでいる。残りは、門徒兵と似たような身なりの雑兵だ。

斬り飛ばす。

深くは考えなかった。走りながら鯉口を切り、足音に気づいて振り返った一人の脛を斬り飛ばす。野太い叫び声が上がり、残る三人に動揺が走る。

茂みを飛び越え、娘の襟首を掴んだ男の腕を飛ばした。娘の手を引いて背後に回し、娘の手を引いて背後に回し、二人と向き合う。僧侶は刀に手をかけようともせず、雑兵の後ろに隠れた。

「坊主がこんな山奥で娘を手籠めにしようとは、本願寺も落ちたものだな」

やや荒くなった息を整えながら、僧侶に向かって言う。

「黙れ！　我ら三門徒派を、堕落した本願寺などと一緒にするな！」

「なるほど」

同じ浄土真宗でも、三門徒派は本願寺派と対立している。昨年に一向一揆が蜂起した際には、かなりの数の寺院が焼き討ちに遭い、本願寺の支配下では逼塞《ひっそく》を余儀なくされていた。

手柄を立てて織田家に取り入るつもりか、あるいはこの機に目障《めざわ》りな本願寺派を徹底的に叩くつもりか。いずれにしろ、僧侶のあるべき姿とはほど遠い話だ。

僧侶の目が、ちらと横に動く。見ると、斜面のさらに上、木立の中から数人が姿を現した。草を鳴らしながら坂を下ってくる。

余裕を取り戻した僧侶が、腰に下げた杉浦玄任の首に目をやった。

「腰につけている物は、首であろう。誰の首じゃ？」

「ほう。坊主らしく、供養でもしてくれるのか？」

「ほざくな。誰の首かによっては、助けてやらんでもないぞ」

「手柄の横取りとは、浅ましいな。欲しければ、力ずくで奪ってみろ」

言い終わる前に、娘の手を握り、僧侶に背を向けて駆け出した。

「逃がすな、追え！」

僧侶の怒声を背に、木々の合間を縫い、脇目も振らずに走る。何本か矢が飛んできたが、掠めることもなく離れた木の幹に突き立った。

一町（約百九メートル）も行かないうちに、娘の息が荒くなってきた。

「苦しくとも走れ。生きたいと思うのなら」

振り返らずに言うと、握り返してくる手に力が籠められた。

誰にも出くわさないことを願いながら、藪を掻き分け、倒木を乗り越える。府中からは遠ざかる形だが、やむを得ない。また、厄介な荷を背負うことになってしまった。走りながら、源吾は苦笑を漏らした。そういう星の下に生まれたのだと、諦める他なさそうだ。

次第に、娘の喘ぎ方が激しくなってきた。先刻まで織田の足軽に追われていたのだから、もう限界に近いのだろう。そのさらに後方から迫る足音は、徐々に近づいている。

「お、お先に、逃げて、ください。あたしはもう……」

「黙れ。喋る暇があったら、足を動かせ」

「でも、逆らわなければ、殺されない、のでしょう?」

「残念だが、その言葉は撤回だ」

首を奪われれば、必ず二人とも殺される。ただ殺されるか、慰み物になった後に殺されるかの違いだけだ。

突然、右足に鋭い痛みが走った。思わず呻き声が漏れ、地面に倒れ込んだ。

「お侍さま!」

蒼白な顔で、娘が叫んだ。右の太腿《ふともも》の裏に、深々と矢が突き立っている。太い血の管を傷つけたのか、湧き上がるように血が溢れてきた。

「あの程度の腕の者にやられるとはな」

闇雲に放った矢に、たまたま当たったということだ。運の無さを自嘲しながら、矢柄《やがら》をへし折る。娘が差し出す手を振り払い、刀を杖《つえ》に立ち上がった。

「行け。お前は、先に逃げろ」

「ほんでも……」

「見ての通り、俺はもう走れん。だから逃げるのはやめて、あの連中を斬り捨てる。お前は足手まといだ」

「たとえ遊女でも、念仏を唱えれば極楽に行けると聞きました。このまま生きて苦しみ続けるよりも、いっそここで……」

「甘えるな」

睨みつけ、娘の言葉を遮った。

「俺は、地獄や極楽が本当にあるのかどうかなど知らん。だが、人として生まれたからには、最期まで足掻き続けろ。俺が弥陀なら、生きることを諦めた者など、地獄に叩き落とす」

気圧されたように頷いた娘に、再び「行け」と鋭く投げつける。弾かれたように走り出したその背を見届け、そういえば名さえ聞かなかったと思い当たった。

まあいい。名を知れば、それだけのものを背負う羽目になる。

足音が大きくなってきた。木々の間から、男たちが姿を見せる。僧侶の他に、弓を持った者が三人、槍が四人。

「すまんが、ここから先は行かせるわけにはいかん」

「娘を逃がしてとどまったか。愚かな」

相変わらず雑兵の背に隠れながら、僧侶が嘲笑した。

「もう一度だけ機会をやる。首を渡せ。さすれば、命だけは助けてやる」

「悪いが、それはできんな。つまらん男の首だが、人にくれてやるには惜しい」

「そうか」

血で赤茶色く汚れた源吾の右足を見て、にやりと笑う。

「見ろ、奴は動けん。囲んで討ち果たせ」

三方から、立て続けに矢がきた。一本をかわし、もう一本を叩き落とした時、左肩に衝撃が走った。続けて、右の脇腹に鏃が突き立つ。

一瞬、目の前が白くなったが、すぐに元に戻った。足を引きずりながら、一歩前へ出る。

「どうした。もう終わりか？」

俺の娘なら、一矢で眉間を射貫いていたぞ。この程度で、俺が殺せると思うな。

右から、弦の音が聞こえた。体が勝手に動き、飛んできた矢を払い落とす。次の矢をつがえる前に、脇差を抜いて投げつけた。切っ先が太腿に突き刺さるのを見届け、視線を正面に戻す。

敵が息を呑む気配が伝わってきた。矢が尽きたのか、弓を捨てて刀を抜いている。だが、明らかに腰が引けていた。

耐えきれなくなったように、一人が叫び声を上げて踏み込んできた。

「どけ」

突き出された槍の穂先を、首を捻ってかわした。ほとんど力を籠めずに、下から斬り上げる。左腕と柄の真ん中で断ち切られた槍が宙を舞った。

背中に、硬く鋭い物が深々と刺さった。胸の中でなにかが破れた感触をはっきりと感じる。喉の奥から血がせり上がり、口から溢れ出した。

振り返る。槍を手にした男が、がたがたと震えていた。

穂先が抜かれた。体がくずおれかけたが、片足だけで踏ん張り、刀を横に薙ぐ。男は派手に血を噴き上げながら崩れ落ちた。

別の一人が、刀を捨てて逃げはじめた。その背に向け、拾い上げた槍を投げつける。穂先は粗末な胴丸を貫いた。

倒したかどうかも確かめず、僧侶に向き直った。ゆっくりと歩を進める。残るは三人。かなりの量の血を失っていた。一歩進むごとに眩暈《めまい》に襲われ、左腕はほとんど言うことを聞かない。だが、どうということもなかった。こんな相手、右腕一本あれば十分だ。全員を斬り捨てて、首を府中へ届ける。少しばかり回り道はしたが、やらなければならないのはそれだけだ。

待っていろよ、結衣。村は、お前の居場所は、俺が必ず守ってやる。三年前にできたばかりの娘に、心の中で語りかけた。府中まで辿り着けないなどとは、微塵《みじん》も思わない。娘のために父親ができないことなど、なに一つありはしないのだ。

「ま、待て。来るな……。い、命だけは……」

見ると、僧侶が尻餅をついていた。他の二人は姿が見えない。ろくでもない主人を見捨てて逃げたのだろう。杉浦を斬った時も、同じように見苦しく命乞いをしていた。もったいぶって極楽往生を説いたところで、一皮剝けばこんなものか。源吾は乾いた気分で思った。

刀を握り直し、血に塗れた刃を振り上げる。

不意に、視界が揺れた。なにかが首筋を貫いている。ほとんど感覚の失せた手を持ち上げると、細い枝のような物に触れた。

顔を横に向けた。太腿に脇差を突き立てた男が、弓を手にこちらを睨みつけている。あとほんの少しだったのにな。中津村の平穏な日々に慣れ、すっかり腕が鈍ってしまったらしい。自嘲した次の瞬間、背中が地面を叩いた。

梢の切れ間から、空が見える。いつの間にか夜は明けていた。頭上を重苦しく覆っていた雨雲は消え去り、どこまでも青く、透き通るような空が広がっている。

結衣も、どこかでこの空を眺めているだろうか。あれは、強い娘だ。技だけではない。この世の醜さも美しさも全て受け止め、逞しく生きてくれるだろう。

ふと、別な顔が浮かんだ。

光《みつ》、か。声にならない声で呟くと、もう一人の娘は怒ったような表情を浮かべた。隣には、妻の姿もある。

そんな顔をするな。お前たちを忘れたことなど、ただの一度もない。ずいぶん長く待たせてしまったが、赦《ゆる》してくれ。

ひどく眠い。鮮やかな空の色を最期に焼き付け、目を閉じる。

すぐに訪れた深い眠りに、源吾は身を委ねた。

五

昇りはじめた朝陽の眩さに、六郎は顔をしかめた。

夜と朝が混じり合い、空を覆う闇が徐々に払われていく。朝の光に抗うように、星々が最後の輝きを放っていた。

山の城に新たに建てた物見櫓の上には、時折冷たい風が吹く。朝の冷え込みが厳しくなる季節だった。

ろくに引けもしない弓を手に、六郎は周囲の山々を見つめていた。遠くで夜光虫のように蠢いていた松明の明かりは、今は消えている。織田軍がこの山まで分け入ってくる気配は、今のところなかった。

久蔵が村人全員に城へ移るよう命じたのは、一昨日のことだった。翌朝には織田軍の侵攻がはじまり、木ノ芽、杉津の方角に煙が上がった。

結衣は、兵太は無事だろうか。考えると眠ることもできず、見張りの役を買って出た。

男手はほとんど兵に取られていて、村に残る男は、六郎以外は軍役にかからない五十歳以上の年寄りか怪我人や病人、そして十五歳に満たない子供だけだ。

源吾は、結衣たちの後を追うように村を出ていった。久蔵に訊ねても、詳しいことは話してくれない。だが、なにをしようとしているのかは、漠然とだがわかった。

山中を蠢く松明の数から、織田軍の山狩りが厳しいものであるとは推測がつく。禁制などよりも、一人でも多く生きて村に戻ってほしいと、六郎は心から願った。

背後で、梯子《はしご》がぎしぎしと軋む音がした。

「わっ。寒いね、ここ」

糸だった。慣れない手つきで梯子を登ると、竹の皮で包んだ握り飯を広げる。

「お疲れさま。お腹減ったやろ」

「ああ、悪いな」

弓を立てかけ、並んで腰を下ろした。櫓の上は、二人が座れば膝が触れ合うほどの広さしかない。

「やっぱり似合わんね、ほの格好」

握り飯を頬張る六郎を見つめながら、糸はくすくすと笑った。

胴丸に籠手と脛当てをつけ、頭には鉢金《はちがね》入りの鉢巻を巻いている。腰には刀と脇差も差していた。

「うるさいな」と不機嫌な声で応じながら、我ながら似合ってはいないのだろうと思う。

こんな重い物を何日も着けたまま、さらには敵と刃を交えるなど、自分には到底無理な注文だ。

「本当なら今頃、秋のお祭りの仕度なんかしてたんやろね。みんなで踊りの稽古をしたり、新しい小袖を縫ったり」

「ほうやな」

今年の秋は、祭りなどできそうもない。考えたくもないが、それまで自分たちが生きていられるかどうかもわからない。

「結衣たち、大丈夫かな」

糸の顔からは笑みが消えている。結衣が戦に出ると聞いて最も強く反対したのは糸だった。

「心配いらんやろ。あいつは俺なんかよりずっと強いさけな」

「ほりゃ、六郎さんと較べればね。ほやけど、結衣はあれでも女の子や。鎧を着て戦に出るなんて、絶対におかしいやろ」

「あいつはなにも、無理やり戦に行かされたわけやないぞ。あいつなりに、村のためになろうとしてるんや。ほれもわかってやれや」

「けど……！」

声を荒らげかけて、糸は口を噤む。ここで言い争っても仕方ないことは、糸もわかっているのだろう。

「今は、俺らにできることを精一杯やってたらいいんや」

「できることって？」

「あいつらを信じて、待つことや」

自分で言っておきながら、他になにもできないのが口惜しかった。悔しさと一緒に、残った握り飯を飲み込む。

櫓の下から、自分を呼ぶ声が聞こえる。交代の刻限だった。

「ほんなら、下りるか」

腰を上げて、六郎はぎょっとした。村から城へと続く細い道を、十数人の一団が進んでくる。まだ豆粒ほどの大きさにしか見えないが、弓や槍を手にしているのはわかった。

立ち上がった糸も、表情を強張らせている。

手摺《てす》りに摑まり、目を凝らした。

どこか、おかしい。攻め寄せてきたにしては、勢いがない。旗指物《はたさしもの》も見えなかった。

足を引きずり、槍を杖代わりにしている者も何人かいる。

「あれ、安兵衛さんでないの？」

糸が、叫ぶように言った。

「やっぱりそうや！」

今度ははっきりと歓声を上げ、安兵衛たちに向かって手を振る。

喜ぶ糸とは反対に、六郎は嫌な予感に震えていた。人数が少なすぎる。目を凝らしても、結衣と兵太の姿は見えない。

「とにかく、下に行くぞ。みんなに知らせんと」


安兵衛が話し終えると、城の広場を重い沈黙が包んだ。

新八が死んだ。結衣、兵太、長吉は行方知れず。他にも、野伏せりに襲われた際に三人が殺された。安兵衛たちは、兵太たちと別れて村に戻る途中で織田軍と遭遇し、七人が死に、四人ははぐれた。

村を出た三十人のうち、十二人しか戻らなかったことになる。戻った者たちも傷だらけで、疲れ果てていた。

安兵衛たちを囲む村人のあちこちから、啜り泣きの声が聞こえてきた。六郎の隣に座る糸も、目に涙を浮かべている。

「結衣……」

ぽつりと漏らしたきり、糸は両手で顔を覆った。先に村へ戻った安兵衛たちでさえ、十人以上を失ったのだ。兵太と長吉が結衣を見つけ、さらに織田軍の目をかいくぐって村へ戻れる望みは、限りなく薄い。

あかん。信じろ。首を振り、不吉な考えを追い払った。信じて待てば、きっと三人とも、何事もなかったように帰ってくるはずだ。

久蔵は目を閉じ、腕組みしたまま動かない。たった一人の息子の死を、必死に受け止めているのだろう。その横では、幸と志乃がじっとなにかに耐えるような表情を浮かべている。

この戦が終わったら、新八は志乃を嫁に迎えるという噂を、何度か耳にした。志乃の沈痛な面持ちを見れば、噂は本当だったのだとわかる。その心中に去来するものは、六郎には想像もつかない。

「皆の衆、聞いてくれ」

久蔵の声に、六郎は俯きかけた顔を上げた。

「こうなった以上、もはや禁制を手に入れられる望みは断たれたも同然じゃ。いずれ、織田の軍兵がここにも押し寄せて来よう。安兵衛たちの話によれば、女子供でも容赦なく斬られる。この貧弱な城と人数では、到底防ぐことはできん。村もこの城も焼き払われ、わしらはことごとく殺される」

村人たちはしわぶき一つ立てず、次の言葉を待つ。

「ほうなる前に、皆でこの地を捨て、別の場所に移ろうと思う」

「なんじゃと？」

「どういうことや、村長」

いきなりの提案に、ざわめきが起こった。

六郎も驚いていた。戦で山に逃げ込むことはあっても、それはあくまで一時的なものだ。これまで、どれほど年貢を納めるのが困難でも、村を捨てるという考えを口にした者はいなかった。

「いったい、どこへ行くと言うんじゃ？」

兵太の父の与七が訊ねた。与七も聞いていないということは、久蔵は乙名衆にも諮っていなかったということだ。

「割谷川《わりだにがわ》の源流近くに、楢谷《ならだに》という在所があるのは知っておろう」

六郎も、名前だけは聞いたことがあった。この山の麓を流れる割谷川を一里近く遡ったところにある、中津村よりもさらに山深い地だ。

かつてそこに、二十軒ほどの小さな集落があった。そこでは、平家の落人《おちうど》とも南朝方の残党とも言われる人々が、他の村々ともほとんど交わらず、ひっそりと息を潜めるように暮らしていた。

だが三十年ほど前、疫病で住民のほとんどが死に絶え、生き残った者も村を捨てて方々に散った。今は草木が生い茂り、朽ち果てた家々が残るばかりだ。

「織田軍も、さすがにそこまで分け入っては来るまい。楢谷の地に移り、我らの新しい村を築こう」

村人たちがざわめきはじめた。その表情には、一様に不安と恐れがありありと浮かんでいる。

「先だって、わしは楢谷を訪ねてみた。あそこなら、村を丸ごと移せるだけの広さがある。田畑も、荒れてはおるが、手を入れればなんとか使えるはずじゃ」

「村長、そりゃあかんぞ！」

年寄衆の一人が、立ち上がって言った。

「わしらは代々、この地で、この山の恵みを享《う》けて生きてきたんじゃ。ほれを捨てるとなれば、ご先祖さまに顔向けができねえ」

「ほうじゃ。うちの田畑は、何代にもわたって受け継いできたんじゃ。手放すなんてできんぞ」

「今さら他所《よそ》の土地で一からはじめるなんて、わしは御免じゃ。しかも、楢谷のような不吉な場所に……」

落人たちが世を恨みながら暮らし、疫病で滅びた集落。村人たちが恐れるのも無理はなかった。山で暮らす者にとって、怨念や穢《けが》れという言葉は、理屈を超えた力を持っている。

他にも、反対意見が相次いだ。総じて、年輩者が多い。若い者たちよりも長くこの土地で暮らしているのだ、この村に対する愛着は若者よりもずっと深い。六郎にしても、この土地以外に住むということが上手く想像できない。

「皆の思いはようわかる。わしとて、慣れ親しんだ土地を離れるのは辛い。じゃが、ここにとどまっていては、いつ織田の兵が襲うて来るかもわからん。家や田畑が残っても、人がいなんだら意味などない。違うか？」

「ほれなら、いったん楢谷に隠れて、戦が終わったら中津に戻るというのはどうじゃ？」

与七の折衷案に、久蔵は首を振った。

「戦が治まっても、中津に戻ればいつ此度のような騒動に巻き込まれるかもしれん。ほれよりも、苦しい道じゃが、新天地を探しそこに根を張るべきではないか？」

各々に向かって問いかけるような、真摯な語り口だった。久蔵がゆっくりと一同を見回すと、立ち上がって声を荒らげていた者たちも黙り込んだ。

「わしらがみんな死んでしもたら、元も子もねえよ。村を守ろうとして死んだ新八さんや、他の連中に合わせる顔がねえ」

ぽつりと言ったのは、喜助だった。血の滲んだ布で腕を吊っているが、その声には意外なほどの力が籠っている。

「わしらは、女房や子供や、村の仲間がひどい目に遭わずにすむならと思て、慣れねえ弓だの槍だのを持って出かけたんや。家や田畑は、二の次や。女房子供が安心して暮らしていけるなら、わしはどこでも行く」

一同が静まり返る中、安兵衛は「わしも、村長の言うことに同意や」と賛意を示した。戦に出ていた他の者たちも、しきりと頷いている。

「まあ、ここへ戻るかどうかはまだ先の話や。とにかく、すぐにここを離れ、楢谷に向かう。それでよいな？」

六郎は声を上げかけた。ここから離れるのはいい。だが、すぐに発てば、結衣たちはどうなる？

その時、「待って！」という声が響いた。

「兵太たちはどうなるの。もう死んだことにして、置いて行くの？」

幸だった。久蔵の顔をじっと見据え、叫ぶような声で続ける。

「おっ父は勝手や！　お兄と結衣に無理難題押しつけて、駄目やったら見捨てて置いて行くなんて、あんまりや。兵太や長吉や他の人も、まだ頑張って村を目指してるかもしらんのに」

溜め込んでいたものを一気に吐き出すような勢いでまくし立てる。幸がこれほど感情を露わにするのを、六郎ははじめて見た。他の村人たちも同じなのだろう。呆気に取られながら、父と娘を見守るしかなかった。

「おっ父はみんなを連れて、先に行ったらいい。わたしはここで待つ。ここに誰もおらんかったら、兵太たちが帰ってきてもどうしたらいいかわからんやろ」

「幸、兵太たちはたぶん、もう……」

「俺も、ここに残ります」

思わず、六郎は声を張り上げていた。周囲の目が一斉に集まるのを感じ気持ちが折れかけたが、自らを奮い立たせて続けた。

「俺なんかではなんの役にも立たんかもしらんけど、誰かが残らなあかんのなら、俺が残ります」

久蔵と視線がぶつかった。その鋭さに気圧されかけた時、「わしも付き合おう」という与七の声が聞こえた。

「猟師としてはまったくの役立たずやが、あれでもわしの息子じゃ。帰りを待つのは父親の務めじゃろ」

それを機に、自分も残るという者が次々と名乗り出た。戦から戻ったばかりの若衆や、行方知れずになった者の家族たちだ。

「皆の気持ちはわかった」

やがて、久蔵が口を開いた。その眉間には、苦悩を表すような深い皺が刻まれている。

「では、弓を取れる者はここに残り、あとの者は楢谷に向かう。今日いっぱい待って誰も戻らねば、この城は捨てる。それでよいな」

異議を挟む者はもういない。久蔵もここに残り、先に発つ女子供や年寄りの護衛には、安兵衛の他に四人の若衆がつく。ようやく結論が出たことで、あちこちから安堵の吐息が漏れた。

すぐに、移動の準備がはじまった。女子供と足腰の弱った年寄りたちが、荷造りをはじめている。地面に掘った穴には食糧や家財道具が隠してあるが、掘り出している暇はない。

「先生」

六郎は、先に城を出る了庵に声をかけた。

「勝手を言うて、すみません」

頭を下げると、了庵は穏やかな声で「気にすることはない」と笑った。

「とにかく、命だけは大切にすることや。お前はわしの大切な弟子じゃ、死なれては困る」

了庵は昨年に腰を痛めてからというもの、杖を手放せなくなっていた。思えば、以前と較べて腰もずいぶんと曲がっている。背に負った治療道具がいかにも重そうだ。

先生も年を取った。胸を刺すような痛みを覚えながら、「はい」と答えた。

去り行く小さな背中を見送ると、六郎は幸の姿を探して歩み寄った。

「幸さん、ありがとうな。あんたが声を上げてくれんかったら、結衣たちを置いて行くことになっとった」

「別に、あんたや結衣のために言ったんやない」

幸は不機嫌そうに、素っ気なく答えた。

「それに、わたしは結衣のことは好かん。わたしはずっとこの村を出たくて仕方なかったのに、あの子はいつも、ここにいられるのが嬉しくてたまらないみたいな顔して……。わたしよりずっと、広い世界を知っとるくせに」

「そうか」

何度か一乗谷の町を見たことのある幸にとって、この村はどうしようもなく息苦しかったのだろう。その思いは、六郎にはわかりようもなかった。

「まあ、理由はなんでもいいわ。とにかく、ありがとうな」

六郎が言うと、幸は一瞬困ったような顔をして、すぐにそっぽを向いてしまった。

「ほんなら、後でな」

苦笑しつつ、踵を返しかけたその時だった。突然、甲高い悲鳴が響いた。体が強張っていくのを感じながら、声のした方へ目を向ける。

物見櫓に立つ、まだ十四歳の少年だった。胸の真ん中あたりになにかを生やしている。矢だと理解した時、さらに数本が突き立った。よろめいた少年が櫓から転落し、激しい音を立てる。

女たちの悲鳴が上がった。

「織田の兵じゃ。近いぞ！」

村人たちに向かって久蔵が叫んだ。どこから持ち出したのか、槍を担ぎ、腰には刀を帯びている。

「戦える者は、得物を持って集まれ。女子供と年寄りは、すぐに逃げよ！」

その指示が終わらないうちに、がつん、という音がいくつも重なって聞こえた。城の北側の塀に、鉤縄《かぎなわ》が投げつけられたのだ。次の瞬間には、ばりばりと不快な音を立てて塀が引き倒された。

破れた塀の向こうに現れた光景に、六郎は目を奪われた。片膝立ちの軍兵が一列に並び、鉄砲の筒先をこちらに向けている。

敵は旗指物をつけず、具足や陣笠に木の枝を括りつけて擬装していた。それで見張りの目を欺き、城に近づいてきたのだろう。そんなことを、頭の片隅で考えた。

「鉄砲じゃ、身を隠せ！」

久蔵の声で、我に返った。呆然と立ち尽くす糸の姿を見つけ、手を取って近くの小屋の陰に飛び込む。振り返ると、ほんの三間ほど向こうに了庵の姿が見えた。

「先生、こっちへ！」

六郎の声に、了庵はこちらを向いた。杖を突きながら必死に足を動かすが、思うに任せない。六郎は小屋の陰から身を乗り出し、手を伸ばした。あと一間。待ちきれず、六郎はさらに腕を伸ばす。

次の刹那、巻き起こった轟音が耳の奥を激しく打ち鳴らした。

六郎の目の前で、了庵は踊るようにくるりと回った。体に空いたいくつかの穴から、赤い飛沫が飛び散る。そのまま、糸の切れた傀儡《くぐつ》のようにその場に崩れ落ちた。少し遅れて杖が倒れ、からんという乾いた音を立てる。

ほんの一瞬の出来事だった。だが六郎の目には、全ての動きがやけに遅く映った。見慣れた痩せた体に粗末な小袖、ほとんど白くなった髪。仰向けに倒れた了庵の周囲に、音もなく血溜まりが広がっていく。

幼い頃から、熱を出して床に臥せるたびに薬を煎じ、苦しさから解き放ってくれた。医術を志した六郎を、穏やかに見守り続けてくれた。その了庵が、血溜まりの中に沈んでいる。

「先生……！」

飛び出そうと腰を浮かしかけたところで、糸に袖を引かれた。

「離せや、先生が……！」

「嫌や、離さん！」

糸は両腕で、しっかりと六郎の左腕を抱え込む。その力の強さに驚きつつ、なおも振り解《ほど》こうとした六郎の目の前を、何本もの矢が通り過ぎていった。

不意に全身の力が抜け、六郎は膝を折った。すぐそこに、了庵が俯せに倒れている。ぴくりとも動かない。すでに死んでいることは、確かめるまでもなかった。

いきなり、糸が怒ったような顔で怒鳴った。

「無茶せんといてや！　六郎さんまで死んでしもうたら、わたし、どうしたらいいんや……」

涙を浮かべる糸に、少しだけ冷静さを取り戻した。そうだ。こんなところで死ぬわけにはいかない。了庵がいない今、怪我人の治療ができるのは自分だけだ。もっとも、ここを逃れることができればの話だが。

鉄砲玉を織り交ぜながら、矢の雨は続いている。時折、どこかから悲鳴が聞こえてきたが、どうすることもできない。

わずかに顔を覗かせ、様子を窺った。何人もの村人が、地面に突っ伏している。背中に何本も矢を受けた子供もいれば、鉄砲玉に頭を撃ち抜かれ、びくびくと震えている女もいた。井戸端に、喜助が座り込んでいた。だがその首筋は、矢に貫かれている。

男も女も、老人も子供も別け隔てはない。そしてその誰もが、よく見知った相手だ。

「なんや、これ……」

勝手に漏れ出した声は、情けないほど震えていた。以前、食い物を求めて村を襲った野伏せりなどとは比べ物にならない。この連中の頭にあるのは、村人を殺すことだけだ。底知れない恐怖に、声だけでなく全身が震えた。

どれほどの時が経ったのか、ようやく矢玉の雨が止んだ。

「かかれ！」

組頭らしき鎧武者が下知すると、倒れた塀を踏んで槍を持った足軽たちが雪崩《なだ》れ込んできた。ざっと見ただけでも、三十人は下らない。矢玉を逃れた村人を斬り立て、槍で突き倒していく。慌てて立ち上がり、糸を引き起こした。

「全員、東の門から急いで逃げろ。向かう先はわかっておるな！」

姿は見えないが、久蔵の声がする。城には西と東にそれぞれ門があるが、楢谷へ向かうには東の門から出た方が都合がいい。

走り出そうとして思い直し、了庵に駆け寄った。傍らに落ちていた治療道具を拾い、背に括りつける。この重い箱を捨てればもっと速く走れたはずだが、了庵はそれをしなかった。弟子である自分が、これを捨てて行くわけにはいかない。

「走るぞ！」

糸の手を握り駆け出す。東の門に向かう途中、あちこちに村人の死体が転がっていた。いったい何人が殺されたのか、想像もつかない。

「おっ母、おっ母……！」

「嘘や、目ぇ開けて！」

甲高い声に振り返る。糸が、ひっ、と喉を鳴らした。

倒れているのは、兵太の母の松だった。その傍らでは、妹の小夜と、弟の太一が泣きながら母の体を揺すっている。駆け寄り、松の傷の具合を確かめる。すでに、息絶えていた。胸と腰を、鉄砲で撃たれている。

「六郎さん！　おっ母は、おっ母は死んだりせんよね……？」

縋りつく小夜にかける言葉が見つからず、無言で首を振った。

泣き叫ぶ小夜と太一を、糸が抱き寄せる。

不意に、背後から具足が鳴る音が聞こえた。槍を手にした足軽が三人、こちらへ駆けてくる。

そのうちの一人が、突然前のめりに倒れた。背中に、一本の矢が突き刺さっている。足軽たちのさらに向こう、与七が弓を構えていた。続けざまに矢を放ち、残る二人を瞬く間に射倒す。

「おっ父！」

姉弟が声を上げげた。与七の目が、倒れた松に向けられる。一瞬顔を強張らせた後、六郎を見据えて「行け！」と叫ぶ。

与七のいる方に、数人の足軽が向かってくるのが見えた。

思わず腰の刀に伸ばしかけた六郎の手を、糸が摑んだ。六郎の顔を見つめ、首を振る。

その視線を受け止め、唇を嚙んだ。自分が戦ったところで、なんの役にも立たない。

「おっ父には、きっと後で会える。今は、ここを離れることだけ考えろ」

姉弟に言って、太一を抱え上げる。糸も、小夜の手を引き立ち上がった。

「六郎、糸、急げ！」

開いた門の傍らで、安兵衛が声を張り上げていた。暴れる太一をしっかりと抱え、門へと向かう。

「離せや、おっ父が、おっ父が……！」

耳元で、太一が叫び続けていた。小さな拳で、六郎の肩や背中を何度も殴りつける。

その痛みに耐えながら、必死に足を動かした。

糸たちとともに、なんとしてでも生き延びる。今は、それが全てだ。

六

肉を抉る感触が、槍の柄を通して両手に伝わってきた。穂先に喉を貫かれた足軽が、白目を剝いて膝から崩れ落ちる。

久蔵は、すぐさま次の相手に向かった。叫び声を上げながら斬りかかってきた相手の刀を払いのけ、脛を薙ぐ。倒れた相手の首を突いてとどめを刺し、物置小屋の陰に身を隠した。

肩で息をしながら、額の汗を拭う。心臓は早鐘のように脈打ち、手にした槍は鉛のように重く感じられる。

戦場で槍を振るって戦っていたのは、実に二十年以上も昔の話だ。武士を捨てて中津村の長に納まってからは、村同士の諍いなどがあっても、実際の合戦まではいたらなかった。衰えは想像以上で、二人を倒しただけでこの有り様だ。

荒くなった息を整えつつ、周囲の様子を窺う。

六郎と糸が、子供たちを連れて東門から外に出ていくのが見えた。その後から、安兵衛が続いていく。

これで、女子供や年寄りはあらかた城を出た。あとは、敵をどれだけここに引きつけておけるかだ。戦える者が十数人残り、方々で斬り合いが続いている。だが、三十人以上の敵を相手に、味方は徐々にその数を減らしていた。

もっと早く、この地に見切りをつけるべきだった。戦がはじまる前に別の場所へ移る決断を下していれば、こんなことにはならなかった。先祖代々の土地にこだわるあまり、新八と結衣に無理な役目を押しつけ、息子を死なせる羽目になってしまった。

ここで最期まで戦うと、久蔵は決めている。息子をはじめとして多くの村人を死なせた以上、自分が生き残ることなど頭にはない。逃げた村人たちは、安兵衛が先頭に立って導いてくれるはずだ。自分がいようといまいと、それほどの違いはない。

幸は無事だろうか。混乱の中、志乃に手を引かれて門へ向かっていくのを見たのが最後だった。

結局、わかり合うことはできなかった。男親と娘などそんなものなのかとも思うが、一抹の悔恨は拭い去ることができないまま、胸の奥にこびりついている。

そういえば、ずいぶんと長い間、娘の笑った顔を見ていない。それも当然だった。妻が死んでからは、父親の役目よりも、村の長としての務めを優先してきた。娘と正面から向き合うことを、ずっと避けてきたのだ。この地獄のような光景も、そんな自分に対する罰なのかもしれない。

槍の穂先についた血を、袖で拭った。一人でも多く、織田の兵を道連れにする。そのくらいしか、今の自分にできることはない。

だから、幸を守ってやってくれ。天を仰ぎ、亡き妻と息子に呼びかける。わしも、すぐにそっちに行く。もしもわしを恨んでいるなら、その後で罵るなり殴るなりしてくれ。だから今は……。

折り重なって響いた筒音が、久蔵を現実に引き戻した。

顔を出し、音のした方へ目をやる。十間ほど先で、弓を手にした血塗れの男が、仰向けに倒れていた。やや離れた場所に、鉄砲足軽が三人。倒れた男に目を凝らす。与七だった。

憤怒に衝き動かされるまま飛び出し、鉄砲足軽に向かって一気に距離を詰める。

敵が玉込めを終える前に、間合いに入った。一人を石突《いしづき》で殴り倒し、鉄砲を捨てて刀に手をかけたもう一人の顔面を穂先で抉る。

「ひっ……！」

三人目が背を見せて逃げはじめた。足軽のふくらはぎを斬って倒し、渾身《こんしん》の力で背中を突く。足軽が絶命したのを確かめ、与七に駆け寄った。

「村長」

与七が倒れたまま、弱々しい声を出した。口の周りが血で汚れ、時折激しく咳き込んでいる。

「小夜と、太一は……？」

「心配ない。六郎たちが連れて逃げた」

「ほう、か」

わずかに口元を綻ばせた与七の顔は蒼白で、はっきりと死相が浮かんでいた。

「わしは、兵太も、松も、助けてやることができなんだ。のう、村長。これで、わしも少しは、父親らしいことが……」

「ああ。おめえは立派な父親じゃ。小夜と太一は、きっと生き延びる。あの子らの命は、おめえが体を張って守ったんじゃ」

答えはなかった。かすかに漏れていた息が絶えている。開いたままの目蓋を閉じてやり、久蔵は立ち上がった。穂先に血脂《ちあぶら》が巻いた槍は捨て、刀を抜き放つ。

南の塀際で、村人が一人、足軽数人を相手に斬り結んでいる。そちらに向かって駆け出そうとした刹那、不意に全身が凍りつくような感覚に襲われた。

山の中で突然、腹を空かせた熊と出くわした時のような、圧倒的な殺意。なにが起きたのか理解できないまま、歯を食い縛り、ゆっくりと振り返る。

僧侶が一人、立っていた。笠をかぶり、錫杖を突いている。ただの僧侶のはずがない。背後を取られた上、殺気を放たれるまで、まるで気づかなかったのだ。尋常な遣い手ではない。

「このようなところに坊主がいるとは解《げ》せんな。話に聞く、忍びの者か?」

男は口元に薄笑いを浮かべるだけで、否定も肯定もしない。

その左の頬から首筋にかけて、火傷の跡がはっきりと残っていた。この戦で傷を負ったのか、左目には晒しを巻いている。

先刻感じた殺気は、こちらに知らせるために放っただけらしく、今はもう消えている。それでも久蔵は、男の存在そのものに言いようのない禍々しさを覚えた。

「忍びがなぜ、このようなところにいる？」

本来は、闇に生きる者たちだ。白昼に堂々と姿を現す道理はない。若い頃は幾度も戦場に立ったが、噂話を時折耳にするだけで、忍びの姿などついぞ目にすることはなかった。

口元に冷めた薄い笑いを浮かべ、男が答える。

「いくつか、訊ねたきことがあってな」

「ほう」

「この山の麓にあった村が、中津村か？」

「それがどうした？」

男は答えず、くつくつと喉を鳴らして笑った。

「そうか。結衣め、あのような山奥に隠れておったとはな」

なぜ、結衣を知っている。そう口にしかけて、久蔵は思い出した。源吾が結衣の姉から聞いたという、姉妹の過去。その中に出てきた、忍びの頭領。名は確か――。

「曾呂利……新左衛門か？」

記憶の中から探り当てた名を、男は「いかにも」とあっさり肯定する。

「結衣ならば、ここにはおらんぞ。探すなら、見当違いじゃ」

「生憎《あいにく》だが、言われるまでもない。結衣は今頃、海まで流されておろう。無論、死体となってな」

「なんじゃと……」

「あの姉妹には、幾度も煮え湯を飲まされてな。できれば一寸刻みにしてやりたいところだが、自ら谷に身を投げられてはそうもいかん。代わりに、あの者を匿《かくま》った者たちを一人残らず殺すことにした」

なんでもないことのように、曾呂利が語る。

「そうか。その目は、結衣にやられたか」

「鼠《ねずみ》に咬《か》まれたようなものだ。どうということもない」

挑発しても、顔に張りついた冷笑は消えない。自身の欲得のために多くの子供の一生を弄び、意に沿わなければ鼠呼ばわりしてなんら恥じるところもない。こんな男に、結衣と姉は人生を狂わされたのだ。織田の兵を相手には感じることのなかった憎悪が、腹の底から湧き上がってくる。それがいかなる非道な行いでも、兵は命に従わなければならない。だが、この男は違う。己の卑小な自尊心を保つため、村人たちを手にかけようとしている。

がちゃがちゃと具足を鳴らしながら、物頭《ものがしら》らしき侍が一人、曾呂利に駆け寄ってきた。

「城に残った村人は片付けました。あとは、この者のみですが」

久蔵は歯噛みした。死んだ村人たちの顔が次から次へと浮かび、怒りとも後悔とも取れない感情が腹の底で渦巻く。

「東の門から、かなりの数が逃げたぞ。すぐに門を押さえなかったのは失敗であったな」

淡々と指摘された侍は、わずかに顔を引き攣らせながらも「申し訳ござらん」と頭を下げた。

「もうよい。すぐに麾下《きか》を連れて、逃げた者たちを追え。一人も討ち漏らすでないぞ」

「しかし、兵どもは略奪を求めております。見たところ、この城には毛皮など金目の物が……」

「わしは、羽柴筑前守さま直々の命を受けておる。羽柴さまに手傷を負わせた憎き者どもを撫で斬りにするのと、兵どもの我欲を満たすこと。どちらが肝要か」

「ははっ、すぐに逃げた者たちを追いまする」

忍びに顎で使われる不満が滲む声で答え、侍が駆け去っていく。

源吾の話では、曾呂利が何者なのか、結衣の姉も詳しいことは知らなかったらしい。だが少なくとも、今は織田家に属し、これだけの兵を動かす権限を持っていることは確かだった。

羽柴筑前守という織田家の将の名は、聞いたことがある。その羽柴に村の誰かが手傷を負わせ、曾呂利に撫で斬りの命が下ったのだろう。

とはいえ、羽柴のために曾呂利が動いているとは思えない。羽柴の命は、あくまで口実だろう。私怨を晴らすためだけにここまでする曾呂利という男の執念深さに、久蔵は寒気を覚えた。

鎧武者の下知に答え、城のあちこちに散らばった足軽たちが集まっている。その数はずいぶんと減ってはいるが、まだ二十人以上はいる。焼け石に水とわかってはいても、斬り込みをかけて少しでも足止めしたかった。だが、それも目の前の曾呂利を倒さなければかなわない。

勝てるという気が、欠片もしなかった。相手は左目が使えない。そちらの側に回り込めば。そこまで考えて、曾呂利がこちらを視界から外す愚を犯すはずがないと思い直す。この衰えた足腰では、そこまで素早く動くこともできはしない。

逡巡《しゅんじゅん》を見て取ったかのように曾呂利が苦笑し、口を開いた。

「そなた、村の長か、それに近い者であろう。村人たちをどこに逃がすつもりだ？」

「答えると思うか？」

「そうか、まあいい。すでに配下の者が後を追うておる。そなたを片付けて、わしもそちらに向かうとしようか」

全身から、再び殺気が滲み出してきた。抗うように、久蔵は刀の柄に左手を添え、正眼に構える。

どう戦うかなど、考えても無駄だった。力の限りにぶつかるしかない。柄を握る掌に、じわりと汗が滲む。

曾呂利は、右手で錫杖を突いたまま動かない。一歩踏み出せば、剣の間合いに入る。だが、足がどうしても前に出ない。まとわりつくような殺気が重くのしかかってくる。頬を伝った汗が、顎先から一滴落ちた。背中も腋《わき》の下も、汗で濡れている。

「百姓にしては腕が立つようだが、あまり無理をせぬ方がいい。苦しまずに死にたいのであればな」

「年端もいかない姉妹に顔を焼かれ、片目まで失う程度の者に、言われとうはないな」

曾呂利の口から笑みが消えた。と同時に、腹をなにかが撃ち抜いた。激しい衝撃が全身を駆け、息ができなくなる。鉄砲か。そう思ったが、違った。鎖の先についた分銅。生き物のように、曾呂利の手元に戻っていく。

折れかけた膝を気力で立て直し、踏み出した。

再び、曾呂利が腕を振った。左手の甲に、激痛が走る。ぐしゃ、という嫌な音が脳天に突き抜け、骨が何本か砕けたのがわかった。手から落ちかけた刀を右手でしっかりと握り込んだところに、もう一撃浴びた。右の脛。意思に反して呻き声が漏れ、前のめりに倒れ込んだ。握り直したはずの刀が手から離れ、目の前に転がる。

咳き込みながら、顔を上げた。再び酷薄な笑みを湛えた曾呂利が、ゆっくりと歩み寄ってくる。錫杖の頭の部分につけられた鉄の輪が、ちゃり、と甲高い音を立てた。せめて、一太刀。その思いで悲鳴を上げる体に鞭打ち、上体を起こした。膝立ちになって脇差を抜き、左足一本で地面を蹴る。

相討ち狙いで突き出した切っ先が、曾呂利の腹に吸い込まれる。だが、手応えはなかった。わずかに半身を開いて突きをかわした曾呂利は、そのまま左腕で久蔵の右腕を抱え込み、力を加えた。右肘がめき、という音を立てると同時に、左の脇腹に焼けるような熱さを感じた。

ほとんど言うことを聞かない左手でまさぐる。冷たく硬いなにかが、腹に深々と突き刺さっている。あの錫杖は、仕込み杖か。理解したところで意味などないが、自分がどうやって殺されるのかくらいは知っておきたかった。

「追い詰められた鼠が全て、猫を咬めるというわけではない」

曾呂利は息のかかる距離で囁き、刃を引き抜いた。とめどなく血が溢れていく感覚を味わい、久蔵は再び地面に突っ伏した。

「苦しみながら、緩やかに死んでいくがいい」

刀についた血を拭い、鞘に納めた曾呂利の背中が遠ざかっていく。

すまんな、結衣。仇は、取ってやれなんだ。全身を駆け巡る激痛に喘ぎながら、心の中で詫びた。

徐々に視界が暗くなってきた。まだ午の刻（正午）にもなっていないはずだ。それでも、月も星も見えない真夜中の空のように、目の前は漆黒に染められていく。

深い闇の向こうで、誰かが呼んでいた。

女の声。妻が、迎えに来てくれた。そう思ったが、違った。声の主は若い、まだ娘と言っていい年頃の女だ。

幸が戻ってきたのか。まさかという思いに衝き動かされ、久蔵は重い目蓋を開けた。目に映る物は、ぼんやりとだが、色を取り戻している。霞がかかったような視界には、雲一つない青空が広がっていた。

頭の後ろに、なにかある。やわらかな女の腕。その温もりに、子供の頃に戻ったような安堵を覚えた。

「……村長、しっかり！」

真上から声が降ってきた。視線を上に持ち上げ、女の顔に焦点を合わせた。曖昧だった輪郭が、ゆっくりと像を結んでいく。

結衣だった。他にも、兵太と長吉、そして見知らぬ女が久蔵を囲んでいる。

そうか、皆、生きていたのか。やはり幸の言う通り、信じるべきだった。

「村長、なにがあったんや。小夜は、太一はどうしたんや？」

涙混じりの声で、兵太が叫ぶ。すでに、父と母が死んでいるのは目にしたのだろう。

久蔵は震える声で、なんとか絞り出した。

「無事、じゃ。六郎たちと一緒に、楢谷に向こうとる」

「おっ父は……」

恐る恐るといった声で、結衣が言った。

「おめえらが村を出た後、一人で木ノ芽口に向こうた。坊官の首を獲りに。まだ、戻ってはおらん」

それだけで、おおよそのことは理解できたようだった。「そうですか」とだけ答え、唇を引き結ぶ。

「ここを襲ってきたのは、曾呂利の一党、じゃ」

「曾呂利が……」

険しい面持ちで結衣が言う。曾呂利と出会ったことで、記憶を取り戻したのだろう。しかし、野伏せりを打ち倒した時のように正気を失ってはいない。いつか源吾が言っていたように、ありのままを受け入れ、しっかりと向き合っているのだろう。この娘になら全てを託せると、根拠もないままに確信した。

「奴らは、逃げた村人たちを追うていった。結衣、村長としての、最期の、願いじゃ」

「……はい」

数拍の間を置き、毅然とした声が返ってきた。

「皆を、守ってやってくれ。そして、楢谷で新しい村を、築くのじゃ。誰からも奪われず、誰からも奪うことのない、平穏な村……。後生を願うのではのうて、今の生を幸福と感じられる、そんな村を……」

喉の奥からなにかがせり上がり、久蔵は激しく咳き込んだ。口の中に血の味が広がる。

「村長、しっかりしてください。あんたには、まだ受けた恩の十分の一も返してねえ。あんたに死なれたら……！」

「長吉、おめえはこれまで、よう働いてくれた。これからは、自分自身のために生きればいいんじゃ」

「ほやけど、村長……」

長吉が泣きながら背中をさするが、全身が痺れ、その感触さえあやふやになっている。なんとか顔を横に向け、口に溜まった血を吐き出した久蔵の顔を、結衣が真っ直ぐに見つめてきた。

「わかりました。必ず、みんなを守ります」

源吾に連れられてはじめて村にやって来た時から、人の心の内奥まで見通すような、無垢《むく》な目をしていた。今はそれに、力強さが加わっている。以前の、歳のわりには子供じみた少女の面影はない。

「急げ。こうしている間にも、誰かが殺されてるかもしれん」

わずかに動く右手を振ると、結衣はしっかりと頷き、ゆっくりと久蔵の頭を地面に下ろす。

「新八さんは、立派な最期でした」

「そうか」

「ごめんなさい。遺髪は、川に落ちた時に流されて……」

「いい。すぐに会える」

そう答えると、兵太に顔を向けた。

「幸を、頼んだぞ」

一瞬戸惑ったように視線を左右へ彷徨《さまよ》わせた後、兵太は腹を据えたように「はい、お任せください」と答えた。

昂然と胸を張る姿に苦笑しつつ、この若者も強くなったのだと改めて思う。その成長ぶりに、羨望に近いものを感じた。

時勢に抗いきれず、父祖伝来の地を離れることになった。多くの恵みをもたらしてくれた山も、何代にもわたって苦心して切り拓《ひら》き、細々と守り続けてきた田畑も捨てなければならない。

それでもまだ、人がいる。時流の波に揉《も》まれながら、若者たちは逞しく育ってくれた。

もう、話すことはない。もう一度手を振ると、結衣たちは立ち上がった。一礼し、東の門へ向かって駆けていく。

その背を見送りながら、久蔵は支えきれなくなった目蓋を閉じた。

第五章　業　火

一

　藪を掻き分けながら、六郎は必死に足を動かしていた。緩やかな上りの斜面で、周囲には木々が生い茂り、時折朽ちた木が倒れている。道と呼べるものはない。

　いったい何人が城から逃れることができたのか、最後尾近くを進む六郎にはわからなかった。五十人いるかどうか。山の城で目にした無数の死体を考えれば、たぶんそれくらいだ。

　戦がはじまるまで、村には百人以上が暮らしていた。それが、半分以下にまで減っている。その現実に、六郎は戦慄を覚えた。

　頭上を覆う梢に遮られ、あたりは薄暗い。もうずいぶん歩いたような気がするが、進んだのはまだほんの数町（一町＝約百九メートル）というところだろう。

　六郎は、自分の体力の無さを呪った。薬草採りに出るようになって、山歩きにはそれなりに慣れた。だが、胴丸や刀、背負った治療道具の重みが、昨夜からほとんど眠っていない体にずっしりとのしかかる。太一が自分の足で歩いてくれているのは助かるが、六郎の息はすでに上がりかけていた。少し前を行く糸の肩も、大きく上下している。小夜と太一の姉弟は、先刻から一言も口を開かず、しっかりと手を繋いでひたすら足を動かしている。母を目の前で亡くし、父も城に残った。いつか会えるという六郎の言葉を信じたというよりも、他にできることがなにもないからそうしているという感じだった。

喉がからからだった。竹筒の水はもうとっくに飲み干している。腹も減っていた。夜明けに握り飯を納めたきりで、力が出ない。その場に座り込んでしまいたい衝動に何度も駆られたが、それだけはなんとか耐えた。糸も、幼い小夜や太一でさえ、泣き言を言わずに足を動かしているのだ。

「もう少し急いでくれ。このままでは、日暮れまでに楢谷に着けんぞ」

後ろから、安兵衛の声が聞こえる。左右に四人の武装した若衆を従えていた。杉津口から戻ったばかりで明らかに疲れ果てているが、この五人が殿軍を務めるという形になっている。

徐々に、遅れる者が出はじめている。赤子を背負った母親や、腰の曲がった老人たちだ。それに合わせて、最後尾を行く六郎たちの歩みも緩めざるを得ない。立ち止まる者が出るたびに励まし、時には肩を貸したり赤子を背負うのを代わったりした。

敵が追ってくるかどうかはわからない。着の身着のままで逃げ出した村人を追って険しい山中に分け入ったとしても、得る物はほとんどない。だが、叡山や伊勢長島での徹底した殺戮《さつりく》を考えれば、越前中の門徒を皆殺しにしろという命が下っていてもおかしくはなかった。

他の村人たちも、同じようなことを考えているのだろう。城をだいぶ離れても、足を止める者はいない。

久蔵は、与七は、結衣や兵太たちはどうなっただろう。考えても仕方ないとわかっていても、考えずにはいられなかった。

しばらく斜面を上り続けると、やがて頂上の北端に出た。

南北に細長く延びた、平坦な土地だ。東側は切り立った崖で、谷底には割谷川の流れが見えた。昨日、一昨日の雨を集めて水量はかなり増している。

頂上の広さは南北に二十間（約三十六メートル）余、東西が七、八間（約十三、四メートル）というところか。その中央に、鳥居が建っていた。社は無く、礎石と石畳がわずかに残るだけで、鳥居が無ければ神社の跡だとはわからなかっただろう。こんな辺鄙《へんぴ》なところに誰が建てたのかはわからないが、白山《はくさん》を祀《まつ》るもののようだ。

頂上は木々がまばらに生えているだけで、眺望は悪くない。西にそびえる小高い山には見覚えがあった。大小屋山《おおごややま》という峰で、晴れた日には村からもその姿が望める。

「このまま真っ直ぐ進んで、尾根伝いに南へ半里（約二キロメートル）ほど歩けば、そこが楢谷じゃ」

安兵衛の声に頷きはしたが、半里という道のりがとてつもなく遠いものに感じた。

上りの道が終わったことで安堵したのか、また一人、老人が足を止めて座り込んでいる。歩み寄り、声をかけた。

「爺さん、大丈夫か？」

「六郎か、すまんのう。ちと、足を挫《くじ》いてな」

荒い息を吐きながら、老人が苦しげな笑みを浮かべる。少し捻っただけで大事はないが、一人で歩くのは厳しそうだった。

六郎は老人の腕を取り、自分の肩に回した。

「糸、ほっちを頼む」

「うん」

「いくぞ」

呼吸を合わせて立ち上がろうとした刹那だった。

ばん、という音とともに老人の頭が弾け、血飛沫が飛んだ。

「すいません、大変なことに巻き込んでしもて」

歩きながら言うと、お駒は「ええよ、乗りかかった船や」と軽く笑った。結衣の足に合わせて進むのはかなり辛いのだろう、お駒だけでなく兵太と長吉の額にも玉の汗が浮かんでいる。

足元には、無数の足跡があった。それを辿って行けば、逃げた村人たちと織田軍、そして曾呂利に行き当たる。

「その曾呂利ってやつは、ほんなに強いんか？」

いつになく重い口ぶりで、兵太が訊ねた。

「うん。強い……ものすごう」

谷に身を投げながら放った棒手裏剣は、曾呂利の顔面を捉えたはずだった。あの時、正確に眉間を打ち抜いていれば。逃げることなく最後まで戦っていれば。後悔は尽きることなく湧いてくるが、今は前に進むしかなかった。

「大丈夫や。今度はおめえ一人でねえ。俺らもいる」

目を前に向けたまま、兵太がぼそりと言った。長吉も、紅潮した顔で後に続く。

「そうですよ。これでも、弓は得意な方やさけ、なんかの役には立てると思いますよ」

「うん、ありがと」

二人は槍の他に、城で拾った弓を背負っていた。結衣も、刀と弓を背に括りつけ、帯には脇差を差し、矢筒を提げている。動きが鈍くなるので胴丸はつけていない。重くかさばる鉄砲も置いてきた。

「はじまったら、うちはどっかに隠れとるわ。どうせ、足手まといにしかならんからね」

「はい、そうしてください」

お駒に答え、上り斜面の先を見上げた。あと一町ほど登れば木立が途切れ、頂上に出られそうだ。

敵は近い。肌がそう感じている。

急がないと。声に出さず呟いた時、銃声が響いた。

「兵太さん、長吉、走って!」

叫ぶと、振り返らずに走り出した。弓を手に、矢をつがえながら駆ける。剥き出しの岩に足をかけ、倒木を飛び越えた。遠くから、いくつもの悲鳴が折り重なって聞こえる。見えた。敵の最後尾。木々の切れた先から射し込む光の中、数人の足軽たちがこちらに背中を向けていた。駆けながら弓を引き絞り、狙いをつける。距離は七、八間。もう躊躇いはない。弦音を残して飛んだ矢は、一人のうなじから喉に突き抜けた。

その場にとどまらず、手近な欅の木陰に身を隠した。こちらに気づいた敵が、矢をつがえている。そのうちの一人は鉄砲を持っていた。

「伏せて！」

後ろから駆けてくる兵太と長吉に向かって叫んだ。二人は慌てて倒木の陰に隠れる。間を置かず轟音が響き、玉が幹に食い込んだ。数本の矢が目の前を掠め、倒木に突き立つ。視線を左右に散らし、お駒を探した。もうどこかに隠れたのか、姿は見えない。

次の矢をつがえ、玉込めに手間取る足軽を射倒す。矢が尽きたのか、残る二人が刀を抜いて斜面を駆け下りてきた。

こちらが女だとわかって、侮っている。木に隠れることもなく、真っ直ぐに向かってきた。一矢で一人の胸を射貫き、二矢目はもう一人の右腿に当てた。もんどりうって倒れた男の刀を蹴り飛ばし、胸倉を摑む。

「曾呂利新左衛門は、どこにいるの？」

「し、知らねえよ、そんな奴……」

怯えきった男が嘘をついているようには思えなかった。

「もういい。どっかに消えて」

立ち上がり男に背を向けた直後、殺気を感じた。

振り返る。男が、脇差を振り上げていた。咄嗟に刀に手をかけるが、男はそのまま動きを止め、前のめりに倒れた。その背に、二本の矢が突き刺さっている。男の数間先に、兵太と長吉の姿があった。

「危ねえぞ、結衣。敵に背を見せるなや」

荒い息を吐きながら言った兵太に頷きを返し、頂上へ向かって駆けた。風に乗って、血の臭いがここまで漂ってくる。すぐに木立が途切れ、視界が開けた。

頂上の平地で繰り広げられる光景に、目の前が赤く染まる。

織田兵が、逃げ惑う男女を容赦なく追い立てていた。すでに、十人以上が倒れている。追われた末に、斜面を転げ落ちていく者も多くいた。

すぐに飛び出したい衝動を、辛うじて抑えた。足元の藪に隠れ、様子を窺う。兵太と長吉もすぐに追いついてきた。

「畜生……」

普段は大人しい長吉が、怒りを露わにする。

「二人は、西側から回り込んでみんなを助けて」

兵太と長吉に、声を潜めて言った。

「おめえはどうするんや？」

「ここで敵を引きつける。楢谷で待ってて」

「わかった。無茶はするなよ。昨日みたいに待ちぼうけ食わされるのは御免や」

「うん。今度は、絶対に行くさかい」

「約束やぞ。次に破ったら、承知せんさけな」

遊びの約束でもするように軽く笑うと、兵太は長吉を促して腰を上げた。木陰に身を隠しながら移動していく二人を見届け、結衣はあたりを見回した。頂上の手前の、一際高い杉の木。弓を咥《くわ》え、草鞋を脱ぎ捨てて一気に登る。

草原を見下ろすと、見覚えのある柄の小袖が目に映った。源吾が読み書きを教えていた、まだ六歳の子供だ。結衣によく懐いていて、木登りを教えてくれと何度もせがまれた。その子供は首を射貫かれ、血溜まりの中に沈んでいる。

ぎり、と奥歯が鳴る。内から湧き上がる怒りを鏃に乗せ、弦を引き絞った。

さして広くもない頂上の平地は、殺戮の巷《ちまた》と化していた。

後方から襲われた村人たちは、南北に細長い頂上のまばらな木々を縫って方々に逃げ散っていく。それを追う織田兵が矢玉を放ち、倒れた者にさらに槍を突き立てていく。

曾呂利新左衛門は、眼下の光景に目を細めた。頂上の南端に根を下ろす欅の大木。その太い枝は、見物するのに絶好の位置にある。城を脱したのはほとんどが女子供と年寄りで、先回りするのにわけはなかった。

兵たちは誰もが、獣じみた顔つきをしていた。手柄を立てて、妻子を養わねばならない。やりたくはなかったが、命《めい》には逆らえない。それがどんなものであれ、仕方がなかったのだと自分を納得させる理由があれば、人はいくらでも残酷になれる。そして、その時点で人であることをやめていると、本人が気づくことはない。

倒れた者に馬乗りになって、生きたまま鼻を削ぐ。逃げた者を追って、危険も顧みずに急な斜面を駆け下りていく。獣らしく、そこに一切の躊躇いはなかった。

「それ、そこや。二人逃げたぞ」

どうせ聞こえはしないが、声を出さずにはいられなかった。これほど愉快な座興にはそうそうお目にかかれない。悲鳴。絶叫。命乞いの声。そのどれもが耳に心地よく響く。惜しむらくは、両の目で愉しめないことだった。

結衣が最後に放った棒手裏剣があと一寸深く刺さっていれば、間違いなく死んでいただろう。空中で投げたために踏ん張りが利かなかったことで、辛くも命拾いした。

真矢と結衣の姉妹に対する憎しみは、今や頂点に達していた。だが今のところ、自身で手を下そうという気はない。

ここで自分が加われば、全滅させるのは簡単だ。しかし、それでは面白みがない。追い散らし、一人ずつ探し出しては血祭りに上げていくつもりだった。こちらの存在に気づきもせず足元を駆け抜けて行く男女を、曾呂利は手負いの鼠を弄ぶ猫の心持ちで見送った。

せいぜい遠くまで逃げろ。その方が、探し出す愉しみが増えるというものだ。力の無い者は、力を持つ者の意のままに生き、死んでいくしかない。虐げられ、奪われ、時には玩具《おもちゃ》にされる。それを拒むのなら、相手を上回る力を得るしかない。それが、この世の理だ。念仏を唱え、仏の慈悲に縋ったところで、救いなど訪れはしない。

仏か。胸中で漏らした呟きに呼応し、記憶を封じた箱の鍵が、ことりと音を立てて外れた。

土地では名刹と呼ばれる、大きな寺だった。

まだ幼かった曾呂利は、坊主たちに夜毎組み敷かれ、歪んだ欲望の捌《は》け口《ぐち》となっていた。そういえばあの坊主たちも、口では偉そうに仏の慈悲などと説いていた。その挙句、十歳の稚児が放った火に寺ごと焼かれる羽目になる。

遊女稼業の邪魔になるからと、我が子を寺の門前に捨てていった母も、探し当てた時には、客に移された病に全身を冒された醜い姿を床に横たえていた。病の毒が頭まで回っているのか、母は弛緩した顔をこちらに向け、口の端から涎《よだれ》を垂らしている。罵ることも刃を突き立てることも馬鹿馬鹿しくなり、一言も交わすことなくその場を後にした。

それから故郷を離れ、曾呂利は京の都に出る。話に聞くほど華やかでも、豊かでもない。十歳の童とあっては、仕事を見つけることもままならなかった。

物乞いをしてまで生きたいとは思わず、同じような境遇の仲間と群れるのも性に合わない。財布を掏るよりも、相手を殺した方がてっとり早い。そうしてはじめた追い剝ぎの稼業はやがて、生きるためではなく、人を斬る快感を味わうためのものに変わっていった。自分から全てを奪い、虐げ、踏みつけにしてきたこの世界。そこでのうのうと生きる全ての者が、敵だった。いや、奪われたのではない。最初から、なに一つ与えられてはいなかったのだ。

十三歳の時、一人の男と出会わなければ、自分は今も追い剝ぎを続けていただろう。あるいは、どこかで返り討ちにあって野垂れ死んでいたかもしれない。

「強うなりたければ、ついて来い」

いきなり襲いかかった曾呂利を素手で打ちのめし、男は冷ややかに言った。

それから数年の間、男の下で技を覚えた。堺で鞘細工の店を営みながら、その一方で忍びを育て、諸国の大名が依頼してくる汚れ仕事を請け負う。それが、男の稼業だった。

数えきれないほどの任をこなし、十分に力をつけたと自覚した頃、男を殺し、その名を自分のものとした。前の名は、もう思い出すこともできない。捨て去っても悔いなどない名だった。

そっくり受け継いだ稼業は順調で、いくつかの大名家にも人脈ができた。上手く立ち回れば、泥の中を這いずり回るような裏の世界を脱し、陽の当たる場所に出ることも不可能ではない。富。名声。地位。望むことすら愚かと思えたさまざまなものが、深い闇の向こうで確かに光を放っていた。

だが、あの姉妹と出会ったせいで、全てが狂った。

ばん、という筒音の後に響いた絶叫が、愚にもつかない追憶を中断させた。

左目の痛みが、またぶり返している。怒りで腹の底が煮えるが、姉はすでに死に、妹も深い谷に身を投げた。おそらく、生きてはいまい。

二人が死んだというだけでは、まだ足りなかった。さらなる報いを与えなければならない。姉妹とほんのわずかでも関わりのある人間は、一人残らず殺す。姉妹とこの世を繋ぐもの全てを断ち切り、生きた証すら跡形もなく消し去る。そうでもしなければ、この煮えたぎる思いは治まりそうにない。

そろそろ狩りに加わるか。三丈（約九メートル）を超える高さにある枝から身を躍らせ、ふわりと地に下り立った時、視界の端で一人の足軽が体を仰け反らせた。俯せに倒れたその背からは、一本の矢が生えている。続けて、一人、また一人と矢を受け、足軽が倒されていった。

矢は、北側の木の上から放たれているようだった。狙いは思いのほか正確だが、射手は一人だけだ。どこに隠れていたのか、まだ鼠が残っていたらしい。

「いるか？」

呟くと、背後に四つの気配が浮かび上がった。

「はっ。ここに」

「始末しろ。俺は、逃げた者どもを追う」

振り返りもせず命じると、気配は音もなく遠ざかっていった。

結衣たちに逃げられてから育てはじめた下忍たちだ。四人とも、十四歳から十六歳と若い。まだまだ経験は浅いが、曾呂利自らが手塩にかけて鍛え上げた者たちだ。鼠一匹を片付けるくらいならわけもない。

改めて、周囲を見渡した。頂上に残された死骸は十数体。まだ、三十人以上は残っている。

しばらくは愉しめそうだ。乾いた唇を舌で湿らせ、曾呂利は歩き出した。


「おい、里《さと》、しっかりせえや！」

声を嗄らして呼びかける兵太の声が届かないまま、里は事切れた。死んだ喜助の女房だ。胸に抱いた三歳の娘もろとも、背後から放たれた鉄砲玉に胸を貫かれていた。

畜生、と吐き捨て、長吉のいる方に顔を向ける。

「ほっちはどうや？」

見返した長吉は、無念そうに首を振った。その足元では、老婆が頭から血を流して倒れている。

結衣と別れると、兵太と長吉は、山頂から少し下ったところを西側から回り込みながら進んだ。

村人たちは、山頂にいるところを北側から襲われたらしい。他にも、上から転げ落ちてきたと思われる死体がいくつかあった。

小夜は、太一はどこにいる。幸は無事なのか。六郎や糸は。焦燥に駆られながら、槍を手に立ち上がった。

すまんな。供養もしてやれんけど、今は我慢してくれ。向こうで喜助さんと娘と、親子三人で仲良うやれや。声に出さずに語りかけた。

「行くぞ。みんなは楢谷へ向こうて逃げてるはずや。急げば追いつける」

頷いた長吉も、足元の死体に手を合わせて腰を上げた。

左から右へと、下りの斜面が続いている。右手で槍を、左手で木の幹を摑みながら真っ直ぐ進んだ。勾配はそこまできつくはないが、少し気を抜けば、足を滑らせてはるか下まで転落しかねない。

昨日から歩き詰めの足はぱんぱんに張っていた。わずかな干し飯を齧っただけで、空腹も頂点に達している。全身が汗に濡れ、槍も、胴丸や陣笠も、とてつもなく重く感じた。

それでも、妹と弟を、そして幸を見つけるまでは。その思いで進み続けた。村長は、こんな俺に大事な娘を託してくれたんや。絶対に見つけ出して、守ってみせる。

滴り落ちる汗に何度か目を瞬《しばた》き、兵太は足を止めた。

「兵太さ……」

声を出しかけた長吉を手で制し、藪の陰に身を伏せる。

視界の隅で、なにかが動いた。藪からわずかに顔を出して、目を凝らす。

斜め前方、十間ほど斜面を下った先の木々の合間に、黒い塊が二つ、見え隠れしていた。陣笠をかぶった、織田軍の足軽。もう一人は、金色の立派な前立てをつけた兜をかぶっている。兜の男は肩に槍を担ぎ、足軽の方は鉄砲を持っている。火縄に点火してあるのは、風に乗ってかすかに漂ってきた焦げ臭い匂いでわかった。

唐突に、二人が動き出した。兵太たちがいるのとはまるで別の方向へ駆けていく。いたぞ。逃がすな。そんな言葉が聞こえてきた。

思わず、藪から飛び出していた。弓を摑み、矢をつがえる。木が邪魔で狙いを定められずにいるうち、筒音が谺《こだま》した。

「行くぞ！」

「はい！」

弓を背負い直し、槍を摑んで斜面を駆け下りた。こちらに気づいた足軽が鉄砲を向ける。一瞬、体が震えたが、まだ玉込めは終わっていないはずだと思い直す。

「なんじゃ、おのれらは！」

兜の男が槍を向けてきた。構わず、両手で握った槍を振り上げ跳んだ。恐怖を振り払うように叫び声を上げながら、男の兜目がけて槍を叩きつける。

槍と槍がぶつかり、じんと腕が痺れた。男が槍を取り落とす。すかさず体を捻り、柄の部分で男の頭を強《した》かに打った。男はよろめきながら、二、三歩後退する。

「もろた！」

叫んだ次の瞬間、槍の柄の中ほどから先が消えた。男が抜き打ちで柄を叩き斬ったのだ。兵太の目では捉えられないほどの凄まじい太刀筋だった。

残った柄を捨てて腰の刀に手を伸ばしたところへ、続けて斬撃が襲ってきた。陣笠が飛び、尻餅をつく。右目の上がざっくりと切れ、生温かい血が顔を濡らした。

「やってくれたな、小僧」

兜を脱ぎ捨てた男は、片手に刀をぶら下げ、鬼のような形相で迫ってくる。

「うわ、うわぁっ！」

尻餅のまま、這うように後ずさる。長吉は刀を抜いた足軽と斬り結んでいて、加勢する余裕はない。

殺される。恐怖のあまり、両目をきつく閉じた。死にたくないという思いと、いっそ一思いにという諦めが相半ばしながら、頭の中を掻き乱す。

「虫けらどもが。百姓は大人しく、年貢だけ納めておればよいものを」

上から降ってきた侮蔑に満ちた声を浴び、突然震えが治まった。新八や久蔵、父と母、喜助に里。死んでいった村人たち全てに対する侮辱。兵太は目を開き、すぐそこに迫った男を睨み上げた。

「……ふざけるなや」

「なに？」

「おめえら侍や糞坊主どものせいで、どんだけ人が死んだと思てるんや！」

男は、兵太が口を利くのも不快だというように顔を歪めた。

「黙れ、下郎が……」

その時、男の体がぐらりと揺れた。

頭への一撃が効いている。瞬時に理解した兵太は、立ち上がった勢いで男の腰へ組みついた。刀を抜いて立ち向かったところで勝てるはずがない。そう判断しての、咄嗟の行動だった。

男は腰から下に力が入らないようだった。ざざざ、と藪を鳴らしながら押し込んでいく。

不意に、男の体から重みが消えた。なんだ、と思う間もなく、兵太は男もろとも斜面を転がり落ちた。視界の中で、男の顔と木々の緑や地面、梢に縁取られた狭い空が目まぐるしく回る。やがて、どん、と背中に衝撃がきて回転が止まった。続けて、腹の上に男が落ちてくる。

「うぎゃっ！」

重みで、間抜けな声が漏れた。慌てて肩を摑み、男の体を横に押しのける。抵抗はなかった。見ると、頭の後ろがばっくりと割れ、夥しい血が流れている。わけがわからず、拍子抜けするような思いでよろよろと立ち上がった。

見上げると、藪のこちら側が急な坂になり、兵太のいる平地まで落ち込んでいる。せいぜい三、四間の坂だが、途中で大きな岩が顔を出しているのが見えた。男はあの岩に頭をぶつけたのだろう。

なんちゅうみっともない勝ち方や。我ながら情けなかった。もっとこう、鮮やかな太刀捌きで……とそこまで考え、そんな場合ではないと思い直す。

「兵太さん！」

藪の向こうから、長吉が顔を出した。

「血が出てますよ。大丈夫ですか？」

額の傷に手をやり、具合を確かめる。傷の痛みよりも、血が流れ込んだ右目の痛みの方が大きい。

「俺は大丈夫や。ほっちは？」

「なんとか、倒しました」

よく見れば、長吉の頰に血がついている。返り血かと思ったが、深くは訊かなかった。

今は、追われていた誰かを探さなければならない。木にしがみつきながら急坂を上り、さしのべられた長吉の手を摑んだ。

とその時、兵太の後ろに顔を向けた長吉が「あっ！」と叫び、いきなり手を離した。

「わ、わ、阿呆っ……！」

支えを失い、再び坂を転げ落ちた。下まで転がったところで、倒れた男の鎧に頭を打ち、気が遠くなる。

「兵太！」

その声は、仰向けにのびた兵太の頭の上から落ちてきた。

女の声だった。涼やかで耳に心地いい、鈴のような音色。ああ、幸にそっくりや。もしかすると、これが仏さんの声なのかもしれん。朦朧《もうろう》とした頭で思っていると、いきなり頰をぶたれた。

「兵太、しっかり！」

二度、三度とひっぱたかれて、完全に目が覚めた。

「……幸さん、か？」

真上に、若い女の顔があった。高価そうな木綿の小袖は泥だらけで、膝のあたりが破れている。艶のある長い黒髪も乱れ、土埃《つちぼこり》であちこちが汚れていた。それでも、切れ長の目に涙を溜め、口元をかすかに震わせているその顔は、紛れもなく幸のものだった。

生きていてくれた。村長との約束を破らずにすんだ。

いつの間にか坂を下りてきた長吉に支えられ、上体を起こした。

幸の隣では、志乃が安堵の表情を浮かべている。

「お二人には、危ういところを助けていただきました。なんとお礼を申してよいやら」

こちらも泥塗れで疲れきってはいるが、こんな状況の中にあっても、常と変わらない凜《りん》とした佇まいを保っているように見えた。

山城を出てから、二人はずっと一緒にいた。頂上で襲われた時も、志乃が幸の手を引いて走り、夢中で逃げているうちに兵太と長吉の声を聞いたのだという。

「とにかく、二人とも無事やったんやな。よかった」

込み上げるものを堪えて言うと、幸はいきなり「阿呆！」と罵り声を上げた。

「いっつも心配ばっかかけてるのはあんたやろ。どこをほっつき歩いてたんや？　お兄は死んでしもて、おっ父はどうなったかわからん。あんたまでおらんくなったらどうしようって……」

一気にまくし立てるや、子供のようにしがみつき、嗚咽を漏らす。

そうだ。幸はまだ、久蔵が死んだことを知らない。後で折を見て話さなければ。そんなことを考えつつ、背中に腕を回してしっかりと抱き寄せた。

子供の頃から、どれほど望んでも指一本触れることができなかった相手が今、この腕の中にある。ほのかに漂う甘い匂いを嗅ぎながら、掌に触れる背中の温かさを確かめる。

夢でも幻でもない。そうだ、生きていれば、こんな幸運に恵まれることもある。だから……。


幸の顔に向けて唇を尖らせたところで、長吉が咳払いを入れた。

「ほういうのは後にして、とにかくここから離れましょう。さっきの筒音で、敵が集まってくるかもしらん」

顔が熱くなるのを自覚しながら「ほうやな」と答え、立ち上がった。

「他にも、逃げ遅れたやつがいるかもしらん。一人でも多く見つけ出して、楢谷へ連れて行くぞ」

そして、新しい土地で、新しい村を築く。久蔵が望んだような、今ある生を幸福と思えるような場所。皆で集まって力を合わせれば、きっと築くことができる。

だから、もう誰も死なせない。

「しっかりついて来いよ」

目を見て言うと、幸は無言で頷きを返した。

二

「あそこじゃ。射落とせ！」

「駄目です、もう矢が……。あっ、飛び移ったぞ。鉄砲、玉込め急げ！」

「ええい、何者なのじゃ、あやつは！」

斜め下から聞こえる喚き声を聞きながら、結衣は樹上から立て続けに弓を引いた。矢は、こちらに鉄砲を向ける男のこめかみに突き立った。男が倒れた拍子に鉄砲が暴発する。間近で響いた轟音に驚いた別の敵は、鏃に喉を破られ、声にならない絶叫を上げながら崩れ落ちた。

これで六人。さらに、玉込めを終えた直後の一人を倒し、落ちた鉄砲を拾おうとしたもう一人の背に矢を浴びせた。

普段使っていた弓よりも大きく、張りも強い。左の二の腕に巻きつけた晒しは、再び滲み出した血で赤黒く染まっている。脇腹の痛みもひどくなっていた。

肩で息をしながら、あたりを窺う。

残るは具足をまとい、兜をかぶった、大将らしき侍一人。槍を手に、鬼のような形相でこちらを睨み上げている。

手元に残った最後の矢を放つ。だが、侍はその場に立ったまま、胸元に向かってくる矢を槍で叩き落とした。

「どうした。矢が尽きたか？　ならば、下りてまいれ」

弓を捨て、枝を蹴って地面に飛び下りた。侍の正面に立ち、背中の刀を引き抜く。

壮年の、精悍《せいかん》な顔つきの男だった。口の周りに蓄えた髭を撫でながら、鋭い目で結衣をじっと見据える。

「やはり女か。羽柴さまに手傷を負わせたのも、そなただな？」

「やったら、なに？」

「羽柴さまは、殊《こと》の外《ほか》お怒りじゃ。女子の射た矢で負傷したなどと知れれば、羽柴さまの名に傷がつくゆえな」

「そんなことのために……」

村を襲ったのか。刀を握る手が、かすかに震えた。

「主命には逆らえぬ。それが、武士というものじゃ」

侍の目に、悲しげな光がよぎったような気がした。しかし、それはほんの一瞬で消え、元の鋭い眼光が戻っている。

「だが、もはや羽柴さまのためではない。死んでいった配下のため、そなたを討たねばならん」

仕掛けてきたのはそっちやろ。言いかけた言葉を呑み込んだ。もう、なにを言っても通じ合うことなどできない。

「参る」

侍が構えを取った。睨み合う。圧倒してくるような気を全身に浴び、結衣は両足に力を籠めて耐えた。じりじりと、相手が間合いを詰めてくる。槍が届くまで、あと半歩。

勝負は、槍の間合いを抜け、剣の間合いまで踏み込めるかどうかにかかっている。

来た。凄まじい速さで、穂先が喉元に向かってくる。

上体を傾け、辛うじてかわした。そのまま前に踏み出す。侍は、いったん引いた穂先を再び突き出してくる。膝を曲げ、斜め前に深く沈み込んだ。耳元に風を感じ、痛みが走った。浅い。構わず、刀を振り上げる。

槍を握る左手の指を二本斬り飛ばした。だが、侍は動じず槍を返し、柄で足払いをかけてきた。咄嗟に跳躍し、右足を跳ね上げる。

重い手応え。兜が飛んだ。たたらを踏んだ侍は槍を捨て、腰に手を伸ばす。着地した結衣は、そのまま伸び上がる勢いで大きく踏み込んだ。抜刀しながら、侍も前に出る。

位置が入れ替わった。左の肩口が熱い。自分がどう動いたのかはわからない。振り返ると、侍は首筋から鮮血を噴き出していた。ゆっくりとこちらを向き、血で汚れた顔で笑う。

見事だ。赤く染まった口が、そう動いたように見えた。それから膝をつき、侍は崩れ落ちた。

倒れた侍の周りに音もなく広がっていく血溜まりを見下ろし、結衣は呆然と立ち尽くす。

なにが、見事なんや。こんな死に方で、なんで満足そうに笑えるんや。なんで……。

とめどなく湧き出る疑問を振り払い、侍から視線を外した。今は他に、やらなければならないことがある。そう自覚した途端、左肩の傷が痛みを訴えはじめた。

流れ出した血が腕を伝い、指先から滴り落ちる。それほど深い傷ではない。手当ては後にして、今は曾呂利を。

刀についた血を振り払い、鞘に納めようとしたその時、体がぞくりと震えた。

左右に視線を散らす。三間ほど置いて前後左右に立つ、忍び装束に身を包んだ四つの影。いつからそこにいたのかもわからない。侍に気を取られたせいで、気配はまるで感じなかった。

「驚いたな、まだ生きとったとは。たった一人で、いったい何人殺す気や？」

影の一人が、軽口を叩くように言った。覆面で口元を覆っているが、声は若い男のものだ。

「師匠の言うとったことは本当やな。あいつは、人を殺すために生まれたんやって」

「あの村の人たちも気の毒にね。こんな疫病神を匿ったせいで、皆殺しに遭って」

「疫病神じゃなくて、死神かもな」

嘲笑の声が四つ重なる。いずれの声も口ぶりも、若いというより幼さを湛えていた。

全員、自分よりも年下だろう。どこかから曾呂利に連れられ、人を殺す術を叩き込まれた子供たち。力こそ全てという曾呂利の教えを疑うことさえしない、敬虔《けいけん》な信者。他人がどれほど言葉を尽くして説いたところで、頭から信じ込まされた欺瞞には、自分自身で気づくしかない。

「あんたらの師匠は、どこにいるの？」

込み上げる様々な思いを必死に抑え、声を絞り出した。

「さあなあ。今頃、逃げた連中を一人ずつ殺して遊んどるんとちゃうか？」

遊び。その言葉に、全身の血が熱くなった。落ち着け。冷静になれ。自分に言い聞かせて、四人を見据える。

「そこ、通してくれんかなあ。曾呂利に用があるんや」

「だそうや。どないする？」

正面に立つ男が、他の三人と視線を交わす。覆面で見えないが、男が小さく笑ったのはわかった。

糸ちゃん、六郎さん、みんな。もうちょっとかかるかも知らんけど、ちゃんと生きとってね。

心の中で呼びかけて、刀を構え直す。

前触れもなく、前と後ろの二人が同時に動いた。抜刀し、前後から向かってくる。斜めに跳び、転がってかわした。

勢いのまま起き上がったところに、左右から鎖の先についた分銅が来る。鎖鎌。曾呂利に較べれば、格段に遅い。屈んで避け、転がった時に握り込んだ石を放った。左手で投げたので、威力は弱い。難なくかわされた。

すかさず、横から鎖鎌を手に一人突っ込んでくる。わざと見せた隙に、乗ってきた格好だ。振り下ろされた鎌を弾き、返す刀で首筋を斬り裂く。手応えは十分だった。倒れるのを確かめず、後ろに跳んで残る三人と間合いを取る。鳥居の柱を背に、正眼に構えた。

「さすがやな。師匠の片目を潰すだけのことはあるわ」

この上方訛りの男が、四人の中では頭分なのだろう。この男を倒せば、あとの二人は少なからず動揺を見せるはずだ。

「けど、だいぶ息が上がってるで。その有り様で三人を相手にするのはきついやろ?」

男は、明らかに愉しんでいた。他の二人も同様に覆面の中で嘲笑しているのが、気配でわかる。

「こんな殺し合いの、なにが愉しいの?」

無駄と知りながらも、投げかけた。三人は答えることなく、理解できないといった目つきで顔を見合わせる。

「世の中の汚いところしか見ようとせんさかい、こんなことでしか愉しめなくなってしもたんやろ？　愉しいことなんて、本当は他にぎょうさんあるのに……」

「うるさいな」

辟易《へきえき》した声で言った頭分の男は、「説教なら、よそでやってくれや」と続け、左右に目配せした。

それを合図に、三人が再び攻めに転じる。左右からの斬撃を後ろに下がって避け、分銅を地面に転がってかわした。鳥居の柱に分銅がめり込み、めき、という嫌な音を立てる。気づくと、東側の崖を背にしていた。追い込まれている。横へ移動しながら、荒れ狂う嵐のような攻めを辛うじて凌ぎ続けた。

左腕の出血が激しくなっている。相手はこちらの消耗を待つように距離を取った。全身が汗に濡れている。

疲労と傷の痛みで時折霞む視界の中、なにかが動いた。

結衣の正面、敵の背後に当たる大きな木の陰に、人影が見えた。女。お駒だった。隠れていろと言ったのに。思った時、いきなり起こった筒音が耳をつんざいた。

鎖鎌を持った一人の胸から、血が噴き出す。

「当たった……！」

お駒の驚きの声。頭分の男が、舌打ちの音を残して駆け出した。

「お駒さん、逃げて！」

叫びながら地面を蹴る。お駒に気を取られていた一人が行く手を遮った。そのまま踏み込み、刀を振るう。すんでのところでかわされたが、切っ先でわずかに引っかけた覆面がちぎれ飛んだ。艶やかな黒髪がぱっと広がる。露わになったその顔は、まだあどけなさを残した少女のものだった。否応なく、そこにかつての自分の姿が重なる。

思わず動きを止めた結衣の脳天目がけ、少女が刀を振り下ろす。間一髪で受け止め、鍔ぜり合いの形になった。

押し合いながら、横目でお駒の姿を追う。

逃げるお駒の背後に、頭分の男が迫る。すぐに追いつかれた。刀が振り下ろされる。短い悲鳴を上げて仰け反ったお駒に、男がさらに斬撃を浴びせた。

結衣は目を見開いた。放り投げられた鞠《まり》のように、お駒の首が宙を舞っている。

叫び声が、口から溢れ出した。傷の痛みはどこかへ吹き飛んでいる。全身の力を籠め、両腕を押し出した。目の前の少女が、突風に襲われたように後ろへ飛び退《すさ》る。間を置かず、距離を詰めた。

驚愕の表情を浮かべながらも、少女は片手突きを放ってきた。首元へ向かって飛んできた切っ先を首を捻って避け、懐に潜り込む。

「ひっ……」

はじめて、少女の目に怯えが走る。胸を刺すような痛みを覚えたが、剣を止める気はなかった。

過去の自分。忌まわしい記憶。断ち斬るように、逆袈裟に刀を跳ね上げた。柄を握ったまま、少女の右の肘から先が飛ぶ。少女が体をくの字に折った。その頭の後ろに、柄頭を叩きつける。

呻き声を上げ、少女は前のめりに崩れ落ちた。たぶん、死んではいないはずだ。

「……化け物が」

頭分の男が、ぼそりと呟いた。その足元に、首のないお駒が倒れている。

どす黒い感情が、胸の奥の深い場所から衝き上げてくる。浮かされるように、結衣は前に出た。

男が、立て続けに十字手裏剣を打ってきた。駆けながらかわし、刀で叩き落とす。意識を離れて、体が勝手に動いていた。さらに近づき、突きを放つ。切っ先が左の肩口を捉えた。続けて、首筋を狙って刀を横に薙ぐ。男は前に転がってよけ、背後に回り込んだ。

「遅い！」

結衣は横ざまに蹴りを放った。伸ばした踵は口元を捉え、男が仰け反る。赤い飛沫に混じって、歯が何本か飛ぶのが見えた。

さらに踏み込み、がら空きになった胴を薙ぐ。がきっ、という硬い音とともに両腕がじんと痺れ、結衣は顔を歪めた。忍び装束の下に着込んだ鎖帷子《くさりかたびら》だ。構わず、渾身の力で刀を振り抜く。男の体が二間近く飛び、背中から地面に落ちた。

十分な手応えがあった。あばらの二、三本はへし折ったはずだ。

男がよろよろと立ち上がる。歩み寄ると、その顔にはっきりと恐怖が滲み出した。なおも一歩、二歩と近づく。耐えきれなくなったように男は飛び退り、懐から取り出した小さな玉を地面にぶつけた。どん、という音が上がり、あたり一面を煙が覆っていく。

煙が晴れた時、男の姿は消えていた。

全身の力が一気に抜け、結衣はその場に膝をついた。このまま倒れ込んでしまいたかったが、歯を食い縛って耐えた。まだ、やらなければならないことがたくさんある。

荒い息を整えて、刃がこぼれた刀を捨てる。別の刀を探そうと立ち上がりかけたところで、結衣は風の中に別な臭いが混じっているのに気づいた。

火縄の焦げる臭い。弾かれたように顔を振り向けた。

数間先、崖の際に、片腕を失った少女が立っている。右肘から血を滴らせ、残った左手には、小ぶりな鞠ほどの黒く丸い玉を握っている。そこから伸びた火縄がじりじりと焼けていた。

飯道山にいた頃、あの玉を何個も作らされた。中には、火薬と無数の鉄片が詰められている。焙烙玉《ほうろくだま》。記憶の隅から引き出したその名に戦慄する結衣に向け、少女が震える声で言った。

「師匠は、あたしたちを、許さない」

苦しげに目を伏せた少女からは、殺気ではなく、諦めと抗いようのない恐怖に対する怯えが滲んでいる。その目から涙が一筋落ち、結衣は少女の意図を察した。

「あ……駄目！」

咄嗟に立ち上がり、手を伸ばした。だがそれよりも早く、少女は地を蹴って飛んだ。黒髪をなびかせながら虚空に身を投げた少女は、赤子でも抱くように焙烙玉を抱え込んだ。その目が恐怖に耐えるようにきつく閉じられた次の刹那、地を揺るがすような轟音とともに閃光を発し、炎と爆風が一瞬で少女の体を四散させた。

結衣は崖から身を乗り出したまま、煙と火薬の臭いが色濃く残る宙空を呆然と見つめていた。

「なんで……？」

これまで何度、その言葉を口にしただろう。答えが出たためしなどない。それでも口にせずにはいられなかった。

気づくと、南無阿弥陀仏の名号を唱えていた。自分のためではない。あの子が、死んだ後も怯え、苦しみ続けずにすむように。他に、祈りの言葉など知らなかった。

崖下に投げた視線の先では、ほんの数瞬前まで少女の体だった欠片を呑み込んだ水面が、何事もなかったように流れ続けている。

三

闇雲に逃げ回った末に偶然見つけたその洞穴は、十人を超える人間が一時的に身を隠すのには十分なほどの広さがあった。

周囲には木々が生い茂っていて、容易には見つけられないだろう。入り口は縦に細長く、人ひとりがようやく通れる程度だが、その割に中は広く、ちょっとした小屋くらいはありそうだ。

陽の光が届かない暗がりの中で剝き出しの岩肌に腰を下ろし、六郎はようやく胸を撫で下ろした。糸や小夜、太一たちも、それぞれに安堵の吐息を漏らしている。

ここに辿り着いた時、糸と姉弟の他に残ったのは八人だけだった。乳飲み子を抱えた母親や年端もいかない子供がほとんどで、若い男は六郎の他にはいない。その誰もが疲労困憊の面持ちで岩壁にもたれかかり、黙り込んでいる。

あの山頂で織田軍に襲われてから、まだほとんど時は経っていない。それでも六郎にとっては、一刻にも二刻にも等しく思えた。

袖に空いた穴を眺める。先刻の銃撃でできたものだ。あと少し逸れていれば……。想像しただけで、あの時の恐怖が生々しく蘇ってくる。

いきなり浴びせられた矢玉で、まず殿軍の若衆が倒された。続けて、背後の木立から湧き出した侍たちが襲いかかってきた。飢えた獣のようにまだ息のある若衆に群がり、槍を突き立てていく。背中や肩に矢を突き立てた安兵衛が槍を手に突っ込んでいくのが見えたが、どうなったのか確かめることもできなかった。たぶん、もう生きてはいないだろう。

無数の悲鳴を背中で聞きながら、無我夢中で逃げた。山頂からはなんとか逃れた村人たちも、追い縋る敵の矢玉を受けて次々と倒れていく。六郎にはどうすることもできなかった。糸たちとはぐれないようにするのが精一杯だったのだ。

いつの間にか、六郎は逃げる村人たちの先頭を走っていた。いくら体力に自信がないとはいえ、若い男は自分の他にいないのだ。それからは、後に続く村人を気にかけながら進んだ。

途中で倒れ膝を擦りむいた太一は六郎が背負い、糸は小夜の手を引いて走った。方角を確かめる余裕もないまま足を動かし、斜面を下っては上ることを何度か繰り返した。追っ手を振り切ることはできたものの、どこをどう走ってきたのか、ここがいったいどこなのかもわからない。それでも村人を励ましながら歩き続けた末に、この岩戸を見つけたのだ。

「他のみんなは、どうしてるやろ……」

ぽつりと漏らした糸に顔を向けたものの、どう答えればいいのかはわからなかった。

「幸さんと志乃さんも、すぐにおらんようになってしもうたけど」

山頂から駆け下りた時には、もう姿が見えなかった。なんとか逃れて、楢谷を目指していると信じる他ない。

「大丈夫や。すぐに……」

また会える。そう続けようとしたところで、「もう、とうに捕まってるわ」というしわがれた声がかぶさってきた。彦七《ひこしち》という、久蔵の屋敷で働いていた五十過ぎの下男だ。

全員の目が、岩戸のいちばん奥で膝を抱える彦七に注がれる。

「あの二人は器量がいいさけ、慰み物にされて、どっかに売り飛ばされるだけですむ。殺されて鼻を削がれるより、よっぽどましやろ。まあ、村長の娘やからとお高う止《たこ》まってた罰が当たったんじゃ」

岩戸の奥に陽の光は届かず表情は見えないが、嘲笑の入り混じった声音を発する口元は、にやにやと笑っているに違いない。

六郎は慄然とした。この下男とは、時々顔を合わせて挨拶を交わす程度だが、腰が低く礼儀正しい働き者だった。このわずかな間に人が変わってしまったのか、それとも元々隠していたものが剝き出しになったのか。いずれにしろ、命を奪い合うだけでなく、生き残った者の心まで捻《ね》じ曲げてしまう戦というものの恐ろしさを、六郎は肌身で思い知らされた。

ひひ、と癇《かん》に障る声で一しきり笑った後、彦七は涙声になってさらに続ける。

「それに較べて、わしは……。どこへ逃げようと、奴らは追うてくる。殺されて、鼻を削がれて。もう、しまいじゃ。いっそ早いうちに死んでた方が……」

恐怖で混乱しているにしても、聞き流せる言葉ではなかった。この期に及んで己一人の身しか案じない心根が頭をかっと熱くさせ、六郎は腰を浮かしかけた。

その時不意に、ぱん、と肉を打つ音が弾けた。六郎よりも先に立ち上がった糸が、彦七の頬を張り飛ばしたのだ。

「いい歳して、めそめそしなや！　ほんなに死にたかったら、一人で勝手に死んだらいいやろ！」

ほら、と懐から短刀を取り出し、呆然と見上げる彦七に押しつける。

「怖いのはみんな同じじゃ！　結衣も兵太も、村長も新八さんだって、きっと怖くて仕方なかったはずや。ほんでも、村のために、みんなのために、必死で戦《たたこ》うたんや。戦にも出なんだあんたが死にたがるなんて、みんなを馬鹿にしてる……」

最後の方は、声が震えていた。死ぬことなどできはしないと見たのか、糸は彦七の手から短刀をもぎ取り、踵を返す。六郎の隣に憤然と腰を下ろすと、立てた両膝に顔を埋めた。

言いたかったことを全て、先に言われてしまった。情けないという思いを胸にとどめ、「よう言うてくれたな」と囁き、糸の頭を撫でた。小刻みに肩を震わせるだけで、糸は答えない。

重苦しい沈黙の中、なにか自分にできることはないかと考え、六郎は今さらながらに思い出した。

「ほうや、太一。傷口を洗おう」

まだしっかりと確かめてはいないが、たいした傷ではない。血も、もう止まっていた。それでも、長く放っておけば傷口が膿《う》んで治りが遅くなる。

「ほやけど、水が」

小夜が、こちらに顔を向けた。

「さっき、小さな川があったやろう。あそこで汲んでくる」

来た道を二町ほど引き返したところにある、簡単に飛び越えられる程度のか細い流れだった。

各々が持っていた竹筒を集めると、糸たちにここから出ないよう念を押して、六郎は入り口から外の様子を窺った。折り重なった枝のせいで、あたりは薄暗い。木々と藪のせいで見通しも悪いが、人の気配はなさそうだ。

岩戸を出た六郎は中腰のまま、藪や木の幹に隠れながら少しずつ移動した。走り疲れた足腰が悲鳴を上げるが、まだどこに敵が潜んでいるかもわからない。

やがて、水の匂いが漂ってきた。周囲に誰もいないことを確認して、川辺に出る。水面すれすれに蜻蛉が飛び交い、せせらぎに混じって鳥の声が聞こえてくる。場違いなほど長閑な光景に、この戦の全てが夢であったらという虫のいい思いがちらと頭をよぎった。

いや、逃げるなと己を叱咤し、重い体を持ち上げた。

源流に近いのか、昨夜までの雨にもかかわらず、水は澄んでいる。これなら飲み水にしても支障はないだろうと、流れに手を差し入れ、渇ききった喉を潤した。冷たい水が、体の隅々にまで染み込んでいく。

先刻ここを通った時は気づかなかったが、顔を上げると、対岸の木々の向こうに山の頂が望めた。小さくだが、あの鳥居が見える。距離にして、およそ七、八町だろうか。思ったほど遠くまで来ていないことを理解し、竹筒を腰に括りつけた紐を解く。

五本ある竹筒の最後の一本に水を入れ終え、栓をした時だった。

対岸の森の中、なにかが動いたような気がした。獣か。思ったが、念のため竹筒を脇に抱え、木陰に身を隠した。

目を凝らす。獣ではない。人影だった。それも、一つではない。先頭には陣笠をかぶり、肩に槍を担いだ男。もう一人、足軽風の男が続き、その後ろを二人の女と思える影が続いてくる。男二人の顔は、血なのか泥なのか、とにかく真っ黒に汚れて見えた。

山狩りで捕らえた女を引き立てていくところに違いない。そう理解した途端、先刻の下人の言葉が蘇り、全身が熱くなった。なんの罪もない女子を散々慰み物にした挙句、売り飛ばす。そんな非道な真似が、許されるはずがない。

水を汲むつもりなのか、四人が森から川辺に出てきた。絶好の機会だった。まともに斬りかかっても勝てるはずがない。不意を衝いて襲いかかり、隙を見て女たちを連れて逃げる。頭の中で手順を反芻《はんすう》し、呼吸を整える。

刀の鞘を払い、三つ数えて飛び出した。対岸の四人が、一斉にぎょっとした顔をこちらへ向ける。川を飛び越えようと岩を蹴った瞬間だった。草鞋の裏が苔《こけ》で滑り、六郎はそのまま川の中に頭から突っ込んだ。

慌てて顔を上げ、向こう岸に落ちた刀に手を伸ばした六郎を、四人が囲んでいた。

「おめえ、なにしてるんや？」

「六郎さん、大丈夫ですか？」

聞き知った声に、今度は六郎がぎょっとした。

混乱したまま、左右を見回す。川の水で流したのか、顔の汚れは落ちていた。

「お、おめえら、生きてたんか？」

「阿呆。勝手に殺すなや」

憮然とした声で答えると、兵太はにやりと笑った。

長吉と志乃は笑いを嚙み殺し、幸は呆れたようにずぶ濡れの六郎を眺めている。

生きていてくれた。安堵とともに、疑問が次々と湧き上がってくる。

「ほうや、おめえら、なんでこんなとこにいるんや。結衣は、おらんかったのか？」

まくし立てると、兵太の顔から笑みが消えた。

「落ち着け。結衣なら生きてる……はずや」

「はず、って、どういうことや？」

「結衣さんは、時を稼ぐために山頂に残りました。必ず楢谷で落ち合う。そう約束して、別れたんです」

「残ったって……」

山頂で襲ってきた織田兵の数は、二十を超えていた。その半分が村人を追ってきたとしても、一人で十人以上を相手にしているというのか。しかも、敵は食い詰めた野伏せりではなく、鉄砲や弓を持った軍勢だ。

「いくらなんでも」

無茶や。そう続けようとした六郎の耳に、しゃりん、という軽い金属の触れ合う音が届いた。

他の四人にも聞こえたのか、音のした方へ一斉に顔を振り向ける。

川を挟んだ向こう側、つい今しがた六郎が身を隠していた木立の手前に、一人の僧侶が立っていた。聞こえたのは、錫杖の頭にいくつかつけられた銀色の輪が触れ合う音だった。

「今の話、まことであろうな？」

低いが、明瞭に聞こえるその声に、背筋がぞくりと震えた。相手が何者なのか、意図するところがなんなのかわからずとも、味方ではないということだけは肌ではっきりと感じる。

幸と志乃に隠れるよう促し、兵太は刀の柄に手をかけた。長吉も、弓に素早く矢をつがえている。二人に倣い、六郎も落とした刀を拾い、見よう見真似で構えを取った。

「おめえが、曾呂利とかいう忍びか？」

兵太が、かすかに声を震わせながら喚いた。なぜ、あの男の名を知っているのか。横目でちらと兵太を見たが、それは後だと思い直し、曾呂利と呼ばれた男に顔を向けた。

「だとしたら、どうする？」

口元に冷笑を湛えながら、曾呂利が答える。弓で狙われているにもかかわらず、まるで動じる様子がない。

「決まってるやろ！」

叫んだ長吉が、弦を引き絞った。

矢が弦から離れると見えた瞬間、どす、という鈍い音がした。なぜか膝を突いた長吉の手から、弓矢が落ちる。

「おい……」

どうしたと続けようとしたが、言葉が出てこなかった。兵太も、見開いた目を一点に向けている。

長吉の喉仏の下あたりに、棒のような物が突き刺さっていた。目に涙を浮かべながら、口を開けてなにか言おうとしているが、声にはならない。そのまま、長吉は前のめりに崩れ落ち、小川の中に顔を沈めた。底まで見透かせる清流が、赤黒く汚れていく。幸の悲鳴が、木立の暗がりから聞こえてきた。

確かめるまでもなかった。死んでいる。

「こ、この野郎っ！」

叫んだ兵太が、刀を引き抜いた。我に返った六郎も、長吉から視線を引き剝がす。だが、そこにあったはずの曾呂利の姿がない。息を吞んだ時、視界の隅で白い影が揺れた。

「兵太、後ろや！」

叫ぶと同時に、踏み出した。力任せに刀を振り下ろす。

斬った。そう思ったが、刀は地面の岩を叩き、甲高い音を立てた。手の痺れを堪えて視線を上げた時には、曾呂利は二間ほど離れたところにいた。錫杖を左手に持ち、右手はだらりとぶら下げている。

「楢谷というのがどこか教えてもらおうと思ったが、喋る気はなさそうだな」

答える代わりに、六郎と兵太は刀を構え直した。勝てるはずがない。この場で全員殺される。恐怖で切っ先が震え、足が竦んだ。

「六郎。二人を連れて逃げろ」

「兵太」

「絶対に生き延びろよ。死んだら、ただじゃおかんからな」

言うや、兵太が地面を蹴った。曾呂利の右手が、懐に差し入れられる。

次の刹那、どん、という雷鳴に似た重い音が響いた。山頂のあたりからだ。鉄砲の筒音とも違う、長く尾を引く音。兵太も踏み出しかけた足を止め、何事かと見上げている。

「結衣か」

笠を上げながら呟いた曾呂利の右目に、暗い光が宿っている。

「遊んでいる暇は無さそうだ。しばしの間、生のありがたみを味わうがいい」

曾呂利は身を翻し、上流へ向かって岩から岩へと信じられない速さで飛び移っていく。

「待てや！」

兵太が長吉の弓を拾い上げる。だが、放たれた矢は虚しく空を斬り裂いただけだった。嘲笑《あざわら》うかのように、曾呂利の背中が森の中に消えていく。

六郎はその場に膝をつき、荒い息を吐いた。体をきつく締めつけていた縛めが解けたように、力が抜けている。足音が聞こえた。振り返ると、幸と志乃が、長吉の体を川から引き上げていた。

「六郎、俺は奴の後を追う。いくら結衣でも、あんな化け物と一人で戦えるはずがねえ」

「ほやけど、おめえが行ったさけって」

「ほれでも、一人より二人の方が、結衣も心強いに決まってるやろ。ほれに、あいつは長吉の、みんなの仇や。絶対に許さん」

横たえられた長吉にちらと目をやり、続ける。

「六郎、おめえは楢谷で待っとれ。必ず、結衣を連れて行く。ほれまで、二人を頼んだぞ」

長吉の矢筒を腰に括りつけながら言うと、兵太は一瞬だけ幸と視線を交わし、弓を手に駆け出した。

俺は、どうしたらいい？　膝立ちの姿勢のまま、六郎は思った。これまで味わったことのない恐怖から解き放たれたばかりで、頭が上手く回らない。

兵太の言う通り、皆を連れて楢谷で二人を待つべきか。今までと同じように、ただ逃げ回って、なにも出来ない自分を恨みながら待ち続ければいいのか。それで二人が戻らなければ、俺は一生悔やみながら生きることになる。それでもいいのか？

「あんた、どうする気？」

振り向くと、幸の目がこちらをじっと見据えていた。鋭い視線に気圧され、六郎は唇を噛んで俯いた。

「まさか、このまま兵太一人に行かすつもり？」

非難じみた声を上げる幸をやんわりと手で制し、志乃が後を引き取った。

「六郎さん、わたしたちの心配はいりません。楢谷の場所は聞いていますし、もうこのあたりに織田の軍兵はいないでしょう。あなたは、あなたの望む通りにしてください」

やわらかさの中に凛とした強さが滲むその声は、幸の視線よりも六郎を圧倒してきた。

志乃は、坊官たちに夫と義父、実の父を殺され、ようやく馴染んだ新しい居場所も追われた。何事もなければ夫婦の契りを結んでいただろう新八も死んだ。

身近な人を次々と奪われながらもなお、この人はしっかりと自分の足で立ち、襲いかかる理不尽に立ち向かっている。それに較べて俺は、いったいなにを相手に戦っている？

偉そうな顔で彦七を非難することなどできない。結局俺は、自分のことばかりだ。医術を志す身でありながら、他人がどれだけ歯を食い縛り、痛みに耐えているのかが見えていない。そのことにようやく気づいて、六郎は顔を上げた。刀を鞘に納め、立ち上がる。確かに、兵太の言う通りだった。一人より二人の方が心強いに決まっている。だったら、二人よりも三人の方がいい。

六郎は、手短に岩戸の場所を説明した。

「そこで、糸たちが待ってます。事情を話して、みんなで先に楢谷を目指してください。俺らも、後から向かいますから」

二人がしっかりと頷くのを確かめ、六郎は志乃に向けて続けた。

「糸に会《お》うたら伝えてください。また、結衣と兵太と、四人で薬草採りに行こう。ほやさけ、おとなしゅう待ってろって」

「わかりました」

微笑して答えた志乃の横で、幸が面白くなさそうな顔をしている。

「なんなら、幸さんも一緒にどうや？」

「わたしは、山歩きなんか嫌いや。けど……ほんなに言うなら、たまには付き合《お》うてもいい」

志乃と顔を見合わせて苦笑し、六郎は踵を返す。

兵太の姿はもう見えないが、顔を上げると、山の頂から細く紫がかった煙が立ち上っているのが見えた。

あの煙を目指して進めばいい。きっと、あそこに結衣がいる。

四

結衣は、上空に延びる紫がかった煙が風に揺れるのをぼんやりと見上げていた。忍び同士の、合図の狼煙《のろし》だ。この色の煙は、至急集まれという意味を持っている。火種は、倒した下忍の懐を探って手に入れた。

曾呂利は、どこかでこの狼煙を見ているに違いない。下手に山中を探し回って体力を消耗するよりも、待ち伏せした方がいい。それでも、勝てるという見込みはほとんどないが。

結衣は、山頂の中央近くに建つ大きな鳥居にもたれかかり、足を伸ばしている。死体は山頂の北側に集中していて、風は南から吹いているため、このあたりにはほとんど死臭も漂ってこない。

身の周りには、掻き集めた武器や、倒した下忍から手に入れた忍び道具が並んでいる。道具の多くは、見ただけで使い方を思い出せた。手裏剣や使えそうな小道具は、腰に下げた皮袋にまとめて放り込んである。

いちおうの血止めはしたものの、左の袖はすっかり赤黒く染まっていた。棒手裏剣を受けた二の腕の傷に加え、侍との斬り合いで肩口を斬られたのだ。刀傷の方は深くはないが、少し動かすだけで鋭い痛みが走る。

体力はほとんど残っていない。落ちていた竹筒に残っていた水で喉を潤し、下忍が持っていた飢渇丸《きかつがん》と呼ばれる団子を腹に詰め込んだが、力を取り戻すにはまるで足りない。

ふと顔を横に向けると、近くの木の麓に茸が生えているのが見えた。ああ、あれは確か、食べられないやつや。一度源吾の酒の肴《さかな》に出したことがあるが、食べてしばらく笑いが止まらなくなっていた。

笑いながら怒る源吾の姿を思い出して、ふっと口元を緩めた。あれはいつのことだったたろう。確か、父と母、そして姉の死をなんとか受け入れ、新しい父との暮らしにもどうにか慣れはじめていた頃だ。

ずっと、この村で生きていく。そう思っていた。豊かではなくても、源吾や糸、兵太、六郎たちと、笑ったり泣いたりしながら年を取る。上手く想像できなかったが、いつか誰かのもとへ嫁に行って、子を産むこともあるかもしれないと、漠然と考えていた。

生まれ育った湖畔の村が焼かれる光景、飯道山での修行の日々、逃亡と姉の死。そういった忌まわしい記憶は、無意識のうちに頭の中で書き換えられ、固く封印されていた。たとえ偽りの記憶を抱いたままでも、村での日々はかけがえのないものだった。

でも、もうあの頃には戻れない。久蔵も新八も、他にもたくさんの人が死んだ。源吾にも、もう二度と会えないかもしれない。

膝を抱き、顔を埋めた。じわりと視界が滲んだが、涙を零すのは堪えた。泣いていても、なにもはじまらない。生き残った人たちを集めて、新しい村を作る。そのために、まだやらなければならないことがある。だから、泣いている暇などなかった。

顔を上げ、左右に視線を飛ばす。なにかが肌に触れるような感じがした。曾呂利が近づいてきている。たぶん、間違いない。

傍らに並べた鉄砲の火縄に次々と点火し、火蓋を切る。鉄砲は三挺《ちょう》。玉込めはすでに終わっている。後は引き金を引くだけだ。飯道山でもほとんど撃ったことはないが、この左腕で弓を引くよりはましだろう。倒れた下忍や鉄砲足軽からかなりの量の玉と火薬を掻き集めたが、使えるのは三発のみ。残りの火薬は、別の用途に使った。

不意に、視界の端で梢が揺れた。

膝立ちになり、鉄砲を構える。曾呂利がどこから現れるかはわからない。絶えず筒先を動かして備えた。

影が見えた。西側の木々の中。十間ほど先、枝から枝へと飛び移っていく。狙いをつけ、引き金を引いた。耳の側で轟音が響き、反動で左腕に痛みが走る。

影は止まらず、右から左へと枝を飛び移りながら、続けざまに棒手裏剣を打ってくる。横に転がって避けながら鉄砲を摑み、再び膝立ちで構える。

筒音。編笠が飛んだ。それが落ちるより先に、曾呂利は地面に下り立った。こちらに向け、真っ直ぐ駆けてくる。鉄砲を持ち替え引き金に指をかけた瞬間、曾呂利が腕を振った。目の前に飛んできた手裏剣が銃床に突き立つ。もう一本が右の脇腹を掠め、結衣は顔を歪めた。

曾呂利がまた、なにかを投げた。今度は弧を描くように、宙を舞ってくる。理解するより先に、体が動いた。鉄砲を捨て、鳥居の柱の陰に飛び込む。直後、空中で巻き起こった轟音と爆風が鳥居を揺らし、結衣は首を竦めた。すぐ側の地面に、無数の鉄片が突き刺さる。

爆発音が後を引く中、顔を上げる。いつの間に回り込んだのか、真正面に曾呂利の姿があった。距離は二間。右の頬から血が流れているのは、鉄砲の玉が掠めたためだろう。

曾呂利の口元が笑いの形に歪んだ瞬間、結衣は右へ飛んだ。曾呂利の左袖から鎖が延び、分銅が柱にめり込む。飛びながら結衣が放った手裏剣は空を裂き、曾呂利を捉えることなく見えなくなった。

立て続けに襲ってくる分銅をかわしながら、結衣は違和感を覚えていた。手裏剣も分銅も、どこか正確さを欠いている。

手裏剣を打ちながら後ろに飛び退り、間合いから逃れ出た。鎖が届くのは三間足らず。それ以上離れれば、恐ろしくはない。

刀を抜き、低く構えを取って睨み合う。

「よくぞ生きていてくれた。嬉しいぞ、結衣。しかも、俺の攻めをこれほど凌ぐとは、師としての冥利に尽きる」

右目に暗い喜びの光を湛え、曾呂利が喉を鳴らして笑う。結衣ははじめてその顔を、若干の余裕を持って見据えた。左目には晒しを巻きつけている。昨夜、結衣が放ち顔面を捉えたと見えた手裏剣は、左目を潰しただけのようだ。だがそのおかげで、曾呂利は距離感を正しく摑んでいない。

少ないが、勝ち目はある。柄を握る右手に力を籠め、一歩前へ踏み出す。誘い。乗ってきた。曾呂利が分銅を放つ。やはり、狙いは微妙にずれている。身を屈めて避けながら、刀を横に払った。刀身に鎖が巻きつく。そのまま前進して、一気に間合いを詰めた。曾呂利は鎖分銅を捨て、両手で錫杖を握った。背筋に冷たいものが走る。仕込み杖。足を止めれば、格好の餌食となる。そのまま前に出た。鎖の巻きついた刀を捨て、脇差の柄に手をかける。だが、鯉口を切るよりも早く、錫杖から引き抜かれた短い刀が頭上から襲ってきた。

間に合わない。咄嗟に左腕を振り上げ、前腕で刃を受けた。がき、という鉄のぶつかる音が響き、刃が止まった。全身を駆け巡る激痛に耐えながら、抜き放った脇差を振り上げた。右目を見開いた曾呂利の胸元が裂け、袈裟の下の鎖帷子が露わになる。さらに、片手突きで追い討ちをかけた。後ろに跳んで逃れた曾呂利の首筋から、赤い血が流れ出す。斬ったのは皮一枚だけだ。

袖の下に巻きつけていた鎖が役に立った。落ちていた鎖鎌の鎌を外したものだ。曾呂利のように自在には扱えないが、籠手の代わりくらいにはなる。

再び、距離を取って向かい合った。鞘になっていた錫杖を捨てた曾呂利の顔からは、完全に笑みが消えている。

いける。脇差を逆手に持ち直した時、結衣は、曾呂利に向かって一本の矢が飛ぶのを見た。

兵太は自らが放った矢の行く末を、祈るような思いで見つめていた。

曾呂利は頂上に向かったはずだと見当をつけて、必死で山を駆け上った。そして南側から山頂に出た途端、曾呂利と斬り合う結衣の姿が目に飛び込んできたのだ。

考える間もなく弓を引いていた。だが放った矢は、手にした短い刀でいとも容易く斬り落とされた。

「くそっ！」

吐き捨てるや、すぐに次の矢をつがえた。

「ほう。わざわざ殺されに戻ってきたか」

こちらに体を向けた曾呂利が、ぞっとするほど凄惨な笑みを浮かべる。

「では、先にそなたから送り出してやろう」

「う、うるせえっ！」

一瞬足が竦みかけたが、声を張り上げることでどうにか耐え、弦を引き絞った。

「長吉の仇じゃ、死ねやぁっ！」

叫びながら、二の矢を放った。十分に狙いをつけたつもりだったが、矢は曾呂利の頭上を越えていく。次の矢に手をかけた時、曾呂利が地面を蹴ってこちらに向かってきた。

「あかん、兵太さん、逃げて！」

曾呂利を追おうと踏み出した結衣が、短い悲鳴を上げて倒れるのが見えた。右膝の少し上に、棒のような物が突き刺さっている。長吉を殺したのと同じ武器だ。

かっと頭に血が上り、次々と矢を放つ。だが、その全てがかわされ、あるいは刀で叩き落とされた。十間近くあった距離が、見る見る詰められていく。矢が尽きた。弓を捨てて刀を抜き放つが、構えを取る間もなく弾き飛ばされる。

喜びに震えるような目つきで、曾呂利が刀を振り上げる。隻眼に火傷跡、右の頰を血で染めた顔は、悪鬼そのものとしか思えない。

「わ、わぁっ……！」

必死に抑えていた恐怖が溢れ出し、兵太は意図せず背を向けた。刃が、肩のあたりから胴丸もろとも肉を裂いていく。

最期にもう一言くらい、幸と言葉を交わしておけばよかった。

背中を焼かれるような熱を感じながら、兵太はそれだけを悔やんだ。

結衣は脇差を握ったまま、出来得る限りの速さで走った。鳥居の下、まだ玉の残った鉄砲が落ちている。

背中を斬られた兵太が倒れるのを、視界の端で捉えた。

焦燥に駆られるまま、前に向かって身を投げ出す。

倒れ込みながら、鉄砲を摑んだ。右膝の少し上に刺さったままの棒手裏剣が地面に触れ、激痛が脳天を貫く。兵太さんは、きっともっと痛い。そう言い聞かせて、歯を食い縛って耐えた。

火縄がまだ点《っ》いているのを確かめると、寝そべったまま銃床を頰に当て、狙いを定めた。曾呂利は俯せに倒れた兵太に向け、逆手に持ち替えた刀を振り上げている。

長吉の仇という兵太の叫び声は、結衣の耳にもはっきりと届いていた。どういう経緯で長吉が殺され、兵太がここに駆けつけてきたのかはわからない。確かなのは、曾呂利の手でまた一人、親しかった人間が命を奪われたということだ。

もう、誰も殺させない。なに一つ、奪わせない。静かに、引き金にかけた指に力を籠めた。

筒音が谺する中、曾呂利は何事もなかったように振り返る。左肩のあたりに小さな赤黒い染みができているが、玉は掠っただけのようだ。それでも、振り上げた刀を下ろさせることには成功した。

「まあいい。もう長くはあるまい」

動かない兵太を一瞥し、こちらに向かってゆっくりと歩を進めてくる。

立ち上がった結衣は、右手で脇差を構えたまま、じりじりと横に移動する。左腕も右足も、もうほとんど言うことを聞かない。

首をわずかに動かし、後ろを確かめた。鳥居から社跡に延びる道。石畳の石はほとんど剝がれているが、まだ何枚か残っていた。

「そろそろ終わりにいたそう。まだ獲物が残っておってな、あまり遠くまで逃げられては面倒だ」

「獲物って、村のみんなのこと？」

「安心いたせ。あの世でも寂しくないよう、すぐに一人残らずそちらに送ってやる」

激昂しかかる自分を制し、呼吸を整えた。

「長い因縁だったが、これで終わりだ」

区切りをつけるように言うや、踏み込んできた。結衣は曾呂利に背を向け、左足一本で前へ跳んだ。それを追うように、曾呂利も跳躍する。

釣れた。跳びながら心の中で叫び、結衣は足元の地面に視線を落とす。

まばらに残る石畳の中の一枚。周囲の土の色が他と較べ、かすかに黒っぽい。結衣は空中で身を捻り、その縁に向けて力の限りに脇差を投げつけた。行方も確かめず、さらに半回転して背を丸める。

四角い石の縁に脇差の刃がぶつかり、火花が散る。

その直後、石の周囲から閃光が発し、地面に埋めた焙烙玉や煙玉、掻き集めたありったけの火薬が一斉に炸裂《さくれつ》した。曾呂利が投げた焙烙玉の数倍の炎と爆風が、真上に向かって噴き上がる。

凄まじい熱気と衝撃を背中に感じた瞬間、両耳は全ての働きを止めた。衝撃の波に三間近い距離を吹き飛ばされ、ごろごろと地面を転がる。

すぐに顔を上げた結衣は、一切の音が消えた世界の中で、高く伸びた炎が周囲の地面をめくり上げ、無数の鉄片や石畳の破片、土塊《つちくれ》を撒き散らす光景を見る。

炎が上がったのはほんの一瞬で、あとはもうもうと立ち上る煙が視界を覆い尽くした。落ちてきた土や小石の類が背中を叩く。

徐々に、音が戻ってきた。爆発に驚いて逃げる鳥や獣たちが、けたたましい鳴き声を上げている。気力を振り絞って立ち上がり、曾呂利を探した。

西側の崖の少し手前に、その姿はあった。仰向けに倒れたまま、袈裟に燃え移った炎に身を焼かれている。結衣よりも高く跳んでいた分、爆風をまともに浴びたのだろう。

爆発の起きた場所から五間近くも離れていた。

曾呂利の生死を確かめるため、近くに落ちていた刀を拾い、足を引きずりながら歩き出した。

一歩進むごとに、足の傷からは血が溢れ、袴を濡らしていく。血が足りなくなっているのか、吐き気が込み上げ、視界は時折霞んだ。

やや距離を置いて、肉の焼ける臭いに顔をしかめながら曾呂利を見下ろす。燃えているのは、袈裟の両袖の部分だった。咄嗟の判断で四肢を縮め、身を守ったのだろう。それでも、焙烙玉に仕込んであった鉄片が体中に突き刺さっている。白目を剝いたまま虚空を見つめ、ぴくりとも動かない。

勝った。だが、安堵の思いはすぐに消えた。曾呂利から視線を引き剝がし、兵太のいる方へ向き直る。まだ、息はあるはずだ。急いで手当てをすれば、助けられるかもしれない。少ない望みに縋って足を踏み出そうとした刹那、ざっ、という土を踏むような音が聞こえた。

結衣が反射的に振り返るのと同時に、右手首を蹴り上げられた。手を離れた刀が、崖の向こうに消えていく。焼け爛《ただ》れた両腕が伸びてきた。曾呂利は両手で結衣の首を摑み、力を籠めてくる。

首が焼けるように熱い。結衣は両腕を持ち上げ、喉を絞め上げる両手首を摑む。その肌は、人間のものとは到底思えないほどの熱を帯びていた。

曾呂利はいつの間にか、袈裟と鎖帷子を脱ぎ捨て、袴一つになっている。両腕は黒く焼け焦げ、全身を血で赤黒く染めながらもなお、薄笑いを浮かべていた。

「よもや、姉に続いて妹にまで、地雷火でこの身を焼かれようとはな」

地の底から響くような声に、結衣はぞっとした。首にかかった手に、さらに力が籠められる。両腕がだらりと落ち、意識が遠のきかけた。

その時、曾呂利の背後に人影が見えた。幻だろうか。はっきりとしない頭で思った次の刹那、短い呻き声が聞こえた。首から手が離れる。なにが起きたのかわからないまま、支えを失った結衣はその場に腰を落とし、激しく咳き込んだ。

大きく口を開けて流れ込んできた空気を吸い、顔を上げた。曾呂利の左の肩口に、刀が食い込んでいる。

六郎だった。震える手で柄を握り、骨に遮られた刃をさらに押し込もうとしている。

なぜここに、という疑問より先に、危険を感じた。

駄目だ。それじゃあ斬れない。声を上げようとした瞬間、曾呂利が右腕をぶん、と振る。手の甲でこめかみを打たれた六郎が、一間近くも吹き飛ばされた。

「次から次へと、よく湧いて出る」

嫌悪を滲ませ、倒れた六郎を見下ろす。

「小僧、人を斬るのははじめてか？　ならば、そこで見ておれ。刀の遣い方を教えてやる」

言って、曾呂利は足元の刀を拾い上げた。

次はこっちに来る。なにか武器は。ようやくまともに働くようになった頭で考えたが、手裏剣も使い果たし、身には寸鉄も帯びていない。左腕の鎖も、爆風で飛ばされた拍子にどこかへ落としてしまった。

いや、まだある。左の膝を立て、残る力を全て使いきるつもりで地面を蹴った。立ち上がった勢いのまま懐に飛び込む。右腿に刺さった棒手裏剣を抜き、両手で握った。

ぎょっとした顔を振り向けた曾呂利の胸に、肩からぶつかった。腹に突き立てた棒手裏剣を伝って、生温かい血が両手を濡らす。呻き声とともに口から漏れた息が、顔にかかった。やや間を置き、がしゃん、と音を立てて刀が落ちる。

ほんの数歩分先で、地面が切れていた。渾身の力で、崖へ向かって押し込んでいく。

だが、あと一歩というところで、持ち上がった曾呂利の両手が肩を摑んできた。驚き、見上げた結衣を、真っ赤に充血した目で睨む。

「まだや……こんなところで、死んで、たまるか……」

切れ切れに言うと、信じられない力で押し返してくる。堪えきれず、二歩、三歩と後退った。

「俺は、陽の当たる場所に……。俺を踏みつけにした全ての者に、復讐を……」

吐き出される声はまるで、怨念そのものだった。踏みつけられ、虐げられ続けたこの男の来し方を垣間見たような気がして、結衣は思わず目を背けた。

熱に浮かされたようにぶつぶつと呟き続ける曾呂利の肩越しに、無数の顔が見えた気がした。お駒や安兵衛、同じ場所でともに暮らした村人たち、名も知らない足軽や侍、曾呂利の下忍。

そうだ。自分が踏みつけられたことが、他人を踏みつけていい理由になどなるはずがない。

当たり前の道理に気づき、改めて湧き上がった怒りが結衣を衝き動かした。手裏剣を握る両手に力を籠め、さらに深く捻じ込む。

びくりと曾呂利の全身が震え、肩から両手が離れた。よろめきながら、腹を押さえて体をくの字に曲げる。

結衣は、右の拳を固く握り込んだ。弓を引くように後ろへ振りかぶり、左足で踏み込む。

顔を上げた曾呂利の目が、恐怖に見開かれる。結衣は意味をなさない叫び声を上げながら、右腕を振り抜いた。顔面を捉えた拳に痛みが走り、鼻の骨が折れる感触がはっきりと伝わる。

体を仰け反らせて吹き飛んだ曾呂利の体が、ふわりと宙に浮いた。なにかに縋るように両腕を天に伸ばしたまま、崖の下に消えていく。

その行方を確かめる余裕はなく、結衣は吸い寄せられるように膝を折った。荒い息を何度も吐く。怒りで忘れていた感覚が蘇り、激痛に頭が朦朧とする。左腕、脇腹、右腿に加え、骨にひびでも入ったらしい拳が新たな痛みを訴えている。それでもまだ、倒れるわけにはいかなかった。

落ちていた刀を杖代わりに立ち上がる。震える足で、目を閉じたままの六郎に歩み寄った。

顔を覗き込むと、いきなりその目が開いた。上体を起こして頭を振り、惚けたような顔をこちらに向ける。

「あ、あれ、ここは……？」

気を失っていただけらしい。どこか間の抜けた声に、心の底から安堵を覚えた。

「そうや、あいつはどうなった？」

死んだという確信は持てなかった。確実にとどめを刺したわけではない。死の淵に追いやったと思っても、そこから何度となく蘇ってきた男だ。今は確かめる術《すべ》もない。

内心の不安を押し隠し、結衣は微笑んでみせた。

「大丈夫。もう、おらんようになった」

「ほうか。また、おめえに助けられたんやな」

助けに来たつもりやったのに、と少し悔しそうに続け、「ありがとう。よう頑張ったな」と小さく笑う。

不意に、視界がじわりと滲んだ。少しでも気を抜けば零れそうになる涙を堪えて、「うん」とだけ答えた。

「傷の具合は？」

「あちこち痛いけど、たぶん死んだりはせんよ」

「よし、行くぞ。歩けるか？」

訊ねると、六郎は結衣の右腕を取って自分の肩に回し、返事も待たずに立ち上がって歩き出す。

倒れた兵太の傍らまで行くと、結衣を座らせて自分も膝をつく。兵太の首筋に手を当ててしばらく目を閉じ、突然ぱっと顔を輝かせた。

「まだ息があるぞ。結衣、手伝ってくれ！」

「う、うん！」

左腕が思うように動いてくれないのがもどかしい。協力して胴丸を脱がせ、中の小袖を引き裂くと、兵太が腰に括りつけていた竹筒の水で傷口を洗っていく。

「そうや、これ、使える？」

皮袋の中から取り出した印籠を渡す。六郎は中の薬を取り出し、鼻を近づけて匂いを嗅いでいる。

「よし、いいぞ。血止めに膏薬まである」

結衣にはどれがどの薬なのか、さっぱりわからない。独り言のように呟く六郎を、感嘆の思いで見つめた。

「これ、飲んどけ。痛み止めや」

小さな黒い丸薬と竹筒を押しつけられた。頷き、苦い薬を水で飲み下す。

「兵太さん、助かるよね？」

「大丈夫や。任しとけ」

言いきったその横顔は、いつになく頼もしく思えた。どうやって逃げ、なぜここにやって来たのか。誰と誰が生き残っているのか。わからないことは山ほどあったが、全ては後回しだ。

「胴丸のおかげで、傷はそれほど深《ふこ》うない。血はかなり出てるけど、傷を塞げばなんとかなる。すまんけど、おめえの手当てはその後や」

促され、結衣は火熾《ひおこ》しにかかった。その間、六郎は懐から取り出した針に絹糸を通している。熾火《おきび》を積み重ねた細い枝に移すと、針の先端を炙《あぶ》りはじめた。

「傷を、縫うの？」

「ああ。南蛮の医者は、こうやって切り傷を治すって、了庵先生に聞いた。何回か試したけど、この方が確かに治りが早いんや。本当は糸と一緒に湯がいた方がいいんやけど、時がねえ」

そう言うと、手早く傷口を縫い合わせていく。その目はじっと手元に注がれていて、結衣のことなどもう眼中にないように見える。

そうや。この人は、病人や怪我人を前にすると、他のことなんて目に入らんようになるんやった。そんなことを思い出すと、少しだけ村での日常が戻ってきた気がした。養生所を手伝っていた頃が、遠い昔のように思える。

見ると、傷口はもう半分以上縫われていた。六郎はいったん手を止めて額の汗を拭い、残りに取りかかる。結衣にできることは、もうなにもなかった。

やっぱり、六郎さんはすごい。人を傷つける技よりも、人を治す技の方がずっと立派や。そんなことを考えているうちに、堪え難い眠気が襲ってきた。目蓋がたまらなく重い。自分がどこにいるのか、束の間わからなくなる。

気づくと、仰向けになっていた。目の前に真っ青な空が広がっている。とてつもなく長い時間を戦っていた気がするが、陽はまだ、中天からやや西に傾きかけたばかりだった。

わずかに頭を起こすと、横たわる山の稜線《りょうせん》の向こう側で、黒い煙が幾筋も上がっているのが見えた。方角からして、たぶん、一乗谷か北ノ庄か、そのあたりだろう。それ以上考える気力はなく、再び頭を下ろした。

今も、この下でいくつもの町や村が焼かれ、数えきれないほどの人が命を落としている。そんな事実がまるで質の悪い戯言としか思えないほど、空はどこまでも澄み渡っていた。

兵太の手当てを終えたらしい六郎の手が、右足に触れた。袴をめくり上げ、傷口よりもさらに上の部分をきつく縛っている。痛みはなく、縛られているという感覚さえ希薄だった。

「薬が効いてきたんや。疲れたやろ、少し眠っててていいぞ」

六郎の穏やかな声が、やけに遠く感じられた。返事をしようと思っても、声を出すのも億劫《おっくう》だった。

いつまた、曾呂利が襲って来るかもわからない。だから今は、少しだけ休もう。

目を閉じると、夢現《ゆめうつつ》に、懐かしい光景がいくつも浮かんでは消えた。

湖畔の村で真矢とともに眺めた、陽の光を照り返してきらきらと輝く琵琶湖の水面。源吾と二人で囲んだ夕餉。まるで上達しない結衣の味付けに文句をつけながらも、源吾はいつも残さず食べてくれていたことを、今になって思い出した。

場面が変わり、近くの山から望む中津村の景色が目の前に広がった。牛や鶏の鳴き声。

狭い田畑の畦道を駆け回る子供たち。のんびりと空に昇っていく炭焼き小屋の煙。全てが懐かしくて、もう戻れないのだと思うと、胸が締めつけられるような痛みを覚えた。

誰かが呼んでいるような気がして、振り返った。緩やかな上り坂の上で、六郎と糸が呆れ顔でこちらを見ている。早く来いと急《せ》かす兵太の隣では、幸が不機嫌そうにそっぽを向いていた。

そうや、みんなで山菜採りに出かける途中だったんや。手にした空の籠を確かめると、眼下に広がる村の景色を目に焼きつけ、踵を返す。

戻れないのなら、新しく作るしかない。みんながいれば、きっとできる。なんの根拠もないまま確信して、坂の上で待つ仲間に顔を向ける。

「ごめん、今行く！」

大きな声で答え、結衣は走り出した。

五

陽が、西に傾きはじめていた。

左手を流れる川の対岸にそそり立つ高い崖が、長い影を伸ばしている。

その影の中で全身を苛《さいな》む痛みに耐えながら、曾呂利新左衛門は細い河原を上流へ向かっていた。手にした杖はたまたま見つけた木の枝だが、それが無ければろくに歩くこともできない。こんな物に頼らざるを得ない我が身の有り様は、屈辱以外の何物でもなかった。

腹に突き刺さった棒手裏剣は、そのままにしてあった。腹の筋肉に阻まれて内臓に達するまでには至っていないが、抜けばかなりの血を失うことになる。炎に焼かれた両腕も、風が吹くたびに堪え難いほどの痛みを訴える。全身に刺さった細かい鉄片に至っては、数が多すぎて抜こうという気も起こらない。

このまま川沿いに歩き続ければ、一乗谷あたりに着くはずだ。谷から川へ落ちた後、かなりの距離を流されたので、それほどの距離はないだろう。とはいえ、この体ではいったいいつ辿り着けるのか見当もつかない。

「……殺す」

声に出して、呟いた。そうしなければ、歩き続ける気力を保つことができない。怒りと憎しみこそが人の生きる力の源だと、物心ついた頃からこの体は知っている。

自分は死んだと、結衣は思っているだろうか。だが、この程度で終わるような鍛え方はしていない。しばらく静養し、体が回復した暁には、必ず居場所を突きとめて嬲り殺しにしてやる。今度は、勝負を愉しむつもりはない。徹頭徹尾、勝つために戦う。無論、あの若造二人も生かしてはおかない。泣き叫び、赦しを請う結衣の姿を想像するだけで、生きる気力が湧いてくる。

喉の渇きを覚え、いったん足を止めた時だった。右手の森の中に気配を感じた。結衣が追ってきたのか。いや、そんな力は残っていないはずだ。目まぐるしく考えを巡らせながら、視線を横に流した。

「お前か」

「ずいぶんと派手にやられましたなあ、師匠」

聞き知った声が、胸のあたりまである大きな岩の上から降ってきた。向き直り、不遜な弟子の姿を見上げる。

堺の町の貧しい者たちが集まる一角で拾い、育て上げた下忍だった。結衣たちが脱走した後に育てた四人の弟子の中では、最も腕が立ち、頭の回転も速い。その分、任よりも自らの利を重んじる傾向があった。

「よく生きていたな」

「俺も、あばらの二、三本はやられましたわ。さっさと逃げたのは間違いやなかったようです」

「そのまま消え失せればいいものを、なにをしに俺の前に現れた？」

「言わな、わかりませんか？」

下忍が左へ跳び、視界の外へ消える。どす、という音が耳ではなく頭の中に響き渡り、意志に反して膝が折れた。左腿の外側に、十字手裏剣が突き立っている。

首を回し、下忍の姿を視界に収めた。抜き放った刀をぶら下げ、悪びれる風もなくこちらを見下ろしてくる。

「羽柴さまは、師匠のことを快う思うておられんらしいわ。腕は買《こ》うてても、あんたの陰気臭さがお嫌いなんやろうな」

「それで、俺の後釜を狙うか」

「そういうことですわ。あんたの名前と生業は、俺がそっくり頂きます」

これが、因果応報というやつか。自ら手にかけた先代曾呂利新左衛門の顔を思い浮かべ、声を上げて笑った。

「なにが可笑《おか》しいので？」

下忍が不快そうに眉を顰めるが、笑いは止まらなかった。

笑わずにはいられない。人の世がある限り、こうした殺し合いの連鎖は永遠に続いていく。そこで生き残るのは、力のある者だけだ。

今ここで戦ったところで、勝てる見込みは皆無だった。逃れる術さえない。生き残るのは、この、若く力に溢れた目の前の男だ。

己の信念が間違っていなかったことを、図らずも己の身をもって示すことになった。その皮肉を噛み締め、笑いを収める。

「よかろう。この名もこの首も、お前にくれてやる。その代わりに、結衣を殺せ。師としての、最後の命だ」

「嫌や」

にべもなく言うと、下忍は軽く鼻を鳴らした。

「あんたの恨みつらみまで、受け継ぐ気はないな」

再び、下忍の姿が視界から消える。左へ回り込んだのはわかったが、抵抗する気も起こらない。刺すなり首を刎ねるなり、好きなように殺せばいい。力の無い者には、己の行く末を決める資格もない。

どこで間違えたのだろう。左目が見えていれば。あの姉妹を拾わなければ。いや、はじめから、この世になど生まれて来なければ。

巡り続ける思いを断ち切るように、刃風が襲ってきた。首筋に、硬く冷たい刃が触れる。

これで楽になれるかもしれないと、曾呂利新左衛門だった男は思った。

終章　楽土

一

深く、昼なお暗い森が、どこまでも果てることなく続いている。

柴田伊賀守勝豊《しばたいがのかみかつとよ》は、馬上で爪を噛んでいた。幼い頃からの癖で、二十歳になる今も、苛立った時にはつい出てしまう。叔父であり、養父でもある勝家《かついえ》に見つかればまた怒声が飛んでくるところだが、今はその心配はなかった。

三百の軍を率いて意気揚々と出陣したにもかかわらず、話に聞いた楢谷とかいう村へは、一向に辿り着けずにいた。騎乗の勝豊や郎党たちは別として、徒立《かちだ》ちの足軽たちの顔にははっきりと疲れの色が滲んでいる。行軍の足は鈍り、それがさらに勝豊の苛立ちを助長していた。

北ノ庄を出たのは昨日で、一乗谷を経て池田で野営し、早朝に再び出発した。土地の古老の話では、それほど距離はないということだったが、歩いても歩いても、村が見えてくる気配すらない。古老に教わった尾根伝いの細い道は途中で消え、引き返して別の道を採っても、いつの間にか元いた場所に戻っている。そうしたことを幾度も繰り返すうち、ついには道すらない深い森の中に迷い込んでしまったのだ。

陽が暮れはじめ、勝豊は松明を命じた。

「気を緩めるでないぞ。夜を待って襲ってくる算段やもしれぬ」

低い声で下知を出し、陣羽織の襟を掻き合わせる。越前の冬は、想像以上の寒さだ。

天正三年（一五七五）の十月も終わりにさしかかっていた。織田軍が越前に侵攻して、すでに二月以上が経っている。北ノ庄、一乗谷、豊原寺といった重要な拠点は侵攻開始から十日足らずで攻め落としたものの、山中には今も一揆の指導者たちが身を潜めている。

今思い返しても、凄惨を極めた戦だった。

一揆勢との戦闘そのものは容易なもので、ろくに手柄を立てる機会もなかった。兵も少なく士気も低い敵は、ほとんど鎧袖一触《がいしゅういっしょく》の勢いで蹴散らされた。

越前全土が地獄と化したのはその後だった。信長は全軍に徹底した掃蕩戦《そうとうせん》を下知し、門徒は老若男女の別なく撫で斬りするよう命じた。

侵攻初日だけで、府中周辺では三千を超える一揆勢が討ち取られた。府中の町は文字通り死体で埋め尽くされ、足の踏み場もないほどだった。あの光景を目の当たりにした時は、さすがに吐き気を催した。

地獄は、それから半月以上も続いた。諸将の陣には毎日百人単位の門徒が引き立てられ、端から首を刎ねられていく。山中で討ち取った者は鼻を削いで持ち帰るよう下知されていたので、そこここに切り取られた鼻が山積みされていたものだ。

門徒側の死者は、男女合わせて一万とも二万とも言われている。あまりの数に、誰も把握しきれないのだ。そして、討ち取った数以上の人間が捕縛され、他国へと連れ去られた。捕虜たちは、人買い商人に売られるか、捕らえた者の家で一生奴隷として使役されるか。いずれにしても、命があるだけましというものだろう。

やりすぎだと眉を顰める者もいるにはいたが、それくらい徹底した弾圧が必要だと、勝豊は思っていた。日ノ本を統治するのはあくまで武士であって、百姓持ちの国など、害悪以外の何物でもない。そうした馬鹿げた夢を見させないためにも、分を越えた坊主や百姓どもは、どれほど血を流そうと排除すべきなのだ。

越前平定の目処《めど》が立つと、信長は岐阜へ帰還し、丹羽長秀《にわながひで》、明智光秀《あけちみつひで》、羽柴秀吉といった諸将もそれぞれの任地に戻っていった。そして、主力軍が去った後の越前を任されたのは、織田家の筆頭家老たる柴田修理亮《しゅりのすけ》勝家だった。

勝家は論功行賞で越前八郡を与えられ、一国の統治を委ねられていた。それは同時に、加賀の一向一揆と越後の上杉謙信《けんしん》に対する備えとしての役割も帯びている。

武田信玄亡き後、信長の脅威となるのは、本願寺と上杉だけと言ってもいい。これで、手柄を立てる機会がぐっと増える。養父の出世は、勝豊にとっても喜ばしいことだった。

そして数日前、椨谷という山深い在所の噂を聞いた。住む者もいなくなった廃村だが、山狩りの織田兵が近づくと、必ず道に踏み迷い、村へ辿り着くことなく虚しく引き返す羽目になるのだという。

それでも進み続けたある隊は、いつの間にかあたりを覆っていた深い霧の向こうから、「立ち去れ」という女の声を聞いたという。山を荒らされることを嫌った狐《きつね》の仕業とも、織田軍の手で殺された朝倉義景の妻女の霊だとも言われていた。

兵たちの間で囁かれる愚にもつかない物の怪話に、勝豊は手柄の臭いを嗅ぎ取った。

一揆の総大将である下間頼照や、七里頼周、若林長門守といった大身《たいしん》の坊官たちの首は、いまだ挙がっていないのだ。死んだと確認されたのは、府中陥落の翌日に越前三門徒派の者たちによって討たれたという杉浦玄任だけだ。

越前、加賀国境は厳しく監視されている。他の坊官たちがいったん山中深くに身を隠し、周囲に仕掛けを施すということも十分考えられた。

勝豊が功を急ぐのには理由があった。男子のいない勝家には、他にも勝政《かつまさ》、勝敏《かつとし》という養子がいた。ここで手柄を立てれば、二人に差をつけられる。選《え》りすぐりの精兵を三百も掻き集め、勝豊は出陣した。

だが、結果はこのざまだった。勝家からつけられた古参の郎党たちは、あからさまに軽率な出陣を咎めるような目を勝豊に向けてくる。

ここで引き返すわけにはいかない。反対する養父を説得し、精鋭を駆り出してきたのだ。なにも得ることなく帰陣すれば、面目を失うばかりでなく、後継者争いでも大きな失点となる。

「勝豊さま、あれに」

先頭を行く兵が、前方を指した。

猟師小屋だった。森の中にぽっかりと広がる狭い平地に、一軒だけ建っている。狩りの時だけ使われる小屋らしく、人の姿はない。罠かもしれないと、足軽二人を先行させて様子を窺わせたものの、おかしなところはなかった。

「今宵はここで夜営いたす。四方に見張りを立てよ。引き続き、警戒は怠るな」

兵糧を摂《と》り、具足を外した勝豊は、小屋の中で床に就いた。囲炉裏が切ってあるので、寒さに震えるということはない。外の兵たちも、火を焚いてそれぞれに休んでいるようだ。明日の行軍について考えながら、眠りにつく。

小屋の板戸が叩かれた。目を擦りながら、体を起こす。

「ええい、何事じゃ、騒々しい」

弱々しく板戸が開き、郎党の一人が腹を押さえながら、よろよろと片膝をついた。なぜか、顔にびっしりと脂汗を浮かべている。

「へ、兵どもが、次々と腹痛に、襲われております。そ、それがしも、先ほどから少々……」

苦しげに言うと、郎党は「ご、御免！」と叫び、いきなり立ち上がった。脱兎《だつと》のごとく、小屋の外へ飛び出していく。

「お、おい、どこへ……」

言いかけた時、腹に重い衝撃を受けたような気がした。

ぎゅる、という不安を誘う音が腹の奥で響き、全身にじわりと冷たい汗が滲む。

まさか。勝豊は、囲炉裏にかけられたままの鍋に目をやった。夕餉の煮炊きに使ったのは、小屋の脇にある井戸の水だ。毒見はさせたが、その時は異常などなかった。

「うっ……！」

まずい。腹を抱え、よろめきながら外へ出た。兵たちの呻き声が方々から聞こえてくる。その数は半分ほどで、残りは森で用を足しているのだろう。

森へ入った。刺し込むような腹の痛みは、さらに強まっている。一刻も早く鎧直垂の帯を解きたかったが、あちこちに人影が座り込んでいる。一介の兵卒と並んで用を足すなど、大将の沽券《こけん》に関わる。どこか、人のいないところへ。そう思ってあたりを見回すと、どこかから声が聞こえた。

「御大将、こちらでごぜえます」

見ると、梢から射し込む月明かりの中に、人影が立っていた。陣笠をかぶった、まだ若い足軽だ。暗くて顔はわからないが、気にしている余裕はない。

「そこの藪の陰なら、空いておりますぞ」

「う、うむ。気が利くな。後で褒美を取らす」

痛みを堪え、必死に大将の威厳を取り繕う。

「しばし離れておれ。ここで見たことは、他言無用ぞ」

脂汗を掻き、帯を緩めながら藪の陰に立ったその時だった。

いきなり、ばきばきと小枝の折れる音が聞こえ、足元の地面が抜けた。

「わ、わぁっ……！」

体がふわりと浮いたかと思うと、次の瞬間には尻と腰を強かにぶつけ、勝豊は悶絶《もんぜつ》した。咄嗟に尻の穴を締めて最悪の事態を回避したものの、あたりは真っ暗だった。見上げると、丸く縁取られた空が見える。

落とし穴。ようやく気づいた。二間（約三・六メートル）近い深さで、幅も一間近くある。これでは、手足を突っ張ってよじ登ることもできない。

途方に暮れていると、穴の縁から二つの人の頭らしき影がひょっこり現れ、こちらを見下ろした。

「おお、見事な落ちっぷりや」

降ってきたのは、例の足軽の声だった。続けて、「なあ、あの人が大将？」と訊ねる若い女の声が聞こえる。兵たちの噂を思い起こしたが、霊とも化けた狐とも思えない、なんとも長閑な声だった。

「そうや。偉そうな、嫌な感じの奴じゃ」

答えた足軽に向かって、精一杯の声で勝豊は喚いた。

「おい、其《そ》の方らはいったい何者だ。わしを、織田家筆頭家老柴田修理亮勝家が養子、伊賀守勝豊と知っての狼藉か。このような真似をして、ただで済むと思うてはおるまいな？」

「な、嫌な奴やろ？」

「でも、自分から名乗ってくれるんやから、本当はいい人かも」

「いや、ただの阿呆やろ。それにしても、おめえらの作った薬はよう効くな」

「結衣は食べられない茸や草を見つける天才やなって、六郎さんに言われた」

「それ、たぶん誉めてないぞ」

「おい、人の話を聞け！」

腹から声を出した拍子に、痛みの波が来た。思わず、穴の底にうずくまる。

「あんまり大声出さん方がいいぞ、勝豊さん」

「お、おのれ、なにが目的だ……？」

「安心せえ、命まで奪《と》る気はねえ。ほれより、ほっから出とうないか？　こっちの言うことを聞いてくれたら、出してやってもいいけどな。穴の底で糞まみれになってるところなんか、家来に見られとうないやろ？」

取引か。卑劣な。しかし、形勢は圧倒的に不利だった。迂闊に拒絶するよりも、ひとまず相手の出方を窺うべきだ。

「なにをせよと申す？」

「簡単なことや。帰って、なんにも見つかりませんでしたって報告してくれ。ほれから、もう二度とこのあたりに近づくな。その二つだけや」

やはり、椙谷にはなにかある。いったん要求を呑んだふりをして、出直すべきだろう。

「よかろう。それだけでよいのだな？」

「あんた今、嘘ついたやろ」

遮るように、女が言った。それまでと打って変わった冷たい響き。心臓を鷲掴《わしづか》みにされたように体が強張る。

「目ぇ見たらわかるよ。絶対嘘や」

馬鹿な。こんな暗闇で、目など見えるはずがない。

だが、女の影はじっとこちらを見下ろしている。丸裸にされたような気分が込み上げて思わず目を背けた勝豊に、足軽が今までよりもいくぶん硬い声を投げかける。

「これは親切で言うてるんや。こっから先は、もっととんでもない罠がいくつも仕掛けてある。無理して進めば、栖谷に辿り着く前にあんたらは全滅するぞ」

ただの脅しだ、それほどの罠があるのなら、危険を冒して姿を現す必要などない。

「運よく北ノ庄に帰れても、それで終わりやない。こいつはあんたが想像もできんほどの腕を持っとる。あんたの寝所に忍び込んで寝首を掻くくらい、朝飯前や」

「そやさかい、嘘はつかんといてな」

地の底から響くような、女の声が続いた。その後で小さく、「もう、殺しとうないさかい」と呟く。

背筋に冷たいものが走った。穴の底だけが突然凍《い》てついたかのような寒気を覚える。こんな小娘になにができる。そう思っても、肌には粟が生じている。腹痛のせいなどではない。理屈を超えた恐怖を、体は確かに感じ取っている。

これが、武辺者たちがよく口にする殺気というものなのかどうかはわからない。だが、この女がとてつもない修羅場を潜《くぐ》ってきているということだけは、ひしひしと伝わってきた。

「わ、わかった、約束いたそう。二度と、このあたりには兵を入れぬ」

俯き、屈辱に震えながら声を絞り出した。

「忘れんなよ。もしも嘘やったら、あんたの首は飛ぶさけな」

足軽が言うと、上から縄が落ちてきた。二尺（約六十センチ）おきに結び目が作ってあり、上りやすくなっている。一方はどこかの木にでも結びつけたのか、引いても落ちてくることはない。

「戻ったら、鏡で自分の首、見てみて」

女がわけのわからないことを口にしたが、縄を伝うので精一杯の勝豊に考える余裕はなかった。

苦心しながら上りきると、二人の姿は消えている。悪い夢でも見たような気分で用をすませて戻ると、兵糧を積んだ荷車が炎に包まれていた。足軽たちが懸命に消火に当たっているが、腹痛がいまだ治まっていないのか、足取りは覚束ない。

郎党たちが駆け寄ってきた。

「なにをいたしておる！」

「はっ。篝の火が燃え移ったものと思われますが、兵たちの動きが鈍く消火に手間取り……」

勝豊は舌打ちした。考えるまでもなく、あの二人の仕業だ。こちらの意思に関わりなく、兵糧を焼かれたからにはこれ以上の行軍は不可能だった。北ノ庄に一時撤退するしかない。

無論、約束を守るつもりなどない。自分の不手際を隠しつつ勝家に事の次第を報告し、さらなる大軍を率いて楢谷を攻める。たとえ罠の話が本当だろうと、数で押しきればいい。問題は、養父をどう説き伏せるかだ。

思案していると、松明を手にした郎党の一人が、こちらを凝視していることに気づいた。

「殿、これは……？」

松明に照らされた郎党の顔が、驚愕に歪んでいる。

「なんじゃ。なにを驚いておる」

「お首に、朱筆で文字が」

目を見開いた。女が最後に残した言葉が蘇る。

「なんと、なんと書いてある？」

「『約定《やくじよう》、違《たが》えるべからず』とだけ」

いつ、どこで書かれたのか。心当たりは、ひとつしかない。小屋の中で眠りに落ちていた時だ。いくら腹痛にやられていたとはいえ、小屋の周囲には三百もの将兵がいた。誰か潜んでいないかも入念に確かめた。それでも、考えられるのはあの時しかない。

再び全身に粟が生じ、楢谷を攻めるという考えは跡形なく吹き飛んだ。蘇った恐怖に、体が震え出す。一刻も早く、ここから立ち去りたかった。

いや、ここから立ち去るだけではすまない。どうにかして楢谷に軍勢が近づかないよう立ち回らねば、己の首が飛ぶ。三百人の目を盗んだあの女の腕をもってすれば、勝豊の寝所に忍び込むことなどわけもないだろう。寝所だけではない。どこにいても、あの女が自分の首を狙い続けるのだ。

「夜が明け次第、北ノ庄に帰城いたす」

それだけ言うと、警固を厳重にするよう命じて小屋に閉じ籠った。

このあたりには、敵の残党など一人もいなかった。勝家には、そう報告するしかない。無駄に軍を動かしたことを責められはするだろうが、寝首を掻かれるよりはずっとましだ。

手柄の機会など、他にいくらでもある。織田家筆頭家老の跡取りたる自分が、このような些事に関わり合う必要はないのだ。

そう己を納得させて床に潜り込んでも、震えが止まることはなかった。

二

谷の底から見上げる夜空が、音もなく動きはじめた。

狭い空の東側が少しずつ白くなり、星の光が徐々に弱まっていく。

いつものように鶏の声で目を覚ますと、結衣は外に出て大きく伸びをした。

「う〜ん、今日もいい天気や」

誰にともなく呟くと、髪を後ろで束ね、手水鉢に溜めた水で顔を洗う。肩の辺りまでしかなかった髪も、この一年でずいぶんと伸びていた。

手拭いで顔を拭きながら、周囲に広がる村の景色を眺める。

森に囲まれた谷間《たにあい》の小さな平地に、二十軒近い家が所狭しとひしめいていた。六十人を超える村人が暮らすにはいかにも手狭だが、それはそれで互いを身近に感じられていいと、結衣は思っている。

周囲の山々は豊かで、村人が飢え死にせずにすむくらいの食べ物は手に入った。他に必要な物は、十人ほどいる男たちが狩りで得た肉や毛皮を持って池田村まで出向き、物々交換で得る。種籾《たねもみ》が無かったので今年は収穫できなかったが、少し離れた山の中には放置された田畑もあった。草木を取り除いて土を耕し、来年にはわずかだが米も作れるはずだ。

決して裕福ではないが、年貢を納めなければいけないわけではなく、村の暮らしはなんとか成り立っていた。村の誰かが得た物は公平に分け合う決まりなので、貧富の差はない。掟は、寄合を開いて話し合いで決めた。今のところ、大きな揉め事もない。この地に辿り着いた時、誰もなにひとつ持っていなかったからこそ、できたことだろう。

天正四年（一五七六）の八月も、半ばにさしかかっている。あの戦から、ちょうど一年が経っていた。

下界とほとんど隔絶された感のあるこの楢谷でも、世情がどうなっているのかは遅れて伝わってくる。

池田村の市で仕入れてくる断片的な情報は、この乱世がしばらく続きそうだということを示していた。織田家と本願寺の戦は今も断続的に続き、毛利や上杉という大きな大名が本願寺の味方に加わったらしい。

越前でも、不穏な情勢が続いていた。加賀との国境あたりでは今も時々戦が起こっている。五月には府中で大規模な蜂起があったもののすぐに鎮圧され、一千人余りが処刑された。

そうした話を伝え聞くたび、あの戦の凄惨さを思い出して胸が痛んだが、どうすることもできなかった。新しい村を作り、守る。それだけで精一杯だったのだ。そしてこの一年で、中津村よりいくらか小さくはあるが、村の形はそれなりに整ってきた。

一年前、六郎と兵太とともにはじめて見た楢谷は、草が生い茂るだけのなにもない場所だった。ところどころに残る住居の跡と、疫病でほとんど死に絶えたと言われるかつての村人たちの墓。人の営みの名残を感じられるものはただそれだけで、利用できそうな物はなに一つ残されていない。先行きを思うと気分は重くなった。

それでも、人がいた。先に楢谷に着いていた十数人の村人が、結衣たち三人を出迎えてくれたのだ。

生き残ったのは、これだけなのか。了庵先生は、喜助や安兵衛は……。そんなことが頭をよぎったのも一瞬で、結衣は糸や志乃と抱き合って、はじめて声を上げて泣いた。

それからしばらくは、無我夢中で走り続けた。ひとまず枝や木の葉で組んだ掘っ立て小屋で眠り、芋や蕨《わらび》で飢えを凌いだ。結衣と兵太は他に生き残った村人がいないかと、毎日山を駆け回った。何度かしつこく山狩りを続ける織田兵と出くわして斬り合いになったこともあったが、洞穴や藪の中に隠れた村人を十数人見つけて楢谷まで連れ帰った。その中には中津村以外の者も何人かいたが、境遇は自分たちとなにも変わらない。よそ者が交じることに、村人たちは誰も反対しなかった。

それからも、人は増え続けた。散々迷った挙句、半死半生といった有り様でようやく楢谷に辿り着いた中津村の村人。山中で野伏せりに追われているところを結衣が助けた若い娘たち。殺戮に嫌気が差して脱走した織田軍の足軽までが、楢谷村の住人となった。

その日一日を生き延びるだけでも必死だったが、結衣と兵太は山を歩きながら、村を守るための仕掛けを方々に作っていった。誘い道を作り、落とし穴を掘り、容易には村に近づけないようにしていく。極力人を傷つけないように工夫した様々な罠は、すぐに効果を顕《あらわ》した。

柴田勝豊の軍を追い払ってからは、軍勢が通れるような大きな道は全て、岩や倒木で塞いだ。周辺の見晴らしのいい場所には絶えず人を置き、なにかあれば狼煙が上がる手筈になっている。

深い雪の中で身を寄せ合うようにして冬をやり過ごし、村の外れの山桜が満開の花を散らしはじめた頃には、暮らしぶりもだいぶ落ち着いてきた。六郎はまた養生所を作り、村のたった一人の医師として、村人たちの信頼を得ている。兵太は若衆頭として、男たちを率いて狩りに出たり、村の寄合を仕切ったりしていた。

結衣は相変わらず、庭に作った小さな畑で作物を育て、その合間に六郎の薬草採りを手伝ったり、志乃に料理や裁縫を習ったりという日々だが、あまりの上達の無さに、志乃にも愛想を尽かされかけている。

今着ている小袖も自分で縫ったもので、三日前に出来上がったばかりだった。両腕を前に伸ばし、結衣は嘆息する。左右の袖の長さがばらばらだった。

次こそは頑張ろうと胸に誓い、朝餉の仕度をはじめる。

今朝も昨日と同じ、稗と粟の粥だった。庭で摘んだ野草を刻んでいると、後ろから声をかけられた。

「結衣姉、おはよう」

「また粥かよ」

「なんでもいいけど、その草、食べても大丈夫か?」

「結衣ちゃん、寝癖がひどいよ」

継《つ》ぎ接《は》ぎだらけの小袖を着た子供たちが、眠そうな目をこすりながらぞろぞろと土間に下りてくる。

上は八歳から、下は四歳までの男女四人。戦で身寄りを失った村人の子や、山の中を彷徨っているところを見つけて連れ帰った孤児たちだ。

ちょうど人が増え続けている時期で、他の家は手狭だった。やむなく結衣の家で最初の一人を預かることになったのだが、それをきっかけに、いつの間にか身寄りのない子供は結衣の家で引き取るという不文律が出来上がってしまった。

「はいはい、もうできるから、顔洗っておいで」

はーい、と声を揃え、一列に並んで外に出ていく。微笑みながら見送ると、小さくため息をついた。

引き取った時に較べれば、だいぶ笑顔が増えた。だが普段は明るく振る舞っていても、あの戦で感じた恐怖や親を失くした哀《かな》しみはまだ、癒えてはいない。いや、これから先も、完全に癒えることなどないのだろう。今でも、夜中に目覚めて大声で泣き喚く子供もいる。自分にできるのは、辛い出来事を忘れていられる時を少しでも多くしてやることくらいだ。

それにしても、と結衣は思う。

嫁にも行っていないのに、四人も子供ができてしまった。心配した糸や志乃が手伝いに来てくれるのでなんとかなっているが、この調子でちゃんと嫁のもらい手が現れるだろうかと、少し不安になる。

と、外からばたばたと慌ただしい足音が聞こえてくる。

血相を変えて飛び込んできたのは六郎だった。家を兼ねた養生所から走って来たのだろう、額には汗が浮かんでいる。

「結衣、来たぞ!」

「わかった、すぐ行く!」

鍋を火から下ろすと、洗ったばかりの手拭いをあるだけ摑んで、六郎の後に続いて飛び出す。

「みんな、朝ご飯は自分らですましといて!」

返事も待たず駆け出した。

兵太の家までは、半町もない。庭では焚き火の上に大きな鍋が掛けられていて、その近くに兵太の姿があった。立ったり座ったり、所在なげにあたりをうろついたりと、落ち着きがないこと甚だしい。

「ああ、結衣、六郎……」

構っている暇はなかった。ふらふらと近づいてきた兵太を無視して、土間へ回って中に上がる。奥の板敷きの部屋には、志乃と糸の姿があった。その向こうで、床に座って膝を立てた幸が、苦しげな声を上げている。

「志乃さん、手拭い持ってきたよ！」

「ああ、結衣ちゃん、ありがとう。そこ置いといて」

「布、足りますか？」

「たぶん大丈夫。今、小夜ちゃんと太一ちゃんが、村中の家を回って集めてくれてる」

何度かお産に立ち会った経験があるという志乃の声は、さすがに落ち着いている。大きくなった腹を抱えた糸が、こちらに顔を向けた。

「結衣、お湯沸いたらこっち持ってきて。外の男どもはちっとも当てにならん」

「わかった！」

今の糸には荷が重いだろうと納得し、すぐに庭に取って返した。盥に移し替えた湯を床に置きながら、志乃に訊ねる。

「どうです？」

「うん。まだしばらくかかりそう。もう少し、お湯沸かしてきてくれる？」

「はい」

中津村の産婆は、戦で行方知れずになっていた。お産の場に男が入ることはできないので、志乃だけが頼りだ。

水瓶《みずがめ》は底をついている。村を囲む森を抜けたところにある小川まで汲みに行かなければならなかった。土間で桶を見つけて外に出ると、兵太が駆け寄ってくる。

「なあ結衣、幸はどうやった？」

こめかみのあたりが引き攣った、気味の悪い笑顔だ。不安と期待が入り混じりすぎて、どんな顔をしているのか自分でもわかっていないのだろう。

「なあ、元気な赤ん坊、産んでくれそうか？　男の子か？　女の子か？　いつ頃、出てくるんや？」

「ああもう、うるさい！」

一喝したついでに、おろおろするばかりでなんの役にも立っていない六郎を睨みつける。

「あんたもお医者さんやろ。もうちょっと落ち着き！」

「いや、ほの、お産は、村の産婆さんに任せきりやったさけ……」

こんな時には、男はまるで頼りにならない。もうすぐ自分も父親になるのに。糸ちゃんも大変やと胸の内で同情しながら、二人に向けて怒鳴った。

「お水、汲みに行くよ。ほら、これ持って！」

桶を一つずつ押しつけ、井戸に向かって走り出した。

二人の先に立って森の中を駆けながら、生まれてくる赤ん坊のことを思う。

この村を好きになってくれるだろうか。ここが自分の居場所だと、心から思ってくれるだろうか。男の子でも女の子でもいい。またいつ襲ってくるかもわからない大きな理不尽の波にしっかりと立ち向かえる、強い子に育ってほしい。

無事に生まれるよう、神や仏に祈ることはしない。見えないものに縋る前に、やれることはいくらでもある。死んだ後のことは、しっかりと生きてから考えればいい。

ふと見上げると、西の端にわずかに残っていた夜の闇が、きれいに払われている。鰯雲がぽつぽつと浮かぶ秋の空を、小鳥たちがさえずりながら、戯れるように飛び交っていた。

ほんの少しの間目を細め、振り返る。

「二人とも、遅いよ！」

遅れてついて来る二人に声をかけ、結衣は足を速めた。

参考文献

『一向一揆　その行動と思想』笠原一男　評論社
『中部山村社会の真宗』千葉乗隆　吉川弘文館
『本願寺』井上鋭夫　講談社学術文庫
『越前朝倉一族』松原信之　新人物往来社
『歴史の闇に消えた　実録・戦国時代の民衆たち』笹本正治　一草舎出版
『忍術　その歴史と忍者』奥瀬平七郎　新人物文庫

解　説

大矢博子

「大坂城を建てたのは誰？」「秀吉」「残念でした、正解は大工さん！」

子どもの頃、おそらく誰しも一度は言ったり聞いたりしたことがあるだろう、他愛のない会話である。屁理屈《へりくつ》だと怒られた人も多いはず。だがここには屁理屈と切り捨てるわけにはいかない、深い真理があるように思う。

歴史には、施政者や権力者の名前しか残らない。平安京に遷都したのは桓武《かんむ》天皇であり、蒙古《もうこ》襲来に対峙《たいじ》した執権は北条時宗《ほうじょうときむね》で、江戸幕府を開いたのは徳川家康《とくがわいえやす》だ。だがこのような〈歴史〉では、こぼれ落ちてしまうものがある。

都が造営される前の葛野《かどの》や愛宕《おたぎ》にも住んでいた人がいただろう。蒙古襲来では武士だけでなく現地の人々が多く命を落とした。家康が大名たちに与えた領地には、それ以前から先祖代々そこで暮らしてきた人々がいた。

田畑を耕し、狩りや漁に励み、機を織り、物を商い、土地を守りながら日々を過ごしていた〈普通の人々〉。だが歴史は彼らの頭越しに動く。昨日まで暮らしていた村が都になるから立ち退《たの》かされる。施政者が替われば年貢や労役が変わる。戦が始まれば丹誠込めた田畑が踏み荒らされ、兵役に駆り出され、村が焼かれる。領主が戦で負けたら、敵兵の略奪の餌食になることすらある。

歴史の現場にいたはずの、そんな人々の名前は残らない。施政者の戦に無理やり動員され、そこで命を落としても、何千人の軍勢、何百人の死傷者、などとひとくくりにされるだけだ。いや、その数にも入れられず、〈多数〉で済まされることすら珍しくない。『平家物語』には壇ノ浦の合戦で源氏が非戦闘員である水夫を殺したという有名な場面があるが、その水夫の名や生い立ちや家族の有無を伝えるものは何もない。大坂城を建てた大工や左官の名前を伝えるものは何もない。平家は滅び、秀吉が大坂城を造った。それだけだ。

歴史が施政者・権力者の記録である以上、当然かもしれない。

だが、天野純希はそれを当然のままにしておかない。本書『剣風の結衣』で、従来の歴史からこぼれ落ちた普通の人々をすくい上げた。名前を与え、人生を与えた。なぜか。

それこそが天野純希の考える〈歴史〉だからだ。

本書は二〇一二年に刊行された『風吹く谷の守人《もりびと》』を改題したものである。舞台は戦国時代の越前（現在の福井県）だ。

その頃、越前を統べていたのは朝倉氏。だが織田に滅ぼされ、織田に寝返った朝倉の旧家臣が越前の守護代となる。その後もお家騒動が続く中、侍の支配に不満を持つ越前の一向宗門徒たちは一揆《いっき》を起こし、ついには頭領に武士を頂かない「百姓の持ちたる国」を実現させた。だが織田信長が黙っているはずがない。自分に従わない一向宗門徒を殲滅《せんめつ》すべく、討伐軍を送り込む。

越前一向一揆である。

——この説明も、朝倉や織田といった権力者から見た歴史だ。しかし本書の主人公は彼らではない。むしろ、織田や朝倉たちは背景に過ぎず、忘れてもらってもいいくらいだ。主人公は、山間の小さな村、中津村に暮らす結衣という十六歳の少女である。

結衣は実の親と姉を亡くして、養父の源吾とともに中津村に流れてきた。今ではすっかり村の一員だ。おもに狩猟で暮らしている中津村で、結衣は仲間とともに山菜を採ったり、ときには得意の弓で山の獣を狩ったりして過ごしている。村の人々は一向宗を信仰していて、結衣は熱心な門徒ではないけれど、説教のあとでみんなでごちそうを食べる報恩講は密《ひそ》かな愉《たの》しみだ。

朝倉の殿様が尾張の織田とやらに負けたという話は聞いたが、年貢の納め先が変わるだけで生活に変化はない。だったら別にかまわない。このあたりでは一番の都会である一乗谷が焼かれたらしいが、行ったこともないのでピンと来ない。でもこの村まで戦場になったりすると嫌だな――。

なんてリアルな〈生活者〉の心情だろう。とても馴染《なじ》み深い、とても共感できる、普通の人の普通の感情だ。

だが中津村も無関係ではいられない。権力者にとって村は道具のひとつだ。必要なら年貢を上げる。兵役を課す。それに対抗しようとした一揆も、いつしか坊官（寺院の指導者）らによる権力争いや搾取の道具となっていく。青年たちは戦にとられ、村も襲われ、結衣たち村人は村を守るため必死に抵抗することになる。

信長視点で描かれる物語では、越前の一向宗門徒への攻撃は天下布武の一過程だ。けれど結衣たち村人にとっては、信長の野心や思惑など関係なく、突然襲ってきた巨大な理不尽でしかない。坊官からは参戦せねば破門だと言われ、戦えば信長から全滅するまで攻撃されるのだから。

後半、織田軍による蹂躙《じゆうりん》の描写は酸鼻をきわめる。兵だけではなく、一向宗門徒の殲滅を信長は命じた。山林に分け入り、逃げていた者を見つけては、大人も子どもも、男も女も関係なく、殺していく。『信長公記《しんちようこうき》』の記録ではわずか四日間で一万二千人以上が殺され、捕虜もあわせればその数は三万人から四万人にもなるという。

――ほら、まただ。信長が「男女を問わず斬り捨てよ」と命じたことも、前田利家《まえだとしいえ》や柴田勝家が一向宗門徒とどう戦ったかなどもわかっているのに、殺された門徒たちは数字でしかないのだ。

だから天野純希は、巨大な理不尽に立ち向かう〈普通の人々〉の代表として、結衣という人物を生み出した。

実は結衣の生い立ちには秘密があり、彼女はとある特殊技能を身につけていた。この力を頼りに、結衣は村人たちと協力して村を守ろうとする。結衣の隠された生い立ちが何だったのかも含め、そのくだりはバトルもののエンターテインメントとしても実にエキサイティングだ。特殊技能が発揮される場面の迫力だけでなく、仲間たちと力を合わせ、巨大な理不尽と懸命に戦う姿は爽やかですらある。

だが、そこで読者は思い出す。血と涙を流しながら戦う彼らが、あるいは殺されてしまった人々が、物語の前半では生き生きと楽しげに暮らしていたことを。お調子者の兵太、ひ弱だが思慮深い六郎、そんな六郎に想《おも》いを寄せる糸、プライドの高い幸。仲の良い夫婦、背伸びしたがる子どもたち、優しい医者、娘を心配する親。くだらないことで言い争っては笑い合い、仕留めた猪《いのしし》の鍋を一緒に食べた。誰が好きとか嫌いとか、弓が得意だとか料理が苦手だとか、そんな普通の日々を過ごしていた彼らを読者は思い出す。その結果、死者一万人という数字でしか残らなかった人々にも、その数だけの生活があり思いがあり、明日への夢があり、愛する人があり、そしてそれぞれに死の瞬間があったのだという当たり前の事実を、けれど忘れられがちな事実を、読者は明確に胸に刻み込むことになるのだ。

名前は残らなくても、自分たちの生活を守るため、自分の大事な人たちを守るため、命がけで戦った人々。この物語はフィクションだが、あの時の越前には、いや、いつの時代でもどんな場所にも、多くの結衣や兵太や六郎や糸や幸がいたはずだ。平安遷都でも蒙古襲来でも大坂城建設の場にも、理不尽に対して怒ったり嘆いたり戦ったりした結衣や兵太や六郎や糸や幸がいたはずだ。その名前も残らぬ人々の積み重ねこそが歴史なのだと、天野純希は本書で告げているのである。


もうひとつ、本書で注目すべき点がある。序章で結衣の姉が言う「己の生になんの疑いも抱かない人間は、恐ろしいものです。己の信ずるもののためなら平気で他人を傷つけ、裏切り、命を奪うことさえ厭《いと》わない」という言葉だ。これは本書全編に通底する大きなテーマである。

自分が間違っているかもしれないなどと考えたこともない人間が権力を持つ。その恐ろしさを本書はまざまざと綴《つづ》っている。間違っているという声すら挙げられない恐ろしさ、権力者の一言で村が根絶やしにされる恐ろしさ。

これは決して戦国時代だけの話ではない。結衣たちが直面した巨大な理不尽は、その内容こそ違えど現代でも——それこそ職場や学校といった身近な場所から国の政策に至るまで――私たちの前に横たわる理不尽にとてもよく似ている。

結衣というヒロインに敢《あ》えて特殊能力を与えたのは、権力者によって与えられた力で権力者に牙を剝《む》くという逆転の構図をそこに見ることができるからではないか、と私は読んだ。自分に何かを与えてくれた相手であっても、間違っていると思ったなら、私たちは抵抗することができる。過去を乗り越え、NOと言うことができる。そういった思いの象徴が、あの特殊技能なのではないか、と。

歴史にその名を残さない数多《あまた》の〈普通の人々〉。私たちもまた、その一員だ。けれどそれは決して、ただ諾々と言いなりになる弱者を意味するものではない。本書の清々《すがすが》しいラストシーンを、どうかじっくり味わっていただきたい。戦い、傷つきながらも、それでも雄々しく立ち上がり明日へと歩き出す〈普通の人々〉の力強さが、そこにある。

現代の理不尽の中を生きる〈普通の人々〉にこそ読んでほしい一冊だ。

（おおや・ひろこ　文芸評論家）

本書は、二〇一二年一月、書き下ろし単行本として集英社より刊行された『風吹く谷の守人』を文庫化にあたり、『剣風の結衣』と改題したものです。

天野純希の本

桃山ビート・トライブ

安土桃山時代。見事な踊り、型破りな演奏、反体制的言動で評判の一座がいた。秀吉が民衆への支配を強める中、彼らの反撃が！　最高にアツくて爽快な第20回小説すばる新人賞受賞作。

青嵐の譜（上・下）

13世紀の壱岐。幼馴染みの二郎と宗三郎は、流れ着いた高麗の少女・麗花と出会い、兄妹のように育つ。が、蒙古の大軍襲来で、苛酷な運命に――。人は何のために生き、戦うのか。歴史長編。

集英社文庫

天野純希の本

南海の翼　長宗我部元親正伝

戦国時代。土佐の名門、長宗我部家の若き当主・元親は、戦のない世を目指して四国統一に邁進する。しかし四国にも信長、秀吉の脅威が迫り……。名家の興隆と滅亡を真正面から描く本格歴史長編。

信長　暁の魔王

「その赤子を殺せ」生まれ落ちたその瞬間から、実母・久子に呪詛されて育った信長。親子の情を知らず、強くなりたいと切望し続けた、傑出の戦国武将の半生を、新たな視点で描き出す！

集英社文庫

集英社文庫 目録（日本文学）

S 集英社文庫

剣風《けんぷう》の結衣《ゆい》

2019年 4 月25日　第 1 刷　　定価はカバーに表示してあります。

著　者　天野純希《あまのすみき》

発行者　徳永　真

発行所　株式会社 集英社
東京都千代田区一ツ橋2-5-10　〒101-8050
電話　【編集部】03-3230-6095
【読者係】03-3230-6080
【販売部】03-3230-6393（書店専用）

印　刷　凸版印刷株式会社

製　本　加藤製本株式会社

フォーマットデザイン　アリヤマデザインストア　　マークデザイン　居山浩二

ISBN978-4-08-745862-6 C0193